継続は魔力なり 9

～無能魔法が便利魔法に進化を遂げました～

continuity is the father of magical power

リッキー

TOブックス

主な登場人物

レオンス・ミュルディーン……この物語の主人公。前世の記憶を持った転生者で、『創造士』のコピー。愛称はレオ。

シェリア・ミュルディーン……レオンスの奥さん。ベクター帝国のお姫様。美人だが、嫉妬深いのが玉に瑕。愛称はシェリー。

リアーナ・ミュルディーン……レオンスの奥さん。聖女の孫であり、エルフの孫。優しい性格。愛称はリーナ。

ベル・ミュルディーン……レオンスの奥さん。かつてはレオの専属メイドだった。獣王の娘で、身体を狼に変化させる獣魔法の使い手。

エルシー・ミュルディーン……レオンスの奥さん。ホラント商会の若き会長。かつてはレオの師匠であるホラントの奴隷だった。

ルー・ミュルディーン……レオンスの奥さん。かつてはレオの奴隷だった。高い戦闘能力を持つ魔族で、破壊士のコピー。

Leonce

Shelia

Rihanna

ロゼーヌ……レオとリーナの間に生まれた長女。元エルフの女王で、千年間記憶を引き継いでいる転生者。

ネーリア……レオとシェリーの間に生まれた娘。転生者で、全てを燃やすことができる焼却士。引き籠もり。

カインス……レオとシェリーの間に生まれた長男。活発で、剣と魔法の練習が大好き。

ノーラ……レオとエルシーの間に生まれた娘。活発な女の子で、創造魔法の習得に向けて頑張っている。

リル……レオとベルの間に生まれた息子。気弱な性格で、戦うことが好きではない。その分、頭が良い。

ルーク……レオとルーの間に生まれた息子。いたずらが好きで、お母さんに似て食いしん坊。

ガル……前魔王。転生前のネーリア（焼却士）にかつて魔界を滅ぼされ、復讐心を抱いている。

カイト・アルバー……アルバー王国の勇者。電気魔法を使った超高速移動が得意。

エレメナーヌ・アルバー……アルバー王国の女王で、カイトの奥さん。有能な女性。愛称はエレーヌ。

フランク・ボードレール……ボードレール家の当主。レオの親友。高度な魔術の使い手。

Rosaine

Neria

Gull

目次

continuity is the father of magical power

イラスト／キッカイキ　デザイン／舘山一大

continuity is the father of magical power
Ricky illustration kiltkaiki

第十三章　新世代編

continuity is the father
of magical power

第一話　転生と努力

ＳＩＤＥ：フェリシア（エルフの女王）

里の中心に生えており、里のシンボルであり、里の結界の要《かなめ》である神樹《しんじゅ》……。

この体はもちろん。その前、更に前の前より生えており、私がこの世界に来る頃には生えていた木。

初めて見た時は他の木と変わらない、少し低いくらいの高さだったけど、千年かけて私の魔力を注いだことで、神樹と呼ばれるほど高い木となった。

そんな神樹に、私は黙々と結界魔法を注いでいく。

魔力はとっくの昔に全て使い切り、エルフ秘伝の技で生命力を魔力に変換し、更に注いでいく。

この体はもう二百年生きているから……たぶんあと二、三百年分の生命力。

そんな膨大な魔力を受け取り、神樹がこれまでにない輝きを放っていた。

ここまで神樹に無理をさせるのも初めてね……。もしかしたら、この魔力が切れたら枯《か》れてしまうかもしれないわね。

神樹、ごめんよ……。

「結界の調整……終わったわ。これで……私がいなくても二十年は持つはずだわ」

残りわずかの生命力を残し、全ての生命力を使い切ってしまった私はその場で崩れ落ちた。

もう、私には立っている力もない。

崩れ落ちる私をすぐに一人の男が支えてくれた。

私が結界に専念している間、里を取り纏《まと》めてくれた男だ。

三百歳と纏め役としてはまだまだ若いが、リーダーシップはこの里一番で、この男に里を任せれば大丈夫だろう。そう里の皆に思わせてしまうような男で、私も心の底から信頼している。

だからこそ辛い仕事ばかり押しつけてしまって……本当に申し訳ないわ。

「女王様、今までありがとうございました。里の心配はご無用です。私たちがいますから」

「あなたたちも……逃げていいのよ？　いえ、むしろ逃げなさい」

「何を言っているのですか。いくら女王様の結界で二十年は安全だとしても、人が住んでいなければすぐに里はダメになってしまいますよ？」

「それくらい……また一から立て直せば良いじゃない。それに……あんなに愛していた娘ともう会えないのよ？」

獣人《じゅうじん》族と破壊士の戦争が始まった頃、若い衆が里の外に興味を持つよう噂を流し、興味を持った若者たちを二度と帰ってこないよう追放処分にしていった。

この判断が正しかったのかは……わからない。

少なくとも、こうして多くの親子の仲を引き裂いてしまい……他に方法はなかったのかと今も後悔している。

「確かに寂しいですよ。でも、きっとアンヌなら人間界でも元気にやってくれているはずです。そう信じて、私たちはここに残ることにします」

「はあ……。何を言っても……ダメそうね」

覚悟を決めている男の目を見て、私はこれ以上何も言わないことにした。

「もちろんです。何があっても、綺麗《きれい》な里で女王様をお迎えしますからね」

「わかったわ……。なるべく早く……帰ってくるから」

「はい。でも、急ぎすぎてもいけませんよ？」

「急ぐぐらいでちょうど良いのよ。たぶんだけど……人間界から里まで……そう簡単には行けないと思うから」

どこに転生するのかはわからないけど、まずは体の成長を待たないといけない。

人の血が混じっていたとしても……二十年で成人程度の肉体を手に入れることができるかはわからない。

そう考えると、自由に移動できる期間なんて本当に限られているし……広大な海を渡る仲間も探さないといけない。

はあ、我ながら本当に行き当たりばったりの作戦だわ。

「大丈夫ですよ。王子もいますから」

「オルヴァーに期待しすぎたら可哀想《かわいそう》だわ。きっと……人間界で生きるだけでも苦労しているはずだから」

物珍しいエルフは、悪い人族《ひとぞく》たちの餌食《えじき》になっているはず……。

頭が良かったあの子なら騙《だま》されることはないと思うけど、一体何人の若い子たちが奴隷《どれい》にされてしまったのだろうか……。

噂の根源が全て私と知ったら、きっと私を恨む子もいるでしょうね。

「王子なら大丈夫ですよ。きっと、あっちでしっかりと生活基盤を整えて、子沢山で女王様をお待ちしていると思いますから」

「そうだと良いわね……。それにしても……まさか、千年も経ってようやく里をでることになるとは」

前の世界でも引き籠《こ》もりだったけど、こんな形で外に出ることになるとは。

昔は、外に出ることがあんなに恐怖だったはずなのに、今は不思議と何も感じないわね。

もうすぐ死ぬからかしら？　それとも、千年以上も引き籠もっていれば、少しは外に興味を持つものなのかもしれないわね。

「……すみません。女王様に頼り切っていた私たちのせいです」

「別に良いのよ。私はね……ここが好きなの」

引き籠もりは家が何より大事なのよ。私は、世界最高の自宅警備員なのよ。

「だから……意地でもここは壊させない」

たとえ、絶対に出たくなかった外に出たとしてもね。

ふふ……引き籠もるために家を出るなんて、自分で言っていても笑えてくるわ。

「それじゃあ……少しの間だけ里を頼んだわ。頑張《がんば》って帰ってくるから……」

「はい。お待ちしております」

力強く頷《うなず》く男を見ながら、私は静かに目を閉じた。

そして、私の持つスキル『転生』を使った。

神様……どうか、私に最後のチャンスをください。

「おぎゃーおぎゃー」

赤ん坊の泣き声？　無事、転生できたのね。

でも、この声は……私じゃない？

「おお。エルシーの方も産まれたみたいだな」

これは誰の声？　オルヴァーでは……ないみたいね。

「まさか。同じ日なんて、狙ったみたいですね」

今度は、女の声……。

近くで聞こえるから……この人が母親かしら？

「エルシーなら狙って産めてしまいそうだけど……流石《さすが》にそれはないでしょ」

さっきからエルシーって……この産声《うぶごえ》の母親のこと？　まさか、一夫多妻の国に私は産まれてしまった？

「それじゃあロゼーヌ、産まれたばかりの妹か弟のところに行こうか」

これは想定外ね……。少なくとも、この未熟な体で感じられる魔力だけでも父親はエルフじゃないことが判断できるわ。

母親の方は……まだ判断できないわね。

もしかしなくても、この体はエルフの血が薄い。

これは随分と弱体化してしまったはずだわ……。

そして、何より問題なのは、今度の体の家が貴族である可能性がとても高いということだ。

間違いなく、女である私は政治の道具として使われてしまう。

これは……タイミングを見極めて家出しないといけないわね。

「エルシー、大丈夫？　おお、元気な女の子だ。とりあえずお疲れ様。産まれてくる時にいられなくてごめん」

距離的に隣の部屋に入ったのかな？　どうやら妹だったようだ。

可哀想に……貴族の娘に生まれてきたばかりに政治の道具にされてしまうのね。

「……仕方ありませんよ。リーナさんと一分程度の差でしたから。そちらが……リーナさんの赤ちゃんですか？」

「そう、ロゼーヌだ」

私の母親はリーナ……。

聞いたことがない名前ね。少なくとも、里を出た娘たちにリーナなんて名前はいなかった。

偽名《ぎめい》？　いや、わざわざそんなことをするわけないか……。

となると……私はエルフ三世の可能性が高いわね。

「ロゼーヌちゃんですか。可愛いですね」

「エルシーの赤ちゃん……ノーラも負けないくらい可愛いけどね」

「ノーラですか。良い名前をつけてもらえましたね～」

「ほらロゼーヌ、妹だぞ……」

「ふふふ。まだわからないと思いますよ？」

残念、わかっているわ。

私が想定していたよりも最悪な状況にいることにね。

腕が自由に動かせていたら、自分の置かれている現実というものに頭を抱えていたわ。


それから一年後。

この制限だらけの体で得られた情報を整理する。

私は、想定していた以上に厄介《やっかい》な体に転生してしまったようだ。

一つ、私の……この体の母親は、ほとんどエルフの魔力が感じられない。

たぶんだけど……エルフの孫だと思う。私はひ孫。

オルヴァーはこの一年で一回も会わなかった。まさか……死んでしまったということはないよね？

これなら、オルヴァーを里に残しておいた方が……。いや、これればかりは結果論だわ。

獣王《じゅうおう》が彼女に深手を負わせていなかったら、いつ結界を壊されてもおかしくなかったのだから……。

そしてもう一つ、幸か不幸かこの体の父親は転生者、たぶん勇者かその子孫だということ。

黒目、黒髪。この特徴は間違いなく勇者で間違いない。魔力も、なんとなく勇者の魔力を感じる。

勇者の成長速度が一般人の数倍であることは有名……。なら、頑張れば二十年間で前の体ほど……

とはいかなくても、半分以上の魔力を手に入れられるかもしれない。

私に勇者の能力が引き継がれている確証はないけど……今ある希望はこれしかない。

はあ、まさか四回目の人生にして初めて努力しないといけないことになるなんてね……。

努力か……。

第二話　恐ろしい妹

この体に転生してから四年。

わたし、凄く頑張った。とてもめちゃくちゃ頑張った。間違いなく人生の中で一番頑張った。

わたしの体、自分が思っていた数倍も不便だったの！

お母さんは何一つエルフの特徴が出てないのに、わたしには出てしまった。

しかも、一番遺伝して欲しくない成長速度の低下なんて最悪だわ！　他は、魔力も耳も何一つ遺伝しなかったのに！

おかげで、背は兄弟の中で一番低い。もう、何度弟妹より年下と間違えられたことか。

まあ、背が低いことは去年くらいに諦めた。こればかりは自分自身でどうにかできることじゃないからね。

それより、今のわたしには魔力の方が大事。

そう割り切って、私は起きているほとんどの時間を魔力鍛錬に費やした。

その結果……私の魔力はとても四歳とは思えない量になった。エルフでも、こんなに魔力を持っている子供はいないはずだわ。

この調子で頑張れば、二十歳になる前には前の体の魔力を超えるんじゃないかしら？

とは言っても、ここで調子に乗って怠《なま》けてはダメ。

「継続は魔力なり……何があっても努力を怠ってはいけないわ。私の魔力には、里の命がかかっているのだから」

「ん？　ロゼーヌ、何か言った？」

「いえ、何も言っていないわ」

どうやら、声に出てしまっていたみたいね。

気持ち悪い子供扱いされるかもしれないから、極力独り言は注意しないと。

「そうなんだ。それより、新しく生まれてくるのは妹だと思う？　それとも弟？　ちなみに、わたしは弟だと思う！」

今、私たちはそろそろ産まれてくるらしい弟か妹を待たされている。

誰が産まれようと私には関係ないから、静かな場所で魔力鍛錬をさせてほしいものだわ。

と思いながらも、周りがうるさくても私は黙々と魔力を動かしていた。

「僕はどっちでもいいかな……」

「カイン兄ちゃんは？」

「俺は……妹かな」

「へえー。ローゼは？」

「どっちでもいい」

そんな関わるつもりもないし、得にも害にもならないなら妹か弟に興味なんて持てないわ。

「えー。リルもローゼもつまんなーい」

ガチャ。

「もしかして喧嘩《けんか》してた？」

そう言って部屋に入ってきたのは、ピンク髪が特徴的なエルシー母さんだ。

優しい顔とは裏腹に、世界で一番の商会を束ねるボスらしい。

普段が優しすぎるから、逆に裏の顔とかありそうでちょっと怖い。

「してないよ！　ねえ？　ローゼ？」

「ええ……してないわ」

「そう。それじゃあ、私について来なさい」

「もしかして産まれたの？」

「ええ。元気な女の子よ」

「あー妹か。カイン兄ちゃんの当たりね」

「やったー」

「こら。あーとか言わないの」

「ごめんなさ～い」

失言して、耳を引っ張られているノーラを見ていると、急に悪寒《おかん》がした。

この魔力の感じ……身に覚えがある。

しかも、とてつもなく悪い身に覚えだわ。

「ねえ、ローゼ、具合悪いの？」

「だ……大丈夫よ」

こんなに微量な魔力なのに体がここまで反応するなんて、何の魔力なの……？

うう……思い出せそうで思い出せない。

「ロゼーヌ？　どうしたの？」

「う、ううん。大丈夫……」

エルシー母さんにまで心配され、私は無理矢理勝手に震える体を止めてみせた。

この魔力の正体を確認するまでは部屋になんて戻れない。

たとえ、吐いてもこの魔力のところに行かないと……。

「本当？　無理したらダメだからね？」

「大丈夫だから……」

「そう。それじゃあ中に入るけど、皆静かにしているのよ？　シェリー母さん、凄く疲れているんだから」

『はーい』


「こ、この感じ……」

部屋の中に入ると、やっとこの魔力が何なのか……誰の魔力なのか思い出した。

そんな……どういうこと？　ずっと死んだと思っていたのに……どうして……どうして私の妹として生まれてくるのよ！

「わあ！　これが僕たちの妹？」

「ふふふ。そうよ……名前はネーリア。ネリアって呼んであげて」

「うん。ネリア、これからよろしく」

「よろしくね！」

「ローゼ？　どうしたの？」

兄、妹たちが赤ちゃんに興奮している中、部屋の入り口で立ち止まっている私にお母さんたちが心配そうな目を向けてきた。

「だ、大丈夫……」

心配させまいと皆のところに近づこうとしても、恐怖でまったく足が動かなかった。

「なんか、さっきから具合が悪いみたいなの」

「そうなのか？　無理しなくていいぞ？　赤ちゃんは逃げたりしないからな」

「う、うん……。自分の部屋で寝てる……」

お父さんに出された助け船に少し安堵《あんど》しながら、見た目だけは可愛い化け物に背を向けた。

「無理するな。連れて行ってやるから」

「いい。大丈夫」

「そう言うなって」

掴まれた手を振り払うも、簡単に持ち上げられてしまった。

はあ、もういい……歩く気力もなかったし、運んでもらおう。


「……」

ベッドに運ばれて、私は無言で布団を頭までかぶった。

「一人で寝られるか？」

「うん。大丈夫」

「そうか……」

「なに？」

何か言われた気がして、布団から顔を出すと、お父さんが優しい目でこちらを見ていた。

何を考えているの……？

勇者の魔力が混じっていたせいで最近までわからなかったけど、お父さんは創造士のコピーで間違いない。

ということは、私とあの子の正体も気がついているのよね？

「いや、お前は何の心配もしなくていい。ただ、それだけだ」

「う、うん」

何が言いたいのかはわからなかったけど、とりあえずそのままの意味で受け取っておくことにした。

はあ、あんなのを前にして、心配しないなんて無理に決まっているじゃない。

九百年前を知っていたら、そんなこと言えるはずがないわ。

「それじゃあ、夕飯までゆっくり寝てなさい」

「……わかった」


「間違いない……あれ、焼却士だ」

お父さんが部屋から出たのを確認してから、私はぽつりと独り言を呟いた。

「もうとっくに死んでいたと思ってた……」

九百年も前に暴れまくって、魔界をあれだけぐちゃぐちゃにしておいて、それから一切音沙汰《おとさた》なかった。だから……創造士か魔王辺りに殺されたのだと思っていたんだけど……どうやら生きていたみたいね。

「でも、よく考えてみたら、彼女は前の世界で私と同じように目立たないように生きていたはず」

それがどうしてあんなことになってしまったのかは知らないけど、何かあったからなのは間違いない。

……そう考えると、普通にしていたら普通な子なのでは？

あれ？　そういえば、焼却士って破壊士に勝ったことがあるわよね？

「これはまだ……私にも勝機があるわね」

あの子をどうにか育てて、十五年後に破壊士とぶつければ十分勝てる気がしてきた。

魔界を一人で火の海にした女よ？　育て方で失敗しなければ、十分破壊士に対抗できるはずだわ。

「ただ……その育て方が何よりも重要ね」

強くしないといけないのは当たり前として、感情や思考面での教育を間違えれば、間違いなく九百年前の再現になってしまう。

それだけはなんとしても避けなければ……。

「これは、気合い入れて道徳心を教えていかないといけないわね……」

人の命がどれだけ尊いのかについて、十年はかけてみっちり教えていかないと。

「それにしても……この家族、どうなっているのかしら？」

焼却士の妹を持ったことで、私は自分が生まれた家の血筋がとてもおかしいことを思い出してしまった。

「お父さんは創造士のコピー、ルー母さんは破壊士のコピー。お母さんはスキルまでは継いでないとはいえ聖女の血を色濃く引いているし……、ベル母さんだってあの獣王の娘。これはお父さんが狙って結婚した？　でも、本来殺し合わないといけない私たちを集めて何をしようとしているの？」

いや、子供まで転生者なのはお父さんも予想外だったはず。

それに、ルー母さん以外はもう既に殺された転生者の血筋だわ。

新ルールのおかげで、破壊士と創造士は共闘することができてしまったから、敵同士になることはあり得ない。

とすると、お父さんとお母さんたちは単純に好きで結婚したって感じね。

「はあ、あとはお父さんが娘を殺せない善人であることを願うだけね」

これに関しては、本当に祈るしかない。

今の私と妹では、簡単に殺されてしまうからね。

「何の心配もしなくていい……その言葉、信じるからね」

部屋から出る前にお父さんが言った言葉を思い出しながら、私はお父さんに殺される心配をするのをやめた。

そんな、しても意味のない心配よりも、生まれてきたばかりの化け物の妹をどうにか話のわかる最終兵器に育てられるか、について考えていた方がよっぽど建設的だからね。

「皆、頑張って耐えて……絶対に助けに行くから。私、絶対諦《あきら》めないから」

とりあえず、細いけど一本は外を助けられる道を見つけられたから。

第三話　視察と書いてデートと読む

SIDE：レオンス

結婚から五年が経ち、気がついたら二十を超え、二十一歳になっていた。

領地開発に忙しくしながら、愛らしい子供たちに癒《い》やされていたら、五年というのはあっという間だね。

若いときみたいに行く先々でトラブルに巻き込まれることも最近はないし、本当に平和そのものだ。

ちょっと前までは……そう思っていたんだけどな。

「……旦那様？　どうかなさいました？」

「ああ、ごめん。少し考え事をしていた」

おっと。今は仕事に集中しないといけない。

エルシーの心配そうな声に、俺はすぐに頭を切り替えた。

「ここのところ、多いですね。何かあったのですか？」

「いや、特に何もないよ。それより、視察を続けようか」

「……もう。また誤魔化《ごまか》して」

「ごめん」

この悩み事は……相談してもいいのかさえわからないんだ。

俺だって、一人で抱え込んではいけないことはわかっている。

でも、俺がそうだったように……あの子たちには親の目を気にせず自由に生きてほしいんだ。

「はあ、いいです。言いたくなったら言ってくださいよ。その時が来たら必ず言うから」

「ごめんよ。その時が来たら必ず言うから」

「約束ですからね？」

「うん。約束するよ」

「それじゃあ、完成した新魔法具工場を説明していきますね」

「よろしく」

俺たちは今、五年以上の年月をかけてやっと完成した魔法具工場に来ていた。

建設途中に何回も来ているけど、完成した物を見るのは今日が初めてだ。

そして現在、俺たちは一階のいくつもある部屋の一つに来ていた。

「ここは、湯沸かしの魔法具を組み立てる製造ラインになっております。湯沸かしの魔法具は、ミュルディーンの工場で試験的に量産を試みたこともありますが、ここで初めて本格的な大量生産が行われます」

エルシーのわかりやすい説明を聞きながら、貴族がよく風呂に取り付けて使う湯を沸かす魔法具が流れ作業でできていくのを眺めていた。

「これで、少しは庶民《しょみん》もお湯を簡単に沸かすことができるようになると良いな」

「今はまだ職人が足りないのでそこまで値段を下げることはできませんが、これからもっと下げていく予定です」

人手不足は、きっと時間が解決してくれるはずだ。

ホラント商会が破格の報酬《ほうしゅう》で従業員を大量募集していると聞いて、帝国中……だけでなく、王国や教国《きょうこく》からたくさんの人が移住してきているからな。

あと一年もすれば、この広い工場もフル稼働できるはずだ。

「これから、この工場が世界の文明レベルを一気に上げていくと思うと、ニヤケが止まらないな」

更に大量生産が進み、庶民でも魔法具を使えるようになれば、もっと魔法具という物が身近な物になり、加速度的に魔法具が進化していくと思う。

師匠のような超天才はもう現れないかもしれないが、これからは魔法具が生活を支配する時代になる。

そうなれば、師匠ほどじゃなくてもほどほどの天才がたくさん現れてくるはずだ。

個の力を数の力で上回る。たぶん、そんな時代がもうすぐ来るだろう。


それから一階にある全ての生産ラインを見せてもらい、俺たちは二階に来ていた。

「二階は、一階の生産工程を監視、制御する管制室がある以外は全て研究室になっております。今は五人ほどしか部屋を持つ研究者はいませんが、これから少しずつ部屋持ちの研究者が増えていく予定です」

そんな説明を聞きながら、二階の研究室を見て回ってみると、階段付近の五部屋以外は全て空き部屋だった。

ざっと……二十部屋以上はあるな。

こっちは、埋まるのにそこそこ時間がかかってしまいそうだな。

でも、二十人の天才とその部下たちがいれば……きっと、超天才の師匠に勝てるはずだ。

「今使われている五部屋は、それぞれどんな研究しているの？」

「農業関係が二人、ダンジョン攻略に関する魔法具を一人、日用品が一人、旦那様が指示した魔動車の開発に開発長が携わっております」

「なるほど。魔動車開発はどんな感じ？」

魔動車とは、魔力だけで動く自動車のことだ。

馬車の移動だと、どうしても馬を休めないといけないけど、魔動車なら魔力が尽きるまで走らせることができる。

魔動車が発明できれば、この世界に物流革命を起こすだろう。

「はい。専門的なことはわかりませんが、上手く進んでいるそうですよ。開発長が言うには、遅くても二年後までに開発が終わるだろうとのことです」

あと二年と聞いて早いと思ってはいけない。

魔動車は、ミュルディーンに工場を建てた頃から研究させていたからね。

師匠がいた頃は順調に研究が進んでいたんだけど、師匠が亡くなってからは思うようにはいかなかった。

魔動車の研究は、そんな師匠の偉大さを実感させられた思い入れ深い研究だったりする。

「あと二年か。完成したら、二人で車旅でもするか」

「ふふ。それは楽しみです」

「三階は、半分が教育室。もう半分が魔石《ませき》分別室になっております」

三階に上がってくると、学校の教室みたいな部屋がいくつもあり、その全ての部屋で教官に老若男女様々な人たちが魔法具の作り方を習っていた。

ここで一通り自分の仕事を覚えて、一階の生産ラインに組み込まれていくわけだ。

そして、奥へと歩いて行くとジャラジャラと魔石どうしがぶつかる音が聞こえてきた。

部屋を覗《のぞ》くと、高く積み上がった魔石の山からひょいひょい魔石を拾って種類ごとに違う袋に入れていくおばちゃんたちが見えた。

皆、ミュルディーンの工場から働いてもらっていて、何度見てもおばちゃんたちの手際の良さは凄いと思ってしまう。

「魔石の供給は間に合っているの？」

「はい。ミュルディーンの学生たちがたくさん魔石を売ってくれるおかげで、なんとか回せております」

ミュルディーンの魔法科に通う学生は、生活費や学費を魔石だけで賄《まかな》っている。

貴族の子供たちにとっては小遣い程度でも、庶民にとっては十分生活できるだけの金になるようだ。

皆、魔力鍛錬を兼ねて、必死になって魔石に魔力を注いでいる。

「でも、これから魔力の供給が間に合わないかもしれないな」

「いえ、それは大丈夫だと思います。旦那様が庶民向けの学校を設立してくれたおかげで、お金を持っていない魔法使いがこれからどんどん増えていくはずですから」

今は、魔法を使えるだけでどこに行っても重宝されるけど、これから魔法使いの数が飽和《ほうわ》状態に達すればそんなこともなくなるか。

贅沢《ぜいたく》しなければ、魔石に魔力を注いでいるだけで生きていけるんだからな。

もしかしたら十年、二十年後には、そんな魔法使いが主流になっていたりして。


「工業都市エルシーの完成もあと少しかな」

魔法具工場の最上階、街を一望できる展望台からまだまだ更地《さらち》の多い街の様子を見ていた。

まだ始まったばかりの街ということはわかっているけど、ミュルディーンの人集《ひとだか》りに慣れてしまっているからか、どうしても寂しく見えてしまうな。

「生産が始まれば、少しずつ商人や住民たちが増えていくと思いますよ」

「これからどんどん発展していって……将来的には、ノーラがここを管理していくのかな」

「そうだと嬉しいですね」


工業都市エルシー視察から数日が経ち、今日はリーナと農業都市リーナに来ていた。

「わあ〜。今年はまた一段と畑が広がりましたね。見渡す限り麦ですよ」

「そうだね。しかも、ただの麦じゃない。あそこの研究所で、日々品種改良がされている麦だ。今年の麦でつくったパンは、去年の数倍美味しいって研究者たちが豪語《ごうご》していたから、期待していいと思うぞ」

そんなことを言いながら、俺が一番新作の麦の味を楽しみにしているんだけどね。

食の豊かさは、生活の豊かさに直結する。そうだろう？

あ～。どんなパンを焼こうかな。菓子パン……メロンパンだな。

「年々美味しくなっているのに……それが数倍なんて。きっと、またルーさんの食欲が爆発してしまいますね」

「これ以上爆発したら流石に困るな……」

太らないとはいえ、絶対あんな暴飲暴食して健康に良いわけがないんだよ。

ルーの体も心配だし、食べる量をこれ以上増やさないようにちゃんと注意しないと。

「それにしても……この場所、凄く落ち着きます」

「故郷みたいに緑が多いからか？」

「それはあるかもしれませんね。人がたくさんいて、とても栄えている街も良いかもしれませんが、私はこの街みたいな静かな場所の方が好きなのかもしれません」

「そう思ってね。ここは、そこまで手を加えなかったんだ」

最低限農業を研究できる設備だけを整えて、後は元々あった村をそのまま使っている。

「そうだったんですね。ありがとうございます」

「どういたしまして。でも、ここはリーナの街だから、何か要望があったら好きに言って」

「要望ですか？　うん……今の段階でもとても満足していますけど……あ、一つだけありました」

「一つと言わず好きに言って。それで、どんな要望？」

「はい。大きな教会を建ててもらえないでしょうか？」

「教会？　別にいいけど……」

ちょっと意外な要望だな。

リーナはまだガルム教を信仰していたのか。

「あ、別に布教をしたいとかそういうことを考えているわけではないですよ？」

「それじゃあ、何の為《ため》に？」

「帝国に聖魔法を使える人をもっと増やす為ですね。今は帝国に強く言えないので黙っていますが、一応聖魔法を教えていいのは教会の人間だけということになっていますから。これからも、教国と仲良くやっていくためにも、ちゃんとした教える場所を用意しておいた方が良いと思いました」

「……そこまで考えが及んでいなかった。ありがとう」

そもそも、聖魔法を学ぶのにそんな制限があるとは知らなかった。

まあ、もうかなりミュルディーンの学校でも聖魔法を教えてしまったし、今更な気もするけど。

「ふふ。まあ、建ててほしい理由の半分は、私が子供たちに聖魔法を教えてあげたいだけですけど」

いや、それが建ててほしい理由の九割でしょ。

「ハハハ。それでも、十分ありがたいよ。そうなると……リーナが簡単に行き来できた方が良いよね。今度、それぞれの街とミュルディーンを行き来できる魔法アイテムを創造してみるか」

「魔力に無理がないようにしてくださいよ？」

「もちろん。魔力が足りなくなったら、また頼むよ」

「ふふ。任せてください」


……数日後。

リーナの街に教会を誘致《ゆうち》する計画を進めながら、俺はベルとルーと一緒に冒険都市ベルーに来ていた。

まあ、ここはもう二、三年前に開発が終わってしまっているから、視察という建前を持ったデートって感じだな。

「わー。前に来たときよりもまた随分と人が増えたねー」

「成長速度は四つの都市の中でここが一番だからな」

ここは駆け出しからベテランまで、冒険者にとっては割の良い稼ぎの場となっている。

活動拠点をここに移す冒険者が増えすぎたことで、大小様々な貴族から冒険者が減って困っていると半分苦情みたいな手紙が日々届いている。

無視してもいいんだけど敵は増やしたくないから、実際に冒険者が減って魔物の討伐《とうばつ》が間に合ってないところには、武器や魔法具を融通してあげた。

結果、俺に苦情の手紙を書けば、タダで俺に物が貰えると勘違いした馬鹿たちが大量発生した。

もちろん、そんな手紙は読んだら破って捨てて無視しているんだけどね。

「冒険者が多いと治安的な問題が多いんじゃないでしょうか？」

すれ違う何人もの荒くれ者を横目に、ベルが心配そうな顔をしていた。

「確かに、犯罪数も四つの中で一番だね。なんなら、人口が十倍も差があるミュルディーンよりも多い」

むしろ、ここができたことでそういう騒ぎを起こす奴らがミュルディーンから減ってしまった。

昔はあんなに治安が悪かったのに、今では世界一商人が安心して住める街と言われるまでになってしまった。

領主になって以来、防犯に力を入れてきた甲斐《かい》があったものだ。

「警備の強化はしているのですか？」

「してはいるんだけど、急激な人口増加に間に合ってないんだよね。まあ、犯罪と言ってもほとんどは冒険者同士の喧嘩に伴う器物破損だから、ギルドの方に冒険者の教育を徹底してもらった方が早い気はするかな」

犯罪率は高いと言っても、あからさまな窃盗《せっとう》や殺人といった事件はそこまで多いわけではない。

この街にいるのは、極悪人と言うより大したこともできないチンピラばかりだからな。

「なるほど」

街の中心にあるダンジョンに向かうと、冒険者たちが長蛇《ちょうだ》の列をつくっていた。

「今日もダンジョンに人がたくさんいるね。あんなにいたら、儲《もう》からないんじゃないの？」

「いや。そんなことないよ。たくさん来ることを見越して、一層一層を広くしておいたから」

このダンジョン、少ない魔力でこつこつ改装を繰り返し、この数年間でやっと四十階まで創造することができた。

騎士団訓練場のダンジョンとは違って、ここはとても考えられた難易度で創造されている。

一層は、誰でも倒せる魔物しかいないし、下層に行けばAランクの冒険者でも倒すのに苦労する魔物を用意しておいた。

「そうなんだ。攻略されたりしない？」

「まあ、大丈夫だと思うよ。最後の層だけ、異常に難易度を上げているから。たぶん、ベルとルーに二人で挑まれても大丈夫だと思う」

「え～。私が破壊魔法を使っても？」

「たぶん……壁を破壊したりしなければね」

あのギミックが俺の思っている通りに発動してくれるなら、大丈夫なはず。

失敗すれば、瞬殺されてしまうんだけど。

「え～。なにそれ、凄く気になるじゃん。ねえ、ベル？　二人でどこまで進めるか試してみない？」

いや、二人なら最後のボスまで二時間もあれば行けちゃうんだよ。

問題なのは、最後のボスを倒せるかだ。

「ダメですよ。私もルーさんもお腹に赤ちゃんがいるのですから」

そう言って、ベルは自分のお腹をさすった。

実は二人とも、絶賛妊娠中だ。

ルーは妊娠八ヶ月、ベルは五ヶ月くらいで、二人とも一目で妊婦だとわかるくらいお腹が大きくなっている。

それでも、平気で普段通り生活できている二人は本当に凄いと思うし、流石だなと思う。

「大丈夫だって。私とベルの子供だよ？　ちょっとやそっとの衝撃でどうにかなるような子供じゃないから」

「ダメです。半分はレオさんの血が入っているのですよ？」

いやいや、その諭《さと》し方は違うよね？　俺が弱い人みたいな言い方だし、俺の血が混ざってなかったらダンジョンに挑戦してもいいみたいじゃん。

「む……。確かに、レオは大怪我すること多かったもんね。わかった。我慢《がまん》する」

はいはい。どうせ俺はよく大怪我する弱々しい体の持ち主ですよ。

ふてくされながら、それを誤魔化すようにルーの頭を撫《な》でた。

「えへへへ」

「……」

ベルさん目が怖いって。

「はいはい。ベルもえらいえらい」

嫉妬《しっと》に燃えていたベルも頭を撫でてやる。

すると、すぐにベルは幸せそうに顔を緩め、ちょっとすると自分がだらしない顔をしていたことに気がついたのか、顔を真っ赤にして誤魔化し始めた。

「べ、別に私も頭を撫でてほしいなんて思っていませんでしたから！」

「はいはい」

怒りながらも俺に再度頭を撫でられると、また幸せそうに表情筋の力を抜いていた。


エルシー、リーナ、ベルとルーときて、最後はシェリーと視察という名のデートに来ていた。

「ここもやっと形になったわね」

シェリーの言うとおり、王国との国境にそびえ立つ城壁の上から俺たちが眺めている街は、形としては街になってきた。

ただ、この完成してきた街が張りぼてに見えてしまうくらい、街を行き交う人の数が少なかった。

「一からだったからね……。人が増えるのはこれからかな」

「きっと増えるわ。エレーヌが帝国との貿易に力を入れてくれているんだもの」

「そうだね。俺もあまりこの街の心配はしてないかな」

現在、ホラント商会もそうだし、ミュルディーンで活躍する多くの商人たちがここに王国で商売をしていく為の拠点を建てている。

それに跡を追うように、王国相手に一儲けしようと企む中小規模の商人たちがここに拠点を移し始めた。

帝国と王国の関係が悪化しない限り、この街の心配をする必要はないだろう。

「とまあ……形だけの視察はさておき……」

「え？」

俺がこの街の将来に安心していると、シェリーが俺の襟首を掴んで迫ってきた。

「そろそろ答えてもらおうかしら」

「な、なにを……かな？」

いや、たぶんあれのことだろうけど……。

「惚《とぼ》けても無駄。ここまで迫られても白を切ると言うなら、私も手段を選ばないわよ？」

そう言って、シェリーが愛用の杖を俺に向けてきた。

「ちょ、ちょっと待ってくれよ」

「待たない。今すぐ選びなさい。自分から話すか、私に魅了魔法で無理矢理聞き出されるか」

ああ、ダメだ。シェリーの目が本気だ。

これは、選択の余地がない。

「……はあ、降参」

俺は両手を上にして、降参のポーズを取った。

「話してくれるってこと？」

「ああ」

「良かった。それで、ここ最近……特にネリアが産まれてから何に悩んでいたの？」

ネリアが原因なのは、薄々気がついていたんだな。

「何でだと思う？」

「どうせ、ネリアに適性魔法がなかった。とか、そんなことでしょ？　別に、昔と違って適性魔法だけがこの世界で生きていく全てじゃないんだから、気にしなくていいじゃない」

「いや、それくらいのことなら……俺もここまで悩まないさ」

「……それじゃあ、何が悩みの種だって言うの？」

「実は、ローゼとネリアが転生者だったんだ」

「……え？　ローゼと……ネリアが？」

悩みの種が誰にあるのかはわかっていたけど、二人も自分たちの子供に転生者がいることは想像できなかったみたいだな。

まあ、俺も初めて見た時に鑑定と自分の目を疑ってしまうくらい、あり得ないことだからこれは普通の反応だ。

「ああ。ローゼはエルフの女王、ネリアは焼却士の記憶を持っている」

「なるほど……。ローゼが大人びていて、子供とは思えない魔力を持っていた理由がやっとわかったわ。でも、ネリアからはあまりそういうのは感じられないわ」

「まだ産まれたばかりだからだよ。それに、たぶんネリアは言われないと転生者って気がつかなかったと思う」

「え、なんで?」

「千年間で何回も代替わりをしていて、魔王や他の転生者たちに正体がバレていなかったんだよ? たぶん、そういうのを隠すのが上手いんだと思う」

実際、ネリアは目立たないように手のかからない大人しい子供を演じている。

俺の時なんて、ハイハイで家の中を自由に動き回ったり、普通の子供にはわかるはずもない本をメイドに読ませたりと、とても普通の子供ではない行動をしていた。

平和に生きるなら……ネリアの方が正解なのかもしれないな。

「なるほどね……」

「そういうことだから。もう、いいでしょ?」

俺は持ち上げていた手を下ろし、俺の襟首を持つシェリーの手を優しく包み込んだ。

「ふん」

「ぐへ」

シェリーの頭が思いっきり俺の顔面にぶつかってきた。

いきなりのことに倒れそうになるも、俺の襟首を掴んでいるシェリーの手がそれを許してくれなかった。

「私を舐《な》めるんじゃないわよ? あなたが悩んでいそうなことなんて、ちょっと聞いただけでお見通しなんだから」

「ええ……」

どうやら、シェリーさんは誤魔化されてくれないらしい。

「もう、一人で抱え込もうとするのはあなたの悪い癖。自分一人で娘たちを守ろうとしないで」

「……わかったよ。でも、皆に話すのはもう少し待ってくれない？」

諦めて全て話してしまうことにした俺は、話す前にどうしてもこのことをシェリーと約束しておきたかった。

「どうして？」

「ローゼが五歳になって……適性魔法を調べるまでは、知らないふりをしてあげたいんだ。今、彼女は何かに向けて頑張っている。それを邪魔したくないんだ」

これが正しい判断なのかはわからない。けど、俺が子供の頃にそうさせてもらったように、ローゼとネリアにも好きなように生きさせてあげたいんだ。

「そう。わかったわ。まあ、あと一年くらいだし、それなら良いわよ」

「ありがとう」

「それで……レオは何に悩んでいるの？」

「ちょっと耳を貸して……」

「……本当、レオは神様に好かれ過ぎじゃない？　一難去ってまた一難と……どれだけレオに試練を与えたら気が済むのかしら？」

俺が絶賛悩み中のことを打ち明けると、シェリーは難しい顔をして、俺を安心させるように抱きしめてくれた。

「さあね。もしかしたら死ぬまでかも」

「ふふ。それは飽きない人生にしてもらえそうね」

「そうだね。神には感謝しないと」

出来ることなら、お礼に一発ぶん殴《なぐ》らせてほしいものだ。

第四話　私の正体

ＳＩＤＥ：ロゼーヌ
この世界に転生してから早くも五年が経った。

魔力は当初の予定より倍近い速度で成長してくれている。

この調子で魔力の鍛錬を続けていけば、十五歳には前の体にも負けない魔力を手に入れられるはずだわ。

この体の成長速度には驚かされたけど、よく考えたらこの体はエルフの女王と聖女、勇者、創造士の混血。

これで背が伸びてくれれば何一つ文句ない体だわ。

転生したばかりの時はがっかりしちゃったけど……私、とんでもない体に転生しちゃったのかもしれないわね。

そして、私の成長と同じくらい……いいえ、それ以上に私の計画には必要不可欠な妹のネリアの教育について。

これは、そこまで進んでいない。

そりゃあ、あっちの世界の記憶があるとは言っても、一歳前後の赤ん坊に言葉がわかるはずがないからね。

とは言え、何もしていないかというとそういうわけではない。

とりあえず、魔力の操作方法だけ教えてあげた。

自分で動かすようになるまで、毎日少しずつ私が動かしてあげた。

その甲斐あって、今では自分で動かすようになってくれた。

「あとは……ネリアの成長速度に期待するしかないわね……」

「いた！　ローゼ、またここにいたのね」

「お母さん……」

ネリアが魔力を動かしているのを眺めていると、お母さんが怒りながら部屋に入ってきた。

そういえば、今日は帝都《ていと》に行く日だったわね。

「本当、あなたはネリアのことが好きよね。他にも弟や妹がいるのに、どうしてこの子だけなの？」

「……なんとなく」

お母さんを納得させるだけの言い訳も思いつかず、私は開き直ることにした。

このくらいの歳の子供ならほぼ直感で生きているし、問題ないと思う。

「なんとなくね。まあいいわ。ほら、帝都に向かう準備をしなさい」

「ねえ……お母さん」

「なに？」

「帝都に行かないとダメ？」

「え？　何が嫌なの？」

「え、えっと……」

まさか、正体がバレる可能性があるから適性魔法を調べられたくない。とは言えない。

「あなたは私とお父さんの子供よ？　適性魔法の心配なんてしなくて大丈夫だわ。それに今の世の中、魔法だけが全てじゃないから。魔法使い以外にもたくさんの将来の夢があるわ」

「う、うん……」

お母さんは何を勘違いしたのか、私が自分の適性魔法に自信がない子供に見えたようだ。

適性魔法は結界魔法だけとわかっているんだけどな……。

「もう、珍しく子供らしいところを見せたわね。あなたはいつも手がかからなかったから、お母さん嬉しいわ」

「あ、ちょっと……」

お母さんは嬉しそうな声をあげて、私をひょいっと抱っこしてしまった。

こうなってしまったら……もう抵抗できないわね。

「お待たせしました」

お母さんに抱っこされながら、お父さんの部屋に入ると、今回帝都に行く人全員が集まっていた。

「やっぱりネリアのところにいたの？」

「はい。眠っているネリアを嬉しそうに眺めていました」

「へえ。寝ているネリアが可愛かったの？」

「え、えっと……うん」

別にあの子寝ているわけじゃないんだけど……とは言えず、私は諦めて頷いておいた。

「そう」

「ねえ、もうローゼも来たし、早く行こうよ！　ねえ？　お父さん！」

「はいはい。皆、俺に触って」


お父さんが転移を使うと、そこはそこそこ大きな教会が建っていた。

どうやら、ここで私の正体が暴かれるらしい。

「ここに来るのも久しぶりだな……」

「私は初めてです。庶民はそもそも適性魔法なんて調べられませんから」

エルシー母さんほどの金持ちが適性魔法を調べられなかったの？

帝国って馬鹿なの？　そこら辺の貴族より、エルシー母さんを優遇していた方が得なのに。

「本当、このお賽銭《さいせん》制度良くないよな……」

と言いながら、手に持っていた袋を少し振ってジャラジャラと音をたてた。

あの中には……たくさんのお金が入っているみたいね。

貴族じゃないと受けられなくて、しかも大量のお金を要求するとは……宗教は儲かるわね。

「でも、旦那様が設立した学校のおかげで少しずつ庶民にも魔法が使える機会が増えてきましたよ？」

「いや、あの程度では一部の人たちしか魔法を学ぶ機会を得られないよ。もっと小さい頃から魔法に触れる機会をつくってあげたいし……。やっぱり、帝国に頑張ってもらわないといけないのかな」

自分の領地はまだしも、他の領地の領民まで心配するなんてお人好しすぎるわ。

そんなの、帝国で一番高い爵位の公爵とは言っても、一人の貴族でどうにかできるわけがないでしょ。

「そうだね。それじゃあ、僕が皇帝である間に全ての領地に庶民向けの学校を建てることを約束しよう」

「あ！　クリフおじさん！」

振り返ると、シェリー母さんの兄であり、現皇帝であるクリフおじさんが立っていた。

あの人、いい人なのはわかるんだけど……なんか全てを見透かすような目をしているから、あまり関わりたくないんだよね……。

「やあ、皆元気にしていたかい？」

「うん！　凄く元気！」

「本当、ノーラは元気が良くていいね」

「えへへ」

「カインスとロゼーヌも大きくなったね」

「うん！」

「……」

「もう、少しは挨拶《あいさつ》しなさい」

私がクリフおじさんの言葉を無視すると、お母さんが無理矢理私の頭を下げさせた。

それでも、私はおじさんと目が合わないよう顔を逸《そ》らした。

「ははは。相変わらずロゼーヌは人見知りみたいだね。それじゃあ、教会に入ろうか」

「仕事は大丈夫なの？」

「君たちの子供は、僕の子供みたいなものさ。子供の為だったら仕事を放り出してきても問題ない」

この人は皇帝なのに、どうして子供どころか奥さんがいないのだろうか……？

子供ができない体なのかな？


「ああ、レオンス様……それに、皇帝陛下まで……わざわざお越しくださりありがとうございます」

教会に入ると、白いひげを生やした男の人がペコペコと頭を下げながら私たちを出迎えてくれた。

「気にするな。甥《おい》と姪《めい》の晴れ舞台だ」

「は、はい……」

「今日はよろしくお願いします」

「は、はい……。それでは、こちらに……」


それから地下室に案内された。

薄暗い部屋に、不自然に置いてある女神像はあまり神聖さを感じなかった。

どうしてこんな暗い場所で鑑定するのかしら？　覗き見、盗み聞きを防止するためかしら？

「それじゃあ、カインから行くか。あの女神の手に触るだけで大丈夫だ」

「う、うん」

「ほら、かっこよく行ってきなさい！」

「……わかったよ。これでいいの？」

そう言って、カインが像の手に触れた。

すると、女神像が急に光り始めた。

「うわ。まぶしい。父さん、これ大丈夫なの？」

「大丈夫だから手を離すなよ」


それからしばらくして光が収まると、カインの手には一枚のカードがあった。

「どうだった？　カードを読んでみて」

「う、うん。えっと……雷と風……無？」

へえ。良い適性魔法じゃない。当たりね。

「三つもあるのか。それは凄いな」

「三つじゃないよ。これは……さいみん？」

「催眠魔法？　それはまた……」

「私の魅了魔法に似ているわね」

へえ。シェリー母さんは魅了魔法を持っているのね。

魅了魔法を持ったサキュバスの女王が人間の国に紛れ込んでいたのは、六百年は前の話ね。

催眠魔法の使い手は確か……創造士の女に手を出そうとして、早々に退場したんだっけ？

あの馬鹿、子供がいたのね。

「皇族はそういう系統の魔法が多いのでしょうか？」

「まあ、皇帝を誑《たぶら》かすには十分な能力だからね」

「……なるほど」

「ねえ……さいみん魔法って悪いの？」

大人たちのやり取りに、カインが心配そうな声をあげた。

「そんなことないわよ。当たり中の当たりよ」

外れではないかな。まあ、私とネリアに催眠を使わない限りは、好きにさせてあげるわ。

「本当⁉　やったー‼」

「よし。次はローゼ」

え？　もう私なの？　いや、そうだった。

数分だけだけど、一応私の方がノーラよりも早く生まれたんだっけ。

「わ、私は……後でいいや」

「そうか。それじゃあ、ノーラが先に行くか？」

「うん！　私が先にやる！」

私は後回しになり、ノーラの鑑定がさっそく行われた。

「どうだった？」

「……二つしかなかった。創造と無って書いてある」

両親のどちらも創造魔法だから、そうなると思っていたわ。

「おお。創造魔法が使えるのか。俺やエルシーと同じだな」

「え？　お父さんとお母さんと同じ？」

「そうだ。創造魔法は凄いぞ。練習すれば、なんでもできる」

「そうなの!?」

「ああ。ただ、いっぱい頑張らないと使えないけどな」

「いっぱい頑張らないと……わかった！　私、頑張る！」

二つしか貰えなかったことに落ち込んだノーラだったけど、お父さんの励ましのおかげで自分の適性魔法が凄いことに気がついたようだ。

とは言っても、転生者の異常な魔力成長力がなければ創造魔法なんて使いこなせるとは思えないけどね。

まあ、ノーラもお父さんの子供だし、少しはその特性を引き継げてはいるから、頑張れば簡単な魔法アイテムを創造できるようになるかな。

「そうか。それじゃあ、最後ローゼ」

「う、うん……」

ついにこの時が来てしまった。

どうしよう……具合悪いって言って逃げる？

いや、具合悪くても像に触るくらいできてしまうわ。

どうしよう……。

「緊張しなくて大丈夫よ」

「そうそう。適性魔法で人生の全てが決まるわけじゃないんだから」

そう言って、お母さんが私を抱っこしながら女神像の前まで連れてきた。

私がちょっと手を動かせば、鑑定が始まってしまう。

「わ、わかったよ……」

これは、諦めるしかないわね。

私は覚悟を決めて、女神像の手に触れた。

「どうだった？」

「結界と……無属性魔法」

もう知ってるくせにわざとらしく聞いてくるお父さんに、カードに書いてある通り答えた。

どうせ隠してもバレるからね……。はあ、これで私が転生者であることがバレてしまうわね。

「あら、やったじゃない！　結界魔法は、エルフの女王様と同じ魔法よ！」

女王と同じ？　どういうこと？

もしかして、お母さんたちは結界魔法が女王だけしか使えない魔法ってことを知らないの？

「良かったね」

「う、うん」

「……そうだな。ほら、後は帰ってからゆっくり見よう」

この含《ふく》みがある言い方……お父さんだけはわかっているわね。

はあ、もういいわ。こうなってしまったら、私にはどうにもできない。後は、全て運命に委《ゆだ》ねるわ。

第五話　娘の正体

ＳＩＤＥ：レオンス

「キャッキャ」

「おじいちゃん！　僕も抱っこして！」

「わかったわかった」

子供たちの適性魔法がわかり、帰ってくると前皇帝……お義父《とう》さんが子供たちと遊んでいた。

「お父さん、ただいま」

「おお！　帰ってきたか。おじいちゃん、まってたぞー」

娘の挨拶を綺麗に無視し、お義父さんは孫たちに抱きついた。

これにはシェリーもちょっとイラッとしていたので、手を握ってなだめておいた。

子供たちに夢中になっているだけで、悪気があるわけじゃないからね……。

「うう……おじいちゃん暑い」

「皆さん、お帰りなさい」

「ベル、ただいま。ごめんね。子供たちの面倒を押しつけちゃって」

「いえ。ルーさんもいましたので」

「オギャー」

「わかったから、少し待ちなさいって。今、やっとミーナが泣き止んだところなんだから」

ベルに言われて、ルーの方を見ると忙しく泣き叫ぶ子供たちをあやしていた。

「ルーもすっかりお母さんになってしまいましたね」

「本当、ここに来たばかりの時には想像もつかない光景ね」

「確かに」

地下市街を一日で壊滅させた人には見えないし、食うか寝るかしかしていなかった人にも見えないな。

「それで、三人はどんな結果だったんだ？」

やっと孫たちに満足したのか、やっとお義父さんが本題に入った。

「へへ。聞いて、お父さんとお母さんと同じ創造魔法だったの！」

最初こそがっかりしていたノーラだったが、今は誇らしげに自分の魔法をおじいちゃんに自慢していた。

「おお。やったじゃないか。しっかりと魔法の練習をするんだぞ？」

「もちろん！」

「カインスはどうだったんだ？」

「俺は、雷と風、催眠魔法だったよ」

「おお。それはまた……珍しい魔法を授かったな。使い方次第ではとても使えそうな魔法じゃないか」

そう。使い方次第だな。

これから、そこら辺をちゃんと教えていかないと。

「そうだね。僕も頑張って魔法の練習をするよ」

「ああ、頑張れ。それじゃあ最後、ロゼーヌはどうだった？」

「……結界魔法」

いや、もっとちゃんと教えてやれよ。

おじいちゃんを見ろ、凄く悲しんでいるぞ？

「ほ、ほう。それはまた珍しい魔法を手に入れたな。そういえば、リーナの祖父はエルフの王子だったか？」

「はい。そうだったみたいですね」

「エルフの魔法……果たして、どうなるか楽しみだな。ロゼーヌも練習を頑張るんだぞ？」

「……うん」


それからおじいちゃんを見送り、ローゼはネリアのところに、子供たちは庭に遊びに行った。

そして、残った俺たちは俺の部屋に集まっていた。

「……それで、そろそろ話してもらえるのでしょうか？」

「うん。そのつもりだよ」

「今まで黙っててごめんなさい」

「いえ。シェリーさんが聞き出して、隠した方がいいと判断したのですよね？　それなら、問題ないですよ。ね？」

判断というより、俺がそう頼んだだけなんだけどな。

「私もそう思います」

「私はどうせ難しい話をされてもわからないからいいや〜」

「それで、このタイミングということは……やはりローゼが転生者だったということですか？」

「……え？　わかってたの？」

「まあ……これでも、この中で一番ローゼを見てますから。ローゼ、どことなく小さい頃の旦那様に似ているんですよね。年齢にそぐわない精神年齢とたまに見せるよくわからない言動。本当にそっくりです」

さすがお母さんだな。果たして、鑑定がなかったら俺はリーナのように見破ることはできたのだろうか？

疑うかもしれないけど、確信までは持てなかっただろうな。

「なるほどね。正解だよ。ローゼはエルフの女王だ」

「え？　それって大丈夫なの？　今、その……エルフの女王が破壊士からエルフたちを守っていたんだよね？　女王がいなくなったら、簡単に滅ぼされてない？」

「あり得るね。もしかしたら今、破壊士はエルフを滅ぼし終えてこっちに向かってきているかもしれない」

そう。それも悩みの種の一つだ。

怪我だらけの破壊士がここまで来るのにどのくらいかかるのかはわからないからこそ、凄く怖い。

もしかしたら明日にも人間界に到来するかもしれないし、五年経ってもここにたどりつけないかもしれない。

でも、複製士たちの話を聞いている限り、いつかは絶対にここまでやってくる。

「そんな……」

「まあ、その話はまた今度にしよう。どうせ、そうなっていたら俺たちにできることはほとんど残されていないから」

「また今度？　まだ何かあるのですか？」

「ああ。実はもう一人、俺たちの子供の中に転生者がいるんだ」

「え？」

「もう一人？」

「たぶんですけど……ネリアですか？」

他の嫁さんたちが驚く中、リーナが見事一発で的中させてきた。

「……よくわかったね」

リーナ、実は鑑定のスキルを持っていたりしない？

「いえ、ローゼがいつも一緒にいるのはネリアですから」

「言われてみればそうですね。ああ……そういうことだったのですね」

「ローゼはいつもネリアの近くで何をしているの？」

「ネリアの魔力を鍛《きた》えてあげているのよ」

「え？」

「私たちに隠れて、ネリアに魔力の鍛錬の仕方を教えてあげているの。まあ、私の魔力感知は誤魔化されないけどね」

シェリーは俺が教えてから、たまに隠れて二人を観察して、二人が普段何をしているのか突き止めてくれた。

そして、ローゼがネリアの魔力を鍛えていることが発覚した。

「ローゼは、ネリアの魔力を鍛えて何をしようとしているのでしょう？」

「滅ぼされたエルフの復讐《ふくしゅう》じゃないか？　と俺は思っている」

エルフとはほど遠いと言っても過言ではないくらい、リーナはエルフの血をほとんど受け継いでないと思う。

そんなリーナの娘に転生したということは、他のエルフはもう既に殺されてしまったのではないか？　と、考えるのが自然だろう。

「復讐ですか……。ネリアなら破壊士に勝てると？」

「なのかもしれないね。ちなみに、ネリアは焼却士だよ」

「あの魔王が若い頃に殺されたと言っていた？」

「そう」

魔界を火の海にして、いつの間にか表舞台から消えたというあの焼却士だ。

まさか俺の娘として生まれてくるとは。

「……レオの話とか聞く限り、転生者たちって前の世界？　の記憶はあるけど前の人の記憶は残らないんでしょ？　それなのに、どうしてローゼは復讐とか考えているの？　前の記憶がなかったら、そんなこと思いつかないよね？」

シェリーの指摘はもっともだ。俺たち転生者は、転生する度に記憶がリセットされる。

だから、前の自分がどんな人生を送っていたのか知らないはず。

ネリアは間違いなくそうだと思う。でも……、

「エルフの女王は違うみたいなんだ」

「どう違うの？　記憶を引き継げるってこと？」

「そう。スキルの力で記憶を残したまま自分の子孫に転生することができるみたいなんだ」

鑑定したらそう書いてあったし、本当にそうなんだろう。

エルフなんて長命種でこのスキルは若干外れな気がするけど、殺される前にこれを使っちゃえば無事逃げられるし、もしもの時を考えるとこれが一番当たりなのかもしれないな。

「……ローゼ、破壊士に殺される前にそのスキルを使って転生したってこと？」

「少なくともピンチな状況ではあったと思うよ」

じゃなかったら、わざわざ千年も過ごした自分の土地を捨てようとは思えないだろうからね。

「仲間や家族の敵《かたき》を取りたいのはわかりますが……正直、親としては危ないことをしてはほしくないんですけどね」

「そうだな」

たくさんの転生者たちが挑んで敗れていった相手だからな。

もし、二人が順調に育っていったとしても……無事勝てるとは思えない。

だからというわけじゃないけど……どうにか、ローゼには復讐以外の道を含めて新しい人生を楽しむことに目を向けてほしいな。

第六話　姉の奇行

ＳＩＤＥ：ネーリア
私……どうしてここにいるのかしら？

しかもこの体……赤ちゃんじゃない。

私は夢を見ているのかしら？

いえ、そんなはずないわ。だって、ちゃんとお腹は空くし……トイレに行きたくなるんだもの。

この体の……母親は、アニメに出てきそうな銀髪美女だった。

凄く優しい眼指しで……その対象は私じゃないはずなのに、なんだか私の心は温かい気持ちになってしまう。

父親は……たぶん碌《ろく》でなしのクズで間違いない。

常に、私の……この体の母親とは違う女が隣に立っている。

たまにメイドの格好をした人もいるけど、明らかにそうじゃない女と頻繁《ひんぱん》に会いに来る。

そして、私にはそんな女たちから産まれた腹違いの兄や姉たちがいる。

たぶんだけど、兄が二人、姉が二人かな。

この子たちには何の罪もない。だから、特に思うことはない。

そう。悪いのは全て節操なしの憎き父親だ。

そんな可哀想な姉の一人が、どうも様子がおかしい。

毎日私を見に来ては、何か思い悩んだ顔をして帰っていく。

あれは、何を悩んでいるのだろう？

これは想像になってしまうけど……あの子は母親に何か吹き込まれているのかもしれない。

今、お父さんは新しい女との間にできた子供に夢中なの。だから、あなたは父親に愛してもらえないのよ。

なんて言われていたりしてね。

そうなってくると……私、姉に殺されてしまったりするのかしら？

あんな歳の子供は母親の言うことが絶対だし、とても純粋だ。

私がいるから母親が不幸だと知ったら、私を殺そうとするかもしれないわ。

などと思っていると、遂にその時がきた。

その日は……いつものように思い悩んだ顔をしていた姉が珍しく表情を変え、キョロキョロと部屋に誰もいないことを確認していた。

ああ、遂に私はやられてしまうのか……。

覚悟を決め、私はぎゅっと目を瞑《つぶ》った。

どうせ、これは私の体じゃない。だから、殺されても文句は言わないわ。

でも、お願い……なるべく痛くしないで。

そんなことを願ってその時を待っていると……急に下腹部が温かくなった。

え？　もしかして私、恐怖のあまり漏《も》らしちゃった？

恥ずかしさと動揺のあまり、強く閉じていた瞼《まぶた》を開けてしまった。

私の視界に入ってきたのは……いつものように思い悩んだ姉の顔だった。

そんな姉は、私のお腹に手を当てて何かしていた。

これ、なにをしているの？

もしかして、私におしっこをさせるおまじないか何か？

私が大人の意識を持っているのを知っていて、辱《はずかし》めようか考えているの？

この姉……恐ろしい。ただ殺すのは生温《なまぬる》いと思っているんだわ。

きっと、これからの人生……私はこの姉に生き恥を曝《さら》されていくのね……。

そんなことを考えていたら、私は本当にお漏らしをしてしまった。


あの忌々《いまいま》しい事件から二ヶ月……くらい経ったかな？

あれからほぼ毎日……うん、間違いなく毎日あの女は私のところにやってきては例のおまじないを私にかけてきた。

飽きずに毎日毎日。そんなに私を辱めるのが楽しいの？

更に二カ月。

なんとなく、姉が私に何をしているのかわかってきた。

私の体の中にある……球体みたいなもの？　を頑張って動かしているみたい。

これ、日に日に大きくなっている気がするのよね……。

このまま大きくなったら、私の体が爆発するんじゃ？

そんな不安に体を震わせると、下半身に温かい感覚が……。


またまた二ヶ月。

私が転生したのが生後何ヶ月かはわからないけど、もう少しで一歳になるんじゃないかな？　もしかしたら、既に一歳になっているかも。

少しずつ、この世界の言葉に反応できるようになってきた。

まあ、話すようになるのにはまだまだ時間がかかりそうだけど。

そして、私が転生して以来ずっと私を悩ませている姉については……相変わらず私の体の中にある球体を黙々と動かしていた。

二ヶ月前と違うことと言えば、私が自分で球体を動かすと姉が凄く喜ぶこと。

実は私、最近になってようやく自分で魔力を動かせるようになった。

それはある日の姉がいない時だった。

日に日に多くなっていく球体に身の危険を感じていた私は、どうにかこれを体外に飛ばせないか？といろいろと試していた。

姉は、直接体の中に手を突っ込んでいたわけじゃないし、私でもできる。そう思っていろいろと試していた。

結果、思っていたよりも簡単に球体を動かすことができることがわかった。

まさか、お腹に手を当てて、球体に『動け』と念じるだけで動かすことができるなんて思いもしなかったわ。

ただ、この球体を体外に出すことはできないみたい。

体外に出せないことがわかると、私はすぐに発想を変えた。

取り出すことができないなら、姉が大きくするのを邪魔することにした。

どうやるかって？

それは簡単。姉が私のお腹に触れたら、干渉されないよう球体をお腹から遠ざけてあげればいい。

この作戦は成功した……と思ったんだけど、姉が想定外の反応を見せた。

あの日も姉は対抗策を用意されているとはこれっぽっちも考えず、いつも通り私のお腹に手を当てた。

その瞬間を見計らって、私はすぐに球体をお腹から遠ざけた。

姉は最初、何が起きたのかわからなかったようだ。

ただ、少ししたら私の仕業《しわざ》と気がついたのか、驚いたような顔を私に向けてきた。

いつも無表情だった姉のそんな顔を見られただけでも、少し嬉しかった。

ただ、その喜びも一瞬だけ、私はすぐに気を引き締めた。

これから、姉は怒って暴力を振るってくるかもしれないし、本気を出して私の球体を大きくするかもしれないのだから。

しかし、そんなことは起こらなかった。

驚いた顔をしていた姉の口角が少しずつ上がっていき、気がついた時には満面の笑みに変わっていた。

そして、嬉しそうに何か言葉を発し、私に抱きついた。

こうなることを全く予想できていなかった私は、ただただ目を見開いて驚くことしかできなかった。

いや、だって……私を憎んでいると思っていた姉がさも私を愛しているかのような反応を見せるとは思わないでしょ。

遅いようで早く時は流れ、私は二歳になってしまった。

この二年で私は二足歩行をマスターし、一言二言の単語でなら会話ができるようになってきた。

前世も人間だったおかげで、歩くことに関してはそこまで苦労しなかった。

ただ、話すことに関しては日本語の知識があるせいで、とても苦労しちゃっている。

早く日本語離れをしないと……。

このままだと、いつまで経っても赤ちゃん言葉じゃないと会話できなくなってしまう……。

そんな私の低い言語能力は置いといて、私の家族、この家（？）について聞いてほしい。

私の家族、私が知っているだけでも十三人もいるんですけど。

私のお母さんも含めてお父さんと五人の女が結婚していて、それぞれ一人か二人の子供がいるみたい。

その中で一番の妻……正妻は私の母みたい。

言葉がわかるわけじゃないから絶対の確証があるわけではないけど、お母さんたちのやり取りや表情をずっと見てきた私が言うんだからたぶん間違いないわ。

ちなみに、他のお母さんたち四人もなかなかの美人。

二人目の奥さんは、私のお母さんに負けないくらい美人な金髪美女。

三人目は、お父さんの趣味でつけ耳をしているのか、本当の耳なのかわからない犬耳の美女。

四人目は、私のお母さんたちより少しだけ年上なのかな？　あ、老けているわけじゃないわ。大人なピンク髪の美人ってことよ。

五人目は、四人目とは逆に凄く若々しいちょっと幼い気さえする角が生えた美女だった。角もお父さんの趣味なのかな……？

この五人の関係は、子供のいないところで罵《のの》り合いとかしてなければ良好だと思う。

私が見ている限りでは、笑い合って話しているし、いつも仲よさそうに何かしている。

産まれたばかりの頃に心配していたようなドロドロした関係はなさそう。本当に良かったわ。

そんなわけで、例の姉が私のことを辱めようとしていたのは私の誤解みたい。

あれからも毎日、私のところに来ては随分と長い時間一方的に話しかけて、私が体内の球体を動かすのを確認してから帰って行くのが彼女の日課だ。

どうして姉があそこまで私の球体を大きくしたいのかは本当にわからないけど、おかげさまで順調に成長している。

今でも大きくなりすぎたら爆発するんじゃないか？　などと不安に思ってしまうけど……大丈夫なのよね？　お姉ちゃん。

そして、私が住んでいる家（？）について。

どうして（？）なのか、それは簡単。家じゃないからだ。

ハイハイを習得した頃、初めて見たどこまでも続く廊下には、私は夢の中でハイハイしているのかと疑ってしまった。

この家、広すぎる。そう思っていたら最近、お父さんとお母さんが私を外に連れ出してくれた。

家から出てしばらくしてから振り返った時に見たあの……大きな……とても大きなお城に、私は身震いしてしまった。

母親が五人もいて、メイドに執事、鎧《よろい》を着た兵士が家の中を歩いている時点で気がついていたけど……私、とんでもないところに生まれてしまったみたい。

私はお姫様なのかもしれない。

この事実を知った普通の女の子は、どんな反応をするのだろうか？

たぶん普通なら喜ぶよね。

だって、誰もが憧れるあのお姫様なんだもん。

でも、前世の記憶を持っていて大人的な考えを持っていて、冷めた性格をしている私は、ちっともこの状況に喜べなかった。

お金には困らずに生きていけるだろうけど……それ以上に面倒なことがこれからの人生に待ち受けていて間違いない。

お姫様ともなれば、うるさくマナーから生き方まで口出しされるだろうし、もちろん結婚相手なんて選べるはずがない。

私は誰にも邪魔されず、静かに生きていたいのに……。

神様……私、こんなに金持ちの家じゃなくていいし、貧乏な家でもいいから、もっと目立たず自由に生きられる家に転生し直させてください。

こんな、息苦しいこと間違いなしの人生は絶対に嫌だわ。

第七話　引き籠もりたい

この世界に驚かされる日々を過ごしていると、早くも私は四歳の誕生日を迎えてしまった。

本当、前世の常識なんてこの世界ではまったく通用しないわ。

そんな前世の常識の一つ、誕生日は毎年誰かに祝われる。

この世界ではそんな常識はなかった。

本当の理由はわからないけど、これだけ大家族だと毎月誰かを祝わないといけなくなってしまうからじゃないかな？　と思っている。

とは言っても、この世界でも誕生日を祝うという制度はあるみたい。

八歳の社交界デビューの日と十六歳の成人する日の二回、八年分を盛大に祝うらしい。

私の住んでいる帝国の帝都でたくさんの貴族を呼んでパーティーをするとか。

私、たくさんの人に囲まれるのとか嫌なんだよね……。

お金ももったいないし、家族だけで静かに祝ってもらうこととかできないかな……。

そんな四年後の計画を立てつつ、私はもっと直近の嫌なことから逃げるにはどうしたらいいのか考えていた。

直近の嫌なこと。それは……一番上の兄であるカイン兄さんの誕生日パーティーだ。

私の家はなんでも世界最大の貴族らしい……。

そんな家に生まれた長男の誕生日パーティーなんて、想像しなくてもとんでもなくたくさんの人が集まるに決まっている。

「はあ、どうにか逃げられないかな……」

「そんなこと言っても、逃がさないわよ」

思わず出てしまった独り言に、お母さんがぎゅっと私の手を握ってきた。

はあ、そこまでしなくても逃げないよ。

「パーティーに参加しないのにどうしてそこまで嫌がっているの？」

「参加しなくても、たくさんの人に会うかもしれないから」

だって、何もしなくていいなら、わざわざ私を帝都に連れて行く必要がないんだもん。

絶対、父さんたちは私を私の結婚相手を見つけるために連れて行くつもりなんだわ。

嫌だー。私の結婚相手、顔の善し悪しは求めないから、とにかく優しい人になってほしい～。


「はあ、外に出るのも嫌なのに」

「引き籠もりの鑑《かがみ》ね」

「お姉ちゃんには言われたくない」

私が引き籠もりなのは認めるけど、お姉ちゃんだけには言われたくない。

だって、常に私の近くにいるんだから立派な引き籠もりだわ。

「そんなことないでしょ。私だって、魔法や剣術の稽古で外に出ているのよ？」

「私はその時間寝ているから知らなーい」

「準備できたぞー」

「はーい。ほら、諦めて行くわよ？」

「やだ」

一瞬の隙《すき》を衝いて、私はお母さんの手を振りほどいた。

ふふん、この広いお城で私を見つけられるかな？

「もう、そうやって駄々をこねても無駄よ」

「あっ……」

最後の抵抗も虚《むな》しく、私は逃げる暇も与えられず簡単に持ち上げられてしまった。

「帝都でおじいちゃんたちが待っているんだから」

「おじいちゃんならいつも会っているじゃん……」

あの、無駄にくっついて暑苦しいおじいちゃんが。

「いつも会ってないおじいちゃんとおばあちゃんがいるでしょ」


それからお母さんに玄関まで連れて行かれると、出迎える為に下の子たちが玄関に集まっていた。

何人かは、お母さんたちに抱きついてわんわん泣いていた。

「お母さ～ん。私も連れて行って！」

「ボクも～!!」

はあ、別に行っても良いことなんてないのにね……。

なんなら、私が代わりに留守番したいくらいだわ。

「三人はまた今度。もう少し大きくなってから帝都に行きましょう？」

「好い児にしていたらすぐに連れて行ってあげるから」

「……うん」

「わかった」

「ルー母さんが一緒にお留守番してくれるから。たくさん遊んでもらいなさい」

「うん。ルー母さん……」

「はいはい」

ルー母さんは頭に角が生えていて……少し普通の人には見えない。

でも、よく私たちの遊び相手になってくれる優しいお母さんで、私も引き籠もりの同志としてとても慕《した》っている。

あの食っては寝る生活……とても憧れるわ。

「ルーとエルシー、悪いけど子供たちのことを頼んだわ。なんかあったらすぐに念話《ねんわ》してね」

エルシー母さんは今回、もうすぐ子供が産まれるから子供たちとお留守番するみたい。

ノーラ姉さんは元気すぎるから、今度は物静かな妹だといいな……。

「はい。こちらのことは任せてください」

「久しぶりの帝都、楽しんできて～」

「ありがとう。それじゃあ、行ってくるよ」

玄関から出ると、何台か車が用意されていた。

そう、普通の車が。

「あれ？　馬は？」

「遂に魔動車が完成したんだ。今回は、これの宣伝も兼ねようと思ってね」

お母さんの指摘に、お父さんが得意げに答えた。

へえ……。これ、お父さんが発明したんだ。

「なにこれ～、お父さんが作ったの？」

「いや、俺じゃなくてエルシーだよ」

「え？　お母さんが⁉」

「正確にはお母さんじゃないわ。お母さんの商会で働いている職人さんたちが作ったのよ」

ノーラ姉さんの驚いた声に、外まで見送りにきたエルシー母さんがそう謙遜《けんそん》した。

お母さんの会社で発明したのなら、それはもうお母さんの発明と言っても過言じゃないと思う。

エルシー母さん、いつもお母さんたちの中で一番忙しくしているなあ。とは思ってたけど、女社長だったんだね。

「ガソリンの代わりに、魔力をエネルギーにしているってことよね……」

「そうみたいね」

「え？」

「ん？　どうしたの？」

「う、ううん」

今、私は間違いなくガソリンって言ったよね？

この世界にはガソリンなんて存在しないのに……ローゼ姉さんはガソリンが何なのかわかっているかのように答えてくれた。

「ほら、乗った乗った。馬車の十倍は乗り心地が良いから安心して！」

もしかして……お姉ちゃんも？　いや、まさかね。

そんなことを思いながら、私は魔法の車に乗り込んだ。


自動車……じゃなくて魔動車の乗り心地はお父さんの言っていた通り良かった。

ちゃんと地面の衝撃が吸収されていて、前世の車と変わらない性能を発揮していた。

いや、排気ガスが出ない分、前世の車よりも高い性能を持っていると言っても過言ではないかもしれない。

そんなことを思っている間に、街から出てしまった。

「街の外ってこうなっているんだ……」

「リル兄さんたちは一回、帝都に行ったことがあるんじゃなかったの？」

物珍しそうに外を眺めているリル兄さんは、去年辺りに適性魔法を調べに帝都に行ってなかったっけ？

私は、ついでに連れて行かれても嫌だったからお見送りもしなかったけど。

「あー。お父さんのスキルで帝都まで一瞬で行ったんだ」

「そうそう。俺の時も一瞬だった」

「スキル？」

この世界は、魔法以外にも何か特別な力があるの？

「えっと……なんて言えばいいんだろう？　この世界には魔法以外にスキルというものがあってね。それは魔力とか関係なく使うことができる凄い力なの」

「え？　そんなずるい力を父さんは持っているの？」

ただでさえあんな無駄に大きなお城に住んでいるのに、お父さん恵まれすぎでしょ。

「そうそう。ダンジョンをクリアした時に貰ったんだって」

「ダンジョン……」

そんなゲームみたいなものまでこの世界にはあるんだ。本当、ファンタジーな世界ね。

「ダンジョンは、魔物がたくさんいる危ない場所だと思っていればいいよ」

「ふ～ん。お父さん、よくそんなところに行ったね」

確かに、そんなずるい力を手に入れられるなら挑戦する価値もあるのかもしれないけど、私には身を危険に晒してまで欲しいものには思えないわ。

一生家にいれば、一回も使うことのない能力なのだから。

「お父さんは強かったらしいよ」

「たまに、お母さんたちが昔のお父さんの武勇伝を教えてくれるよね」

「俺は、ドラゴンの群れを一人で全滅させた話が好きだな」

「ドラゴンって……どのくらい強いの？」

前世だと、最強のモンスター的な立ち位置にいたけど、ここではそうでもないのかな？

「一体だけで帝国の半分が壊滅させられたことがあるわ」

一体だけで？　群れとかじゃなくて、一体だけで国の半分が壊滅したの？

「え……そんな化け物にどうしてお父さんは挑んだの？」

「創造魔法の素材が欲しかったんだって」

「魔法の素材？」

「うん。お父さん、若い頃は創造魔法の素材が欲しくて強い魔物をたくさん狩っていたんだって」

「……そうなんだ」

私、お父さんのことを勘違いしていたみたい。

奥さんがたくさんいて女癖は悪いかもしれないけど、真面目に働いているから凄い人だと思っていたんだけど……ただの馬鹿ね。

そんな魔法の為に危ないことをしていたなんて……お母さんたち、相当心配したんだろうなあ。

「ねえ……ネリアはさ」

「なに？」

お父さんに呆れていると、隣に座っていたローゼ姉さんが何か私に聞きたそうにしていた。

「ネリアはさ。冒険とかしてみたいとか思わない？　この広くて不思議な世界を旅してみたいとか気にならないかな？」

「うん……。あまり思わないかな。普通の生活がしたい」

だって、私は家で普通に生活しているだけでも十分幸せでいられるんだもん。

「ネリアにとって普通の生活ってどんな感じ？」

「少し贅沢できるくらい稼いで、ちょっとかっこいい男の人と結婚して、二人くらいの子供を育てて、老後は貯金を切り崩しながらゆっくりと余生を楽しむの。凄く素敵でしょ？」

確かに、物語の主人公にも憧れるけど、私はあくまで読者側で十分。

低リスク低リターンの安定を取った生活をするの。

「俺は、世界最強の魔法剣士になってみたいな。魔法も剣も練習していて楽しいし、これからもっと練習して、師匠を超えられるくらいに強くなってみたい」

「私はケーキ屋さんやってみたい。お父さんが作ってくれたケーキを私も作れるようになれば、絶対に大金持ちになれるわ」

「ぼ、ぼくは……お父さんの跡を継いで……僕たちの街をもっと大きくしたいな」

三人とも、子供らしい良い夢を持っているじゃない。

あ、私も子供だったわね。大人たちの前では、もう少し子供らしい夢を言っていた方がいいよね。

「ローゼは？」

「私？　私は……」

残るローゼ姉さんは、夢がすぐには思いつかないのか、考え込み始めた。

そういえばローゼ姉さんがこうなりたいとか、聞いたことなかったわね。

まあ、単純に今までそんなことを考えていなかっただけかもしれないけど。

「私は、助けを求めてる人に手を差し伸べたい」

へえ……ちょっと意外。

お姉さんって私以外の人に興味を示さないし、人助けなんて言う人には見えなかったな。

まあ、凄く素敵な夢だとは思うけどね。

「それって……冒険者でしょ?! お父さんが言ってた。困っている人を助ける為になんでもするのが冒険者だって」

「そうね……。私は冒険者になりたいのかも」

「へえ……。皆、大きな夢を持っていて偉いね」

偉いと思うけど、やっぱり私は普通が一番かな。

SIDE:レオンス

魔動車の乗り心地は今のところ問題ない。

短時間の試験は何度もしているが、今日みたいな長距離運転はまだそこまで試せていない。

今回は三日間、果たして魔動車は問題なく走りきることができるかな?

「結婚して十年、カインが生まれてからもう八年間……時間が経つのは速いわね」

「ここのところは平和に毎日が過ぎていくので、余計に早く感じますね」

「十代は行く先々でトラブルだったからね……。そう考えると、今はちょっと刺激が足りないかも」

いや、もう五回くらいの人生分の刺激はあったと思うぞ。

それに、これから避けて通れないトラブルも待ち構えているし……。

「平和で良いじゃないですか。それに、刺激なら最近は子供たちからたくさん貰っていますよ」

「まあ、そうね。魔法を教えていても、子供たちの素直な質問がちょっとしたひらめきに繋がったりするものね」

「そうなんだ。今、魔法はカインとノーラを教えているんでしょ？」

「そうね。リルの獣魔法はベルが教えているわ。ローゼは、私に教わることは特にないって感じね」

「まあ、千年以上も生きている元エルフの女王が、今更教わることもないだろうしな」

なんなら、俺たちの知らない魔法の使い方を教えてほしいくらいだ。

「カインはとても剣術を頑張っているってヘルマンから聞いているけど、魔術と剣術だとどっちが好きなんだ？」

「カインはどっちも楽しくやっているわ。基本的に戦うことが好きみたいね」

カインは、純粋な男の子だな。

「リルはどうなんだ？　あの大人しい性格で、剣を振る姿が思い浮かばないんだけど」

リルは去年適性魔法がわかり、最近剣術の稽古を始めさせたが、あの性格では苦労していそうなんだよな……。

「確かに、リルは心優しくて、気が弱いところがあってあまり戦いには向いていないですね」

「そうか」

「けど、リルは本読むのが好きよね。たぶん、兄弟の中で一番文字を覚えるのが早かったと思うわ」

「それは凄いな」

男の価値は、別に腕っ節の強さだけでは決まらないからな。

むしろ今の世界情勢を見ると、平和だから武功で成り上がるのは厳しいと思うし、賢さの方が重要なのかもしれないな。

「それと、剣術は意外なことにローゼが頑張っているのよ」

「らしいな。まあ、少しでも戦える術が欲しいってところだろ」

ローゼの適性魔法で剣を使えないと、一人で戦うのは厳しいからな。

「そうね」

「ちなみに、ノーラの創造魔法もなかなかだぞ。まだ魔法アイテムを創造するまでには至っていないけど、それができるのももうすぐだ」

ノーラには、適性魔法が創造魔法とわかってから夜に創造魔法の使い方を教えている。

最初は、魔力が足りなくて思った物が創造できないことにイライラしていたけど、最近は魔力も十分に増えてきて、どんどん創造魔法が上達していっている。

「皆、それぞれ頑張っていてなんだか嬉しいですね」

「そうですね。皆、これからどんな道に進んでいくのか楽しみです」

どんな道に進んでいくんだろうな。

皇帝になる子もいれば、冒険者になったり、商人になったりとそれぞれの好きな道に進んでもらいたいものだ。

第八話　久しぶりとはじめまして

予定通り三日間で、無事帝都に到着できた。

魔動車の長距離試験の結果は、問題なく合格でいいだろう。

これで、大量生産に移れるな。きっと来年には、魔動車がたまに見かけられるようになるはずだ。

「レオ様、お待ちしておりました」

帝都の屋敷を管理しているアメリーが出迎えてくれた。

俺が生まれたころからずっとお世話になっているアメリーは、もう四十歳を超えている。

帝都に住む職人と結婚して三人の娘たちがいるそうだ。ちなみに、三人ともうちの屋敷で見習いメイドとして頑張っているらしい。

「パーティーの準備は順調?」

「はい。今のところ問題ございません」

「それは良かった。ほら、お前たち。メイド長のアメリーだ。アメリーに迷惑にならないよう、好い児にしているんだぞ?」

『はーい』

「よし。それじゃあ、今日の準備を進めるぞ」

「今日?」

「ああ、今日は父さんと母さんたちの友達が家に来る日なんだ」

それぞれに子供が産まれてからはなかなか集まれなかったから、今回せっかく来てもらうということで、いつものメンバーで集まることになった。

フランクたちは昨日帝都に到着しているらしく、カイトたちはエレーヌが皇帝と会談したいということで先週から帝都に来ているとか。

俺たちが到着したと聞いて、どっちの家族も今うちに向かっている。

「父さんと母さんの友達？　あの、勇者様とか？」

「そうそう。他にも南の大貴族であるボードレール家が家に来るぞ」

「へぇ。その大貴族と私たちの家だったらどっちが大きいの？」

「さてな。歴史の長さで言ったらボードレール家はこの国で一二を争う貴族だよ」

「ふうん。つまり、歴史以外に負けてないと？」

わざわざ濁《にご》したんだから、そういうことは言うなって。

「別に勝ち負けなんてないよ。同じ帝国の一員なんだから」

答えになっていない答えで誤魔化しながら、俺は納得してなさそうなノーラの頭を撫でた。

「そうそう。それに、ボードレール家は教国と帝国の橋渡しをしているとても大事な貴族だわ」

もう何百年も教国との関係を取り持っている貴族だからな。

「で、でも……確か、うちも王国と接していたよね？　僕たちの家は、王国との橋渡しをしているの？」

「おお、リルはよく勉強しているな」

ノーラの頭に乗せていた手で今度はリルの頭を撫でる。

まだ六歳だというのに、しっかりと地理を理解しているなんて凄いじゃないか。

「えへへ」

「確かに、ミュルディーン家も王国と帝国の橋渡しをしている。とはいっても、これは元々違う貴族が行っていたんだ」

どうせだから、ちょっとだけ昔話をしてあげることにした。

これからミュルディーンの人間として生きていくなら、必要な知識だからね。

「昔は、北のルフェーブル家、東のフォースター家、南のボードレール家、西のフィリベール家という四つの公爵家がいたんだ」

「フォースターは聞いたことある！　お父さんが生まれた場所でしょ？」

「そうだ。ちなみに、ルフェーブル家は父さんのお姉ちゃんが嫁いでいる」

「へえ。それじゃあ、最後のフィリベール家はどうしたの？　滅んじゃったの？」

「そうよ。悪いことをしたから、お父さんが滅ぼしちゃった」

「え？　お父さんが？」

「まあ……結果的には俺が滅ぼしたことになるのかな？」

滅ぼそうと頑張ったけど、止《とど》めは俺じゃない。

あの屑《くず》当主は、ゲルトが仕掛けた爆弾で死んでしまったからな。

「その、お父さんが滅ぼした貴族は、どんな悪いことをしたの？」

「いろいろとあるけど、一番は帝国を裏切って反乱を起こそうとしたことかな」

他に、法外な税を領民から取り上げたり、シェリーの誘拐《ゆうかい》を手助けしたり……ああ、思い出しただけでイライラしてきた。

ゲルトの野郎、俺があの屑を殴る機会を奪いやがって。

「反乱？」

「えっと……大切な仲間を攻撃する酷いことよ。カインがノーラを殴ったら、それは悪いことでしょ？」

「うん。それは凄く悪いね」

「そうだな。というわけで、そんな悪い貴族がしていた仕事を父さんたちが代わりにやっているってわけだ」

いや、あいつは真面目に仕事なんてしていなかったから、ほぼ新しく俺たちが始めたと言っても過言でもないんだけどな。

残された領地だってほとんどボロボロで、どの都市も一から造ったようなものだ。

「そうだったんだね」

「レオ様……盛り上がっているところ申し訳ございません。勇者様方が到着いたしました」

俺がフィリベール家の悪行について熱弁している間に、カイトたちが着いてしまったようだ。

アメリーの報告を聞いて、俺たちは急いで玄関に向かった。

「よお。久しぶりだな。元気にしてたか？」

見た感じ、カイトもエレーヌも元気そうだ。

そして、マミちゃんも大きくなったな。歳は、カインの一つ上だから、九歳くらいかな？

「ああ。おかげさまでな。おお、話には聞いていたが随分と子供がいるな」

「そうだね。この前、シェリーが九人目を産んで、リーナが十人目を産んだんだ。それと、ここには来ていないが、エルシーのお腹の中に十一人目がいる」

「あと、最近ベルに十二人目が宿ったことがわかったわ」

そうそう。この前、ベルが三人目を妊娠していることが判明したんだ。

出産予定日は八ヶ月後と、まだまだ先なんだけど。

「わあ。それは凄いわね。ちなみに、うちは長女のマミと今回は連れてきていないけど長男リキト、次男ユウトがいて三人よ」

「へえ。マミちゃん、もう九歳なのよね」

「そうよ。ほら、自己紹介」

「え、えっと……はじめましてマミ・アルバーです。本日はお招きいただきありがとうございます」

自己紹介を終えると、可愛らしくぺこりとお辞儀《じぎ》をした。

うんうん。見た目はエレーヌにそっくりだから、将来は聡明《そうめい》な美女になりそうだな。

本当、カイトに似なくて良かった。


カイトたちの出迎えを終え、家の中に案内しているとすぐにフランクたちも到着した。

「久しぶりだな」

「忙しい時期に呼び出して悪かったね」

フランクは最近父親の跡を継ぎ、正式にボードレール家の当主となった。

引き継ぎ作業や挨拶回りで忙しいとは聞いていたけど、今回はどうしても聞いてほしい話があったから無理を言って参加してもらった。

「いや、これくらいの休暇は問題ない。むしろ、ここのところ疲れが溜まっていたから休む機会が貰えて助かった」

「無理しすぎるなよ？　何か困ったことがあったらすぐに頼っていいんだからな？」

こっちはどの都市も軌道に乗ってきて、少し暇になってきたからすぐに手を貸せるぞ。

「大丈夫だ。今は引き継ぎ作業で忙しいけど、あと半年もすればそれも片付くからな」

「それなら良いんだけど」

「ジョゼとアリーさんも元気そうね。二人とも、病気とかしなかった？」

「はい。おかげさまで」

「ええ。二人とも特に病気とかはなかったです」

「ジョゼさんたちにも三人の子供がいるんですよね？」

確か、アリーさんとの間に娘二人、ジョゼとの間に息子が一人だったはず。

「はい。下の二人はまだ小さいので領地でお留守番してもらっています」

「その子が長女のエリーネちゃん？」

「そうだ。アリーとの間に生まれた長女のエリーネだよ」

どちらかと言うとフランクに似ているかな？

「はじめまして、エリーとお呼びください」

「しっかりした子だね」

性格もどことなく、真面目な感じがしてフランクに似ている感じがする。

「そうか？　家だと我儘《わがまま》が多くて少し困っているんだがな」

「そ、そんなことないもん……」

なんだ。演技上手いな。騙されてしまったよ。

「ふふふ。それじゃあ、後は中でお話ししましょう？　今さっき、カイトさんたちも到着したところなんです」

「そうだな。それじゃあ、短い間だけどゆっくりしていってくれ」

カイトたちと合流した後は、父親と母親、子供たちで分かれて話したり、お風呂に向かったり、遊んでいてもらったりしている。

俺たち父親組は、恒例の酒を飲んで近況を報告する会をしていた。

「こうして男だけで集まるのも久しぶりだな」

「そうですね。皆さん、忙しくなってしまいましたから」

そう言うヘルマンも最近は騎士団長になり、騎士団を纏めながら子供たちに剣術を教えてくれているので、日々とても忙しくしている。

「俺はいつでも呼んでもらって構わないんだがな」

「いや、お前が一番忙しくしてないとダメなんだからな?」

「まあ……こいつはエレーヌの紐《ひも》みたいな男だから」

優秀な奥さんが全て面倒をみてくれちゃうからな。

「お、俺が紐だと?」

「最近、どんな仕事をした?」

反論できるものならしてみろ。聞いてやる。

「そ、それは……長男のリキトに剣を教えたり……」

「教えたり?」

「教えたり……」

「つまり、何もやってないってわけだ」

エレーヌも、こいつに仕事を任せるのは諦めたのか。

「そ、そんなことは……」

「まあ、勇者が暇なのは良いことだと思うぞ。ただ、エレーヌのことは大切にしてやれよ？」

「それはもちろん！」

まあ、愛妻家のカイトならそんな心配する必要もないか。

「フランクは順調？」

「ああ。今のところ問題ないな。ガエル殿が教皇であるおかげで、教国との関係もギクシャクすることはないし」

「それは良かった。教国も、あれから落ち着いた？」

「ああ。もう、ガエル殿に反抗する貴族は残っていないと思う。暗殺者を持っている貴族もいなくなったんじゃないかな？」

「へえ。ガエルさんも頑張っているんだな」

暗殺大国とまで言われた教国で、暗殺者を無くせたんだ……。

数は減らせると思ってはいたけど、まさか九年で撲滅《ぼくめつ》するなんてね。

「ヘルマンはどうなんだ？　アルマは元気にしているか？」

「アルマは今、子供が小さいので休暇を取っています」

「ちょうど去年くらいだったよな？　可愛らしい女の子だよ」

二人に似て、活発そうな女の子だ。きっと、二人の遺伝子をしっかりと引き継いで、凄腕の剣士になってくれることだろう。

「はい。我が家の宝です」

「そうだよな。子供は可愛いよな～」

親馬鹿勇者はいつになっても変わらないな。

「そういえば、王国の貴族学校は上手くいっているのか？」

去年、王国が帝国に出された条件の一つである王国貴族学校が、王女の八歳に合わせて創立された。

「ああ。今のところ問題ないな。少々、親の権力を振りかざそうとして問題になることはあるが、それも徐々に減ってきた」

それは帝国の貴族学校でもよくあることだな。

「そうなんだ。それは良かった」

「俺も週に何回か剣を教えに行っているんだが、皆本当に素直で良い子だよ」

「へえ。カイト自ら剣を教えに行っているんだな」

なんだ。ちゃんと働いているじゃないか。

「俺の国は人手不足なんだよ。自分で言うのも変だけど、剣を教えられるくらい暇な奴が少ないんだ」

「それは確かに自分で言うことじゃないな」

「でも、子供たちは勇者の剣術を学べて嬉しいんじゃないか？」

「そりゃあ、世界中の子供たちの憧れの的だからな」

この世界で一番売れている本は、前代の勇者が魔王を倒す話だからな。

皆、子供の頃は勇者に憧れて育つものだ。

「王国の子供たちが羨《うらや》ましいですね」

「いや、ヘルマンの指導もなかなか羨ましがられると思うぞ」

「そうだな。ミュルディーン家最強の騎士が直々に教えてくれるんだ。子供だけじゃなく、大人も羨ましいはずだ」

「そ、そんなことは……」

「まあ、少なくとも子供たちはヘルマンに剣を教えてもらえて嬉しそうにしているけどな」

カインなんて、晩飯の度に今日は師匠にこんなことを教わった～。って、嬉しそうに報告するのが習慣になっているくらいだからな。

「そ、それは良かったです」

「やっぱり、レオの子供たちに師匠って呼ばれているのか？」

「ま、まあ……」

フランクの鋭い指摘に、ヘルマンは恥ずかしそうに頭をかいた。

「ハハハ。レオを師匠と呼んでいたあのヘルマンが師匠と呼ばれるようになるとはな」

SIDE：エレメナーヌ

「このお風呂、私の城にも欲しいわ～」

夫たちが酒を飲みながら会話を楽しんでいる頃、私たちは皆でお風呂に入っていた。

久しぶりに入ったミュルディーン家のお風呂は、やっぱり凄かった。

日々の疲れがスーっと抜けていく気がするし、肌がスベスベしてきた。

これに毎日入っているシェリーたちは本当、羨ましいわ。

「本当、このお風呂に入ってしまうと、普通のお風呂に満足できなくなってしまいますよね」

「レオの創造魔法で造られたお風呂だからね」

「創造魔法か……もし、レオが今でも魔法を使えていたら白金貨を払ってでも頼んでいたかもしれないわね……」

「そこまでは払えませんけど、できるなら私たちも頼んでいたかもしれません」

そうよね……。はあ、残念だわ。

「これくらいなら、エルシーでも造れると思いますよ」

「え？　本当!?　エルシーさんも創造できるの？」

リーナの衝撃的な言葉に、私は我を忘れてリーナに迫ってしまった。

「まあ、エルシーに何か頼みごとをすると高くつくと思うけどね」

何を対価に要求されるのかしら？　王国での税の引き下げを要求されたら、流石に困ってしまうわ。私欲のために職権を乱用するのはとても良くないけど……このお風呂は、それをわかっていても対価として差し出してしまうほどほしいわ。

「……流石、世界一の商人ね」

「もう、そんなことないですよ。エルシーさんはとても心優しい人です。頼めば造ってくれるはずです。帰ったら、エレーヌさんとジョゼさんの分を造ってもらうように頼んでおきますね」

「本当？　ありがとうリーナ～」

もうシェリー、笑えない冗談を言わないでちょうだい。

リーナに抱きつきながら、シェリーを一睨《ひとにら》みしておいた。

「私たちの分まで、ありがとうございます」

「いえいえ。その代わり、これからも仲良くしてくださいね？」

「ええ、もちろんです」

「はい。こちらこそ、これからも仲良くしてください」

「それにしても、皆もう立派なお母さんなんだもんね……」

全員の子供を産んで大人な体になってしまったのを見ると、改めてそう感じてしまう。

「そうですね。ジョゼさん以外はもう二人も子供がいるんですもんね？　十年前はまだ私を含めて皆まだまだ子供だったのに」

「とは言っても、もう私たちは二十代後半ですからね。年齢的にも、もう子供ではいられませんから」

「ああ、そんなこと言わないでよ。最近、少しずつ自分の老いを感じてきたんだから」

「どこが？　この体のどこからそんなことを言えるのかしら？」

むかついたから、無駄な肉がまったく存在しない、憎い体をこねくり回してあげた。

「ちょっやめなさいよ！　くすぐったいわ」

「とても三人も産んだ体には見えないわね……。どんな魔法を使っているのかしら？」

こねくり回す手は止めず、この美しい体の秘密を求めた。

シェリーのことだから、きっと何か特別な魔法を使っているはずだわ。

もしかしたら、レオに何かしてもらっているのかも？

「もう、やめなさいって！　エレーヌだって痩《や》せているじゃない！」

「私は日々激務に追われているからよ。太っている暇なんてないわ」

「本当、相変わらず一人で頑張りすぎだわ……。あなたにもしものことがあったらどうするつもりよ？」

「そうですよ。今の王国はエレーヌさんがいないと成り立たないんですから」

「その時はレオに王国を献上《けんじょう》するわ」

これは、冗談じゃなくて本気よ。

私が女王に即位した時から、私はその趣旨《しゅし》を書いた遺書を金庫にしまっている。

「はあ？　ちょっと何を言っているのよ」

「だって、他に任せられる人なんていないでしょ？　カイトになんて任せられるわけがないしね。レオなら私以上に王国を良い国にしてくれそうだし、今すぐ渡してしまいたいくらいだわ」

そもそも、任せられる人がいるならここまで私一人で頑張ったりしないわよ。

「ダメ。ただでさえ今、レオは帝国西部の開発に大忙しなんだから」

「そうです。これ以上、旦那様の仕事を増やさないでください」

「とても一貴族が管理できる土地じゃないですものね……」

それに加えて、経済力において王国だけでなく帝国でさえとっくの昔に追い越してしまっている。

レオがミュルディーンは国だと主張しても……誰一人として反対できないでしょうね。

「王国としては、国境都市シェリーに凄く助かっているわ。あそこができたおかげで、王国にたくさんの商人が入ってくれるようになったんだから」

おかげさまで王国にも金銭的余裕ができ、最近やっと半壊したお城の修復に取りかかることができた。

「それは良かったわ」

「私は魔法具の工業都市エルシーが気になります。とても大きな魔法具の工場があるって話じゃないですか」

「ミュルディーンの地下にあるやつより大きいのですよね？」

「比べものにならないくらい大きいわ。城と言われても疑わないレベル」

「そんなにですか……」

「これは、もう他の商会は魔法具に手出しできないわね」

圧倒的な高品質で低価格は、膨大な初期投資が可能なホラント商会だからこそできる。新規の商会では、どう頑張っても勝てないわ。

「そうですね。あの魔動車が大量生産できるようになれば、もう誰もホラント商会を追い抜くことは難しいでしょうね」

「魔動車？」

初めて聞く言葉ね。

「ちょっと説明が難しいわね……。馬が必要ない馬車だと思ってもらえればいいのかな？」

「え？　そんな物、どうやって進むのですか？」

「魔力ですよ。魔法具の力を使って動かしているんです」

また、誰もが挑戦しそうで成功しなそうな物を持ってきたわね。

「それは凄いですね」

「凄いで済ませる物ではないわよ。あれに乗ったら、もう馬車に乗りたいとは思えないわ」

「そんなにですか……。それは、逆に怖いですね」

「そうね。また、レオに金が集まる流れができてしまったわ」

「着実に世界中がレオさんに逆らえなくなっていきますね」

「別に、レオはそれで悪いことをしようとしているわけでもないし、良いんじゃない？」

「レオはそうかもしれないけど、その後が怖いわ。あ、別にあなたたちの子供たちがダメってわけじゃないわよ？」

レオほどの能力がないと、あれだけの規模を管理することは絶対にできない。

いくらレオの子供だからと言って、あそこまでの能力があるとは思えないのよね。

「わかっているわ。子供たちにレオほどの能力を求めるのは酷だわ」

「レオは何か、後継のことは考えているのかしら？」

考えていないなら、早急に考えさせてほしいわ。

もう、人間界の経済はミュルディーン領に左右されると言っても過言じゃないんだから。

「うん。とりあえず、レオが引退する時にミュルディーン家は分解するつもりらしいわ」

「分解？　それはまた大胆なことをするわね……」

「そうでしょ？　でも、レオらしいと思うわ」

「その……どのくらいに分解する予定なのですか？」

「今、ミュルディーン領には、ミュルディーンを含めて五つの都市があるでしょ？」

「もしかして、その都市ごとに分けてしまうってこと？」

「そう。五等分すれば十分でしょ？」

まあ……十分なのかしら？　一つの都市だけでも、公爵領ほどの力を持っているし……五等分が最低条件って感じね。

「それぞれ、誰の子供に継がせたいとか考えているのですか？」

「まだよ。レオとしては、本人たちの意思に任せたいみたい」

「そうは言っても、なるべく早く決めておきなさいよ？　ミュルディーン家のお家騒動なんて、絶対帝国内だけで収まるようなことじゃないんだから」

間違いなく、人間界全てを巻き込んで大いに揉めるはずだわ。

とは言っても、子供はたくさんいるわけだし、後継者五人くらいそこまで心配する必要ないか。

レオも百年は生きるみたいだし、私が生きているうちにはそんなことにはなりそうにないわね。

SIDE：ロゼーヌ

『……』

メイドのアメリーが見ているとは言え、子供たちだけにされてしまった私たちは何を話したらいいのかわからず、黙ってしまっている。

お父さんたち……子供たちは子供たちで楽しく遊んでいろって言われても、そんなの無理に決まっているじゃない。

「えっと……はじめまして。私はマミ。よろしくね」

しばらくして、ようやく最年長である勇者の娘がそう切り出した。

これを皮切りに、皆が口を開き始めた。

「私はエリーネ。エリーって呼んで」

「俺はカインスだ。カインと呼んでくれ」

「ぼ、僕は、リル」

「もう、リルはもっとシャキッとしなさいよ。私はノーラ。お姫様、よろしくね？」

「うん。よろしく。それで……二人は？」

「「……」」

皆で好きに仲良くなるのは構わないけど、私のことは放っておいて。

きっと、ネリアもそんな気持ちのはず。

「もう、ローゼとネリアも何か話しなさいよ」

「「……」」

「もう、知らない！　皆、二人は放っておいていいわ」

そうそう。私たちのことは気にしないで。

精神年齢はとっくに千歳を超えているというのに、今更子供のように遊べるわけもないわ。

あなたたちが遊んでいるのを眺めているだけで十分。

「それじゃあ、何する？」

「私、カインたちの魔法を見てみたい。聞いたわよ。あなたたちのお母さん、凄い魔法を使えるんでしょ？」

「まあ、そうだけど……魔法なんて見て楽しいか？」

「私も興味あります。皆で魔法を見せ合いっこしません？」

「良いわね。皆、外に行くわよ！」

はあ、わざわざ外に出るなんて面倒ね。

参加しなくても、流石に皆と一緒にいないのは後で怒られそうだから仕方なくネリアと最後尾でついて行った。


「ここなら、魔法を使っても大丈夫ですよ」

「ありがとう。それじゃあ、誰から見せる？」

「それじゃあ、私から」

アメリーの案内で外に出てくると、さっそく魔法の見せ合いが始まった。

勇者の娘は、弱々しい風魔法をアメリーが用意してくれた的に向けて撃った。

うん……人族であのくらいの歳だと、あれくらいの威力が普通なのかしらね。

「へえ。マミも風魔法が使えるんだ」

「そうよ。カインも風魔法が使えるの？」

「ああ。俺の風魔法はもっと凄いぞ！」

そういうことは思っても言わないのよ。

勇者の娘、ムッとしているじゃない。

「それじゃあ、あなたの風魔法を見せてみなさいよ」

「良いぞ。これが俺の風魔法だ！」

何を偉そうに……無駄が多くてとても人に自慢できるような魔法じゃないでしょ。

「え、ええ……どうしてそんなに強い魔法が使えるの？」

どうやら、勇者の娘にはあれが凄い魔法に見えたようだ。

自分と比べて言っているのかもしれないけど、あれを強い魔法呼ばわりしているなんて、ちゃんとした師がいないのかしら？

確か、魔法技術は帝国が頭一つ、他の二カ国よりも進んでいるんだっけ？

可哀想に……生まれた環境でここまで差が出てしまうのだから。

「毎日、お母さんにみっちり教わっているからな。雷魔法の方が凄いぞ。おりゃあ！」

雷魔法はそこそこね。エルフでも、八歳でその魔法を使えていたら天才扱いされているわ。

まあ、カインの性格から考えて、派手な雷魔法ばかり練習していて、地味な風魔法の方はおろそかにしてしまっているのでしょう。

「……凄いわね」

「そうだろう。お母さんと一緒なんだ」

「お母さんの雷魔法はもっと凄いけどね」

シェリー母さんは……たぶん、人族一の魔法使いなのよ。

あんなに威力が高くて、精密なコントロール力を持った魔法使いなんて、エルフでも五百年に一人いるかどうかだわ。

「う、うるさい！　俺だっていつかはあれくらいできるようになるんだ！」

どうなのかしらね……。あれは、才能があるのは前提条件で、魔法だけを必死に極めた人が行ける境地のはずだわ。

剣にも手を出しているカインが、果たしてそこまでたどりつけるのかしら？

「それじゃあ、次はお前の番な。俺を馬鹿にしたんだからもっと凄いのを見せてみろよ？」

次は、ノーラのようだ。

大したことできないことを知っていながらそうやって意地悪を言うのは、年相応の男の子って感じね。

「え～。私はそんなに派手なことできないよ？　そうだな……ほい」

ノーラは少し悩んだ後、勇者の娘にそっくりなお姫様の人形を創造して、本人にそれをプレゼントした。

「え？」

「プレゼント。ぬいぐるみ、いる？」

「あ、ありがとう……」

「ぬいぐるみなんてショボ」

あなたからしたらそうかもしれないけど、素材なしでここまで正確にイメージした物を創造できるなんて普通に凄いことなのよ？

少なくとも、あなたの風魔法の百倍は凄いと思うわ。

「うるさいわね。これでいいのよ。知ってる？　シェリーお母さんとリーナお母さんの部屋にあるぬいぐるみは全部お父さんがプレゼントしたものだって」

お母さんたちの部屋には、子供の頃にお父さんから貰ったらしいぬいぐるみなどのプレゼント、エルシー母さんが創造したお父さんのフィギュア、小さい頃のお父さんとお母さんたちの写真が飾られている。

特にお母さんとシェリー母さんの部屋はぬいぐるみが多く、二人は今の私ぐらいの時からお父さんと恋仲だったらしく、お父さんがよくぬいぐるみのプレゼントを二人にしていたみたい。

「え？　あのぬいぐるみたち、父さんが母さんにあげたの？　あれ、たまに動くから怖いんだよな……」

そういえば一体だけ、ゴーレムが紛れていたわね。

部屋で悪さをしようとしなければ何もしてこないのに、カインは何かいたずらしようとしたわね。

「次は誰の番？」

「それじゃあ、私が」

勇者の娘とは違い、大貴族の娘はちゃんとした師がいるみたいだ。

大貴族の娘が撃った魔法は、目に見えない速さで的を壊した。

「わあ。あれが当たったら魔物でも大怪我間違いなしね」

「お父様には、まだまだと言われています」

「へえ。エリーはお父さんに魔法を教わっているんだ」

「はい。お父さんの魔法は凄いんですよ！」

「う、うちのお父さんだって凄いんだぞ……」

「何を言っているのよ。お父さんは怪我で魔法が使えないでしょ」

何を悔しく思ったのか、意味不明な父親自慢を始めようとしたカインをそう言ってノーラが頭を叩いた。

「で、次はリルとローゼのどっちがいく？」

「私の魔法は見てもつまらないわよ」

「ぼ、僕の魔法も……」

「何を言っているのよ。皆見せたんだから、見せなさいよ」

「はあ、これで良い？」

絶対に見せたくない。というわけでもないし、私はさっさと結界を展開した。

「これはなんですか？」

「結界魔法って言うんだよ。これ、どんな攻撃をしても壊れないんだ」

「本当？　私の魔法で試しても大丈夫？」

「別にいいわよ」

いくら弱体化したとはいえ、子供の魔法くらいで私の結界が破れることはないわ。

なんなら、全員でかかってきなさい。

と思っていたら、すぐに止めが入った。

「ダメに決まってます！　人に魔法を使ってはいけません！」

アメリーは慌てて私と大貴族の娘の間に立った。

ふん。私の結界ならまったく心配ないと言うのに。

まあ、この人からしたらもしものことがあったら困るから、私の結界が硬かろうが柔かろうが関係ないか。

「ご、ごめんなさい」

「それじゃあ、最後にリルだな」

「や、やらないとダメ？」

「どうしてそこまで恥ずかしがるんだ？　あれ、かっこいいじゃん」

獣人族の王族だけが使える獣魔法。神獣フェンリルに変身する魔法だけど……人じゃなくなってしまう気がして嫌がる獣人がよくいる。

まあ、リルの場合は自分だけ人族じゃないことを気にしているのかもしれないわね。

「カインの言うとおり、私もかっこいいと思うわ。ほら、かっこよく変身しちゃいなさい」

母さんたちの教育の賜物《たまもの》だとは思うけど……本当、うちの兄弟は皆仲いいわよね。

普通、こんな大貴族の兄弟なんて普段から牽制《けんせい》しあっているものなのに。

きっと、違う家に生まれていたら、気が弱くて見た目が少し違うリルはいじめの標的にされていたわね。

「わ、わかったよ……」

リルは皆に説得され、諦めたように自分の腕を獣化させた。

「これは……なんて魔法なんですか？」

「獣魔法。オオカミに変身する魔法みたい。この姿になったときのリル、めっちゃ動きが速いんだ」

「そんな魔法まであるんですね……。今日は、とても勉強になりました」

「こっちこそ、俺たち以外の魔法が見れて楽しかったよ。また、魔法の見せ合いっこしような！　次はもっと凄い魔法を見せるから！」

「私も、次までにもっと魔法を練習しておく」

「私も頑張るわ」

「あ、ここにいたのね。皆、お風呂に入ってきなさ～い」

『はーい』

ちょうどいいタイミングでシェリー母さんが来て、魔法の自慢大会が終わった。

この中で、一番魔法で成功しそうなのは……大貴族の娘かな。

あの魔法は、まるで音の出ない拳銃だわ。

まだ発展途上だと思うと、恐ろしいわね。不意を衝かれたら、私でも結界を張る前に殺されてしまうかも。

きっと、彼女は世界一の暗殺者になれる素質を持っているわ。

第九話　一人では抱えきれないこと

SIDE：レオンス
「子供たちは皆、お風呂に向かったわ」

そう言って入ってきた奥さんたちがそれぞれ適当な席に座っていく。

エレーヌたちの上機嫌な顔を見るに、お風呂は楽しんでもらえたみたいだ。

「ありがとう。それじゃあ皆が揃ったことだし、本題に移るか」

「本題？」

「何か、俺たちに話すことがあって俺たちを呼んだのか？」

「まあ、話すというよりは相談かな」

どうしても俺だけでは答えが出せる気がしなくてね。ここにいる人は、大なり小なりこのことに関わりがある人たちだし、逆に言えば相談できるのはこのメンバーだけだろう。

「相談？　何か、トラブルがあったの？」

「まあね……」

それから、俺は何も知らないジョゼとアリーさん、エレーヌに俺が転生者であることから教えて、転生者同士での争いをざっくりと説明した。

「……あの戦いの数々にはそんな裏があったんですね」

「お父様が操られていたなんて……」

「ゲルトさんも転生者だったのか……」

「それで、トラブルって何だ？　まさか、破壊士がお前を殺しに帝国に向かっているのか？」

「それだったら、もっと前に無理にでも皆を集めて対策会議を開いていたよ」

それこそ、人族にとって存続をかけた戦いになるんだからね。

こんな、酒を飲みながら話すことなんてできないさ。

「そうか……。それなら、何があったんだ？」

「俺の娘たちの中に転生者がいる」

「それはまた……」

「神様の嫌がらせとしか思えないな」

「俺もそう思う。もしかしたら、神が創造士の思惑を潰す為に狙って俺の娘に転生させたのかもしれないな」

神たちも黙って創造士の計画が成功するのを見ているわけでもないだろう。

これがたまたまなのか、神たちが意図的に操作したものなのかはわからないけど、間違いなく神たちは創造士の計画を阻止するための何かを用意しているはずだ。

「創造士の思惑って……引き分けで終わらせるってやつ？」

「そう。創造士、破壊士、魔王以外全員をあと約七十年以内に殺すというとんでもない計画よ」

「え？　それって……カイトも含まれるってこと？」

「そう。実を言うと、王国と帝国の戦争はカイトを殺すことが目的で仕組まれた戦争なんだ」

リーナがいなければ、カイトは間違いなく死んでいた。

バルス本人から勇者を俺に殺させるつもりだったと言われたし、あの戦争はゲルトとバルスを殺すために用意されたもので間違いない。

「そうだったのか。俺、危なかったんだな……」

は？　お前には結構前に説明したはずだぞ？

たく……エレーヌがこの馬鹿勇者に仕事を任せないのもわかる気がするな。

「本当、知らないって怖いわね」

「……レオ様は、これから娘さんたちを守るため、千年も生きる転生者たちと戦わないといけないってことですか？」

「まあ、そうなんだけど……最近、俺の体は衰えていくばかりだし、心強い仲間だと思っていたミヒル……創造士も敵になってしまったし……どうしたら勝てるのかわからなくなってしまったんだ」

これが今回皆に相談したかったこと。

俺はもうまともに魔法を使うことはできないし、世界最強たちが娘を狙っているんだ。

こんな状況では、流石の俺も一人でどうにかしようとは思えなかった。

『……』

あまりのことに、全員が黙ってしまった。

まあ、こうなってしまうよな……これに解決策はあってないようなものなんだからな。

やっぱり、皆を困らせてしまうだけだし、相談なんてしない方がよかったかな。

でも、これ以上俺一人で抱え込める自信もなかったんだ。

ずっと一人で解決策を考えていてもただ不安になるだけだし、最近ミヒルが子供たちを殺している夢まで見るようになり、いよいよ俺の精神が危ういことを自覚した。

これは、解決策を求めることより、皆に話してしまうことで自分の気持ちを少しだけ楽にすることが目的だったりする。

「何をくよくよしているんだ！　お前には戦う以外の道は残されていないだろ！」

「グル？」

急に現れた魔王に驚いてしまって、俺は何を言われたのか理解が追いつかなかった。

「あ、思わずこっちに来てしまった。とりあえず！　お前は腹を決めて娘を守るために戦うべきだろ！　相手は交渉でどうにかなる相手なのか？　そうじゃないだろ？」

「あ、ああ……」

そりゃあ、交渉できる相手ならもうとっくに土下座をしに行っているさ。

ミヒルなら話を聞いてくれそうな気もするけど、正直俺はそこまであいつを信用したくない。

部下が勝手にやったこととは言え、カイトを瀕死《ひんし》にまで追い込み、俺は魔法を使えない体にされてしまったわけだからな。

「なら、戦うこと以外のことは考えるな。お前なら、絶対に勝てる」

「グルが初めてまともなことを言ったかもな。もちろん、俺も協力するぞ」

「俺だって散々助けられたんだ。全力でレオを助けるぞ」

「師匠の護衛は僕たち騎士にお任せください」

「……ありがとう」

グルのポジティブな考えに、少し救われた気がする。

そうだよな……どうにもならないことで不安になっている暇はないんだ。

とにかくできるだけの準備をして、負けたら仕方ない。そう考えればいいんだよな。

「というか、今さらどうしてそんなに後ろ向きになっていたんだ？　今までだって、お前は死んでもおかしくないことを何度もしてきただろ？」

「恥ずかしい話だけど……今までは、俺が死ぬか死なないかの戦いばかりだっただろ？」

「まあ、そんな気もするな」

「自分の命だけだった時は、負けたときのことなんて気にしていなかったんだけど……」

「今度は自分の子供の命がかかっているとなると、負けた時のことが頭に過《よぎ》ってしまうのか？」

「……そうだね」

俺だけが死ぬなら、別に構わないんだ。ここまで目立つように行動してきた俺の自己責任だからな。でも、子供たちに関してはそうじゃない。絶対に失ってはいけないものなんだ。

「お前、疲れているな」

「え？」

俺が疲れている？

「少し休め。そうだな……これから、俺の城に来ないか？　エステラもお前に会いたがっていたぞ」

「それは良いわね。私も一度は魔界に行ってみたかったのよ」

「でも、これから長男の誕生日パーティーがあるんです。それが終わってからでも大丈夫ですか？」

「ああ、もちろん。誰しも急に言われたら困ってしまう。それに、客を呼ぶにはそれ相応のもてなす準備をしなくては」

「それじゃあだいたい半年後……もしかしたらもう少し先かもしれないけど、ベルの子供が産まれてからでも大丈夫かしら？」

「そうね。私も溜まってしまった仕事を考えると半年くらい休暇は取れなさそうだから、ちょうど良いわ」

「フランクは？」

「俺も半年後ならいつでも大丈夫だ。いつでも呼んでくれ」

「了解。というわけで、だいたい半年後くらいで大丈夫かしら？」

「ああ。半年かけて最高のもてなしができるよう準備しておく。レオ、楽しみにしておけ」

「ああ……楽しみにしておく」

俺が疲れている発言からあっという間に魔界行きが決まり、俺に話が回ってきた頃にはこれだけしか言えなかった。

「ああ、楽しみにしておけ！　それじゃあ、俺はエステラたちに報告するために帰る！」

勝手にやってきては好き勝手に言っていき、勝手に帰って行きやがった。

まったく……あいつには感謝しないといけないな。

おかげで、随分と気持ちが楽になった。

「魔界ですか……どんな場所なんですか？」

「いや、俺とカイトも魔王城の中しか経験がないからなんとも言えない」

「魔王城は、想像通りの悪の巣って感じだったけどな」

確かにあれはセンスのない城だったな。

まあ、厨二病のグルらしい城ではあったけど。

「それ……大丈夫なの？　城の中を歩いていたら魔物が出てきたりしない？」

「どうなんだろう？　流石に大丈夫じゃないか？　一応、あいつが住んでいる家だし」

あいつにも子供がいたはずだし、そこら辺は心配ないだろ。

「流石に、あのちょっと頭が……ごほん。独創的な考え方を持っている魔王でも、そんな危ない場所に住んでいたりしないよね」

第十話　誕生日の裏で

カインの誕生パーティー当日。

帝国や王国、教国の名の知れた貴族たちを迎えながら、俺は母さんの相手をしていた。

「レオ、元気にしてた？　また、無理してシェリアちゃんたちを困らせたりしてない？」

「……大丈夫だよ」

一昨日くらいに困らせるような相談をしてしまいました。とも言えず、久しぶりに会う母さんに笑顔で誤魔化しておいた。

「カイン。大きくなったわね～。おばあちゃんのこと、覚えている？」

「う、うん」

思えてないだろ。前に会ったのは、お前が産まれたばかりのころだぞ。

「えっと、あなたがリル？」

「う、うん」

「はじめまして。あなたのおばあちゃんよ」

「は、はじめまして……」

「そして、あなたがノーラね？　お母さんにそっくりで可愛らしいわ」

「えへへ」

「あなたはローゼでしょ？　あなたもお母さんにそっくり。将来は間違いなく美人ね」

「……うん」

「最後に残ったのはネリアね？　お姉ちゃんが大好きなの？」

「……」

ネリアは母さんが苦手なのか、ローゼの背中に隠れてしまった。

「あら、二人とも元気ないわね？　大丈夫かしら？」

「母さんの勢いに圧倒されているだけだろ」

いくら人見知りのネリアでも、普通に挨拶くらいするぞ。

「あら、私としたことが少し興奮しすぎてしまったわね」

「もう、お義母《かあ》さまったら。先に行かないでくださいよ」

そんな声が聞こえると、母さんの隣にアレックス兄さんと結婚した義理の姉であるフィオナさんがやってきた。

「フィオナさん。お久しぶりです」

フィオナさんと会うのはいつぶりだ？　俺たちの結婚式以来だから九年ぶりか？

「お久しぶり。初めて会ったときはカインくんと変わらなかったのにね……」

「ははは。そう言われると、なんだか感慨深いですね」

当時の俺は、まさかこんなに子供ができるとは思いもしていなかっただろうな。

「そうだろ？　そして、自分の子供が大きくなってくると、また同じような気持ちになると思うぞ」

遅れてアレックス兄さんたちがやって来た。

その後ろには、父さんと前皇帝の姿が見える。三人で話していたのかな？

「そういえば、兄さんたちの子供たちは二人とも魔法学校に進学しちゃったんだっけ？」

「そうそう。上の子はもうすぐ成人しちゃうし、本当に子供の成長は速いね」

アレックス兄さんの子供がもう成人？　兄さんの成人パーティーからそんなに経っていない気がしていたけど、もうそんなに前のことだったんだな。

「よお。レオ、元気にしていたか？」

アレックス兄さんの出迎えが終わり、しばらくするとイヴァン兄さんが到着した。

「あ、イヴァン兄さんにユニスさん。久しぶり……というわけでもないか？」

「そうね。いつもミュルディーン家の騎士たちにはお世話になっているわ」

最近、皇帝直属の特殊部隊がよくミュルディーン騎士団と合同訓練を頻繁に行っている。おじさんが特殊部隊から抜けた穴を埋めるため、全体的な戦力の底上げをしたいそうだ。

「こちらこそ、特殊部隊と訓練する機会が貰えてありがたいです」

「そう？　それなら良いんだけど……あれ？　アルマはいないの？」

「アルマは子供が小さいのでしばらく休みです」

「それは残念ね。久しぶりに手合わせしてもらおうと思っていたんだけど」

いや、ここで戦われたら大変なことになるんで、いたとしてもやめてください。

「まあ、これからもミュルディーン騎士団と合同訓練があるから、その時に相手してもらえばいいだろ」

「それもそうね。今日はパーティーを楽しませてもらうわ」

「楽しんでいってください」

SIDE：ネーリア

予想通り、私たちは親戚たちの接客要員として呼ばれたみたい。

ずっと立っていて疲れてきたし、これからも知らない人に挨拶しないといけないと思うと嫌になってくるわ。

はあ、ここはあの手を使うしかないわね。

「お姉ちゃん……私、気持ち悪い」

「奇遇ね私も。お母さん、先に部屋に戻ってもいい？」

お姉ちゃんはすぐに私の意図を察して、お母さんに悪びれもなく仮病を使った。

もう少し具合悪そうにしてよ。演技までした私が馬鹿みたいじゃない。

「随分とわかりやすい仮病ね。まあ、お父さんの家族とは顔を合わせたし、部屋に戻っても大丈夫よ」

「わかった。ネリア、行こう」

「うん」

こんな簡単に了承を得られるとは思えなかったけど、お母さんの気が変わる前に私たちは急いで自分たちの部屋に向かった。

部屋に戻ればゆっくりできると思ったのに……。

「「……」」

今、私たちの目の前には、いつもお母さんの傍にいるメイドのカロさんがいた。

この人、何を考えているのかわからないし、見た目も怖いから苦手なのよね……。

「私の前では演技する必要はないぞ？　転生者ども」

「「え？」」

どうして私が転生者だとわかったの⁉

「こう見えて私は数百年生きている。その間、転生者とは何人も会っているからな」

そんな。私以外に転生者がいるというの？

「……あなたは、ダークエルフの生き残り？　たしか、ダークエルフは随分と昔に滅ぼされたって聞いたんだけど？」

あれ？　お姉ちゃんの様子がいつもと違う。

お姉ちゃんって、そんな難しい話をする人だった？

「そうよ。たぶん、私が最後の生き残り」

「そう……」

「残してきた仲間たちが心配か？」

「そりゃあね……」

二人は何の話をしているのかしら？　仲間って何？

お姉ちゃんは私と同じ引き籠もりで、友達すらいない。それなのに、仲間ってどういうことよ。

「意外だな。仲間を捨てて逃げてきたのかと思った」

「そんなわけないでしょ！　誰が千年も住んでいた場所を簡単に捨てるもんですか！」

千年も住んでいた……？

「まあ、そうよね……。とすると、これはあなたにとって大きな賭《か》けだったわけね。結果は……大当たりってところかしら？」

そう言って、カロさんが私に目を向けてきた。

私が大当たり？　お姉ちゃんにとって？

「……ねえ、二人ともなんの話をしているの？　どういうこと？　お姉ちゃんも転生者だったの？」

二人が何の話をしているのかわからないけど、とりあえずお姉ちゃんも転生者であることだけはわかった。

「……そうよ」

「そうなんだ。それで、さっきの話はなに？　私が大当たりってどういうこと？」

「……」

「私に言えないことなの？　もしかして、毎日私の魔力を鍛えていたのもそれが関係しているの？」

「……そうよ」

「私の魔力を鍛えて……私に何をさせるつもり？」

お姉ちゃんがこれまで見せてきた一番の不可解な行動は、赤ん坊の頃から私の魔力を鍛えていたことだ。

今の話を聞くと、お姉ちゃんは私に何かさせるために私の魔力を鍛えていたようだ。

「……」

嘘でも良いから何か答えてよ。

「はあ、わかったわ。別に今は話さなくていい。でも、いつかはちゃんと全部教えてね？　じゃないと、お姉ちゃんの言うことは何一つ聞かないから」

「うん……その時が来たら話す」

「約束よ？　ちゃんと話してね」

「まあ、今の間は姉の言うとおりにしておいた方がお前にとっても得かな」

「あなたは……誰なの？　いつもお母さんの傍にいるけど……」

急にそんな態度を変えて、気持ち悪すぎるわ。

場合によってはお母さんに言いつけるわよ？

「今は単なる侍女《じじょ》よ。ただ、人の何倍も長生きしているだけのね。昔、違う仕事をしている時に、あなたの母からスカウトされたのよ」

違う仕事ってなによ……。絶対、まともな仕事じゃないでしょ。

そんな人をスカウトするなんて、お母さんは何を考えているのかしら？

「はあ、それにしてもお姉ちゃんが私と同じ転生者だったとはね……」

言われてみれば、それで納得できる不思議な言動を見せていたのにね。

まさか、私以外に転生者がいるとは思いもしなかったからわからなかったのかも。

バツが悪そうな顔をしているお姉ちゃんを見ながらそんなことを思った。

第十一話　義兄の助言

ＳＩＤＥ：レオンス

カインの誕生パーティーも無事終わらせ、俺は帝都に来たついでに皇帝であるクリフさんのところに顔を出していた。

子供たちの適性魔法を調べる時とか、帝都に来る度にクリフさんと会っているからそこまで久しぶりというわけでもないかな。

「やあ、誕生パーティーお疲れ様。僕も行きたかったんだけどね」

「それは流石に仕方ないですよ」

カイトたちが参加できたのも、皇帝と会談するついでだったから許されたけど、普通は一国の王がたかだか貴族の誕生パーティーに参加したらダメだって。

主役が誰になるのかわからなくなるし、いくら皇族だからと言っても一つの家だけ贔屓《ひいき》しすぎるのも良くない。

「甥のパーティーだから行けるかな？　とも思ったんだけど、余計な反感も買いたくないから諦めちゃった」

「そうしてください」

悪感情を向けられるのは、クリフさんじゃなくて俺なんですから。

「カインくんは、あの素直な男のまま育ってくれている？」

「はい。シェリーに似て、ちょっと豪快に物事を解決しようとするところはありますけど、弟や妹には優しく接していますし、正義感のあるいい男に成長してくれていると思います」

「うん……素直な子ほどどうなるかわからないからね。これからも、ちゃんとカインくんの相手はしてあげるんだよ？」

「もちろん。大丈夫ですよ」

「本当？　ローゼちゃんとネリアちゃんだけ注意していたらダメだからね？」

「どうして……それを？」

クリフさんには、そのことをまだ言ってなかったよな？

というか、俺が転生者なのも知らなかったはず……。

「僕の鑑識魔法を侮《あなど》ってはいけないよ？　彼女たちからは、君と似たような雰囲気を感じる」

「そうだったんですか……」

鑑識魔法……そこまでわかるのか。正直、侮っていた。

鑑定に負けないくらいの性能がありそうだな。

「でも、君と同じということは、二人に関してそこまで親が関わる必要はないってことだ。君だってそうだろう？　君は、親からの庇護《ひご》よりも自由を求めた。きっと、彼女たちもそうだと思うんだ」

「なるほど……」

それは確かにそうだな。あの二人は、大人が関わろうとするのを嫌がることが多い。

「今の君を見ると、気負いすぎな気がするんだよね。彼女たちは、自分の力だけでも生きるだけの知恵や能力がある。そうだろ？」

「……はい」

クリフさんは、どこまで俺を見透かしているんだ？

俺が二人のことで悩んでいることまでわかってしまうとは。

「僕は、あの二人よりもカインくんの方が道を踏み外しそうで怖い。魅了や催眠魔法は怖いよ？　歴代の皇族で何人も人を自由に操れる甘味の虜《とりこ》となり、道を踏み外していった人たちがいるんだから」

「……そうなんですね」

ローゼとネリアよりもカインの方が……か。

信じ難いけど、ここまで俺のことを見透かしているクリフさんが言っているのだから、たぶんそうなる可能性が高いのだろう。

「シェリーは小さいときから君という何よりも大事な人がいたから、そんなものに興味なかった。けど、カインくんは無限の可能性に満ちあふれている。人生、いつ挫折《ざせつ》を味わうのかはわからない。その時、彼は今の正義感を貫き通せるかな？」

「それは……」

貫き通せると信じたいけど、人生は何が起こるのかわからないものだ。

これから、何か大きな壁に当たった時に、果たしてカインは催眠という誘惑に勝てるのだろうか？

俺でも、催眠に手を伸ばしてしまいそうだ。

「別にカインくんだけじゃない。今日僕が君に言いたかったのは、もっと他の子にも目を向けるべきだと思うってことだ。君の師匠みたいな失敗はしたくないだろ？」

「はい……そうですね」

そういえば、ゲルトだって最初は真面目な魔法具の研究者だったらしいじゃないか。

人生何があるかわからない。本当にそうだな。

「今の君に必要なのは、子供との時間だと思うよ。もう、君の成長期は終わったんだ。そろそろ次の世代に目を向けてもいいんじゃないか？」

「次の世代……ですか」

「そう。君にはたくさんの才能に満ちあふれた子供たちがいるじゃないか。あの子たちの才能を開花させてあげることが、今の君が一番やるべき仕事だと思うんだけどな？」

「はい……そうですね」

「とまあ、偉そうなことを言ってみたけど、僕は知っての通り一人も子供がいない。だから、最後の判断は君の意思に任せるよ」

「いえ、とても参考になりました。そうですね。師匠にあれだけ警告されていたのに……はあ、俺は馬鹿だな」

結局、子供たちのことをちゃんと見てあげられていなかった。

師匠がいたら、頭をぶっ叩かれていただろうな。

「今ならまだ間に合う。僕も陰ながら応援しているから、頑張って」

「ありがとうございます」

「僕としては、未来の皇帝ができるかぎり多くレオくんの経験や知恵を受け継いでいることを願うよ」

「そうですね。クリフさんが選ぶのを困ってしまうくらい、全員を立派な大人に育ててみせますよ」

そうだな。クリフさんの鑑識魔法を以ってしても選べないくらいの子たちに育ててみせようじゃないか。

「それは楽しみだね。でも、もう誰にするかは決めているから、その心配はないよ」

もう決めてるの？

「え？　誰ですか？」

「それを言ったらつまらないでしょ。そうだな……これは宿題だね。誰が一番皇帝に向いているのか、たくさん子供たちと関わって見極めてみな」

うん……今の段階ではまったくわからないな。

カインはどっちかというと騎士タイプだし、リルは頭が良いけど弱気なところがある。

下の子たちは、まだ小さくて判断できないな……。

「わかりました。絶対、当ててみせますから」

「当たるかな？　まあ、頑張ってみるといい」

「はい。今日はたくさんの助言をありがとうございました」

クリフさんのおかげで、これから自分が何をすればいいのかやっとわかってきた。

「こんな助言で良ければいつでも歓迎だよ。それにしても……君でも子育てというのは難しいものなんだね。僕なんかに子供がいたら大失敗をしていたかもしれないな～」

「そんなことないですって。クリフさんなら、きっと良いお父さんになっていましたよ」

こうして、僕の悩みを解決してくれるんだから、間違いなく子供たちに慕われる良いお父さんになっていたはずだ。

「そんなことないと思うよ。鑑識魔法は便利だけど、完璧ではないからね。きっと、魔法に頼り切っている僕は、自分の目で子供を見ようとしなかったはずだよ」

「そこまでわかっているなら、大丈夫じゃないですか？」

「いや、頭でわかっていたとしても自然と癖が出てしまうものさ」

「そうですか……。ちゃんと自分の目で、か。俺にも言えることですね」

俺もよく鑑定に頼ってしまうことがあるし、これからは気をつけるようにしないと。

「まあ、僕が少しでも参考になって良かったよ」

「はい。今日はありがとうございました」

今日はクリフさんのところに来て良かったな。

これから、子供たちとの時間をできる限り増やしていかないといけないな。

第十二話　言われたらすぐ行動

クリフさんの助言を受け、俺は帰ってきてすぐ行動に移した。

「フレアさんが信頼できる上位四人の文官を用意して」

「わかりました。なにかまた新しいことを？」

「いや、もう俺が四つの街を見て回る必要もないと思ってね。どこの都市もこれ以上手を加える必要もないくらい順調だし、後の管理は人に任せてしまおうと思ってね」

この八年間、子供たちとの時間をあまり取れなかったのは、四つの都市を行ったり来たりして、全部一人で見て回っていたからだ。

まあ、最初の方は不安定でトラブルだらけの土地だったから仕方ないとして……。安定した今でも、これを続けているのはとても非効率である。

よって、俺はもう四つの都市に関しては報告を聞くだけにすることにした。

「それは良い判断だと思います。それなら、信頼できる部下にそれぞれ管理を任せますね」

「うん。よろしく頼むよ」

「……帝都で何かあったのですか？」

「皆に頑張りすぎだって言われたんだ。それで、俺の領主としての仕事は最低限達成できたし、後はそこまで頑張らなくていいかなと思ったわけ」

公爵家になった時に任された西部の開発はもう十分成し遂げただろう。

あとは、どこの都市も勝手に大きくなっていくはずだ。

「最低限なんて……レオンス様は最高の仕事を成し遂げたと思います」

「まあ、そこら辺にいる貴族の数倍は働いた自信はあるな」

最高かどうかはわからないけど、代々親の土地を引き継いでいるだけの貴族たちの一生分以上の仕事はしたと思う。

「はい。レオンス様は十分働いています。もっと貴族らしく怠けてもいいくらいです」

「怠けるつもりはないけど……そうだね。少し、休みは増やそうかな」

子供たちとの時間を増やすためにね。

そして、その日の午後は自主的に休みにして、子供たちの剣術を見に来た。

「あれ？　お父さん、こんな時間にどうしたの？」

俺が稽古場に来ると、子供たちは珍しいものを見るような目をしていた。

はあ、この反応を見ただけで、どれだけ俺が普段子供たちと交流していないかわかるな。

「ちょうど仕事が一段落してな。少し遊びに来た」

「そうなんだ。ねえ、お父さん！　俺と勝負しよ！」

「お？　やるか？　こう見えて、俺はヘルマンの師匠だぞ？」

そう言いながら、俺は壁に立てかけられていた剣を取った。

師匠とか言っておきながらなんだが、もうずっと剣を触れてなさ過ぎてカインに勝てるのかすら不安だ。

流石に大丈夫だよな？　これで父親の威厳がなくなったりしないよな？

「それ本当～？　父さんが戦っているところ見たことないんだけど～」

「そりゃあ、ヘルマンみたいな強い護衛に囲まれていたら、俺が戦う必要なんてないだろ」

「そうだけど……お父さんが師匠の師匠なんて信じられな～い」

「父さんがカインくらいの時は、それはもう父さんのじいちゃんの下でとても厳しい訓練を積んだんだぞ？」

「父さんのじいちゃんって勇者様だったんでしょ？」

「そうだ。あの本に出てくる魔王を倒した勇者だ」

世界中の子供たちが憧れている方の勇者だぞ。凄いだろ？

「勇者様に剣を教えてもらえるなんて羨ましいな～」

「おいおい。ヘルマンに教えてもらうことだってとても凄いことなんだからな？」

「勇者様よりも凄いの？」

「ああ。俺は凄いと思うぞ。俺のじいちゃんは努力の天才だったが、今の勇者はどちらかというとただの天才だからな。特殊な魔法があることが前提の戦い方だから、一般人には参考になりづらい」

電気魔法なんて、勇者しか使えない魔法を前提にした剣術なんて、勇者以外の人間に使いこなせるはずがないだろ。

「そうなんだ……」

「それに比べて、ヘルマンの持っている魔法は無属性魔法だけ。誰でも努力すれば使いこなせる剣術を使う。そして、世界最強のミュルディーン家の騎士たちの中で最強の称号を持つ男だ。どうだ？凄いだろ？」

「う、うん……。師匠って凄い人だったんだね」

おいおい。ヘルマンは凄いんだぞ？　もっと敬ってあげろよ。

「そんな大したことないですよ。上には上がいます」

「師匠より強い人っているの？　お父さん？」

「いや、今の俺はヘルマンに勝てないな」

魔力が使えない状態では無属性魔法も使えないし、俺には転移で逃げる以外の選択肢はないだろう。

「それじゃあ、誰？」

「そうだな……。身近な人だとシェリー、リーナ、ベル、ルーはヘルマンよりも強いぞ」

「え？　お母さんたちが？」

「シェリー母さんはそんな気がするけど……お母さんたちが師匠よりも強いの？」

まあ、魔法を教えているシェリー以外は、あまり子供たちに自分の強さを示す機会がないから、こう思ってしまうのも仕方ないのかもしれないな。

「ベルは特に強いぞ。昔、勇者をボコボコにしたことがあるくらいだ」

「え？　ベル母さんがあの勇者様を？」

あの性格からは想像できないよな。

「そうだ。お母さんたち、本気で怒らせたら怖いから気をつけた方がいいぞ～」

「あら、随分な物言いね」

振り返ると、シェリーとリーナが稽古場の入り口でニッコリと笑っていた。

「え、えっと……カイン！　剣を握れ！　俺が相手してやる！」

分が悪いと思った俺は、とりあえず弁解しないことにした。

「う、うん」

「あ、父さん逃げた～」

「逃げた～」

「うるさい。お前ら、黙って父さんの戦いを見ていろ！」

それからカイン、ノーラ、リル、ローゼの順に相手してやると、気がついたら夕飯の時間になっていた。

「父さんってこんなに強かったんだね」

体がちゃんと剣術を忘れないでいてくれて助かった。

これで、俺の父親としての威厳は守れたと思う。

「だから言っただろ？　これでも、若い頃はドラゴンの群れと戦ったことがあるんだ」

「それ、本当だったんだね」

「そんな嘘はつかないって」

「父さんすっげ〜」

そうだ。カイン、もっと俺を褒めてくれ。

父さんは凄いんだぞ！

「そういえば、ドラゴンの骨がまだ残っていたはず……。見たいか？」

しかもただのドラゴンじゃない。ドラゴンの巣に放り込まれた時に倒したボスの骨だ。

あれはとんでもなくでかいから、誰が見ても驚くはずだ。

「見たい！」

「よし。それじゃあ、その汗を流してこい！　風呂から出たら見せてやる！」

「わかった！」

「急にどうしたの？」

子供たちが風呂に向かったのを見届けていると、シェリーとリーナが近くによってきた。

二人からしたら、急に子供たちと剣を振っていてどうした？　という感じだよな。

「うん？　ああ、もっと子供たちと関わらないといけないと思ってね」

「そう。それは良い心がけね」

「なあ……俺たちの子供たちはか弱くなんてないな」

守らないといけないと思っていた存在だったけど……今日、皆と剣を交《まじ》えてわかった。

カインだけでなく、全員がしっかりと剣を振れていた。

ノーラが俺の初撃を綺麗に受け流したんだぞ？　驚きすぎて、動くのを忘れて危うく負けそうになってしまったよ。

「何を言っているの？　当たり前じゃない。だって、あなたと私たちの子供なのよ？　強くならないわけがないじゃない」

言われてみればそうだな。もしかしたら、俺たちよりも強くなるかもしれないんだ。

俺は必要以上に心配していたのかもしれないな。

「はあ、子育てって難しいな」

「今更？」

「まあ、そうだね」

シェリーたちからしたら、そりゃあ今更だろ。

はあ、これから頑張って子育てというものを学ばないといけないな。

第十三話　いざ魔界に

カインの誕生パーティーから八ヶ月が経った。

あれから俺は仕事を最低限まで減らし、なるべく子供たちとの時間を取るようにした。

子供たちと一緒に剣の素振りをしたり、子供たち用の魔法練習場を新しく造ってあげたり、領地を見せて回ったりと……とても楽しい時間を過ごさせてもらった。

そして、この八ヶ月の間に三人の子供が産まれた。

半年くらい前にエルシーが元気な男の子、数日前にベルが元気な男の子と女の子を産んでくれた。

まさか、ベルのお腹の中に双子がいるとは思わなかったけど、三人とも元気に産まれてきてくれて良かった。

「五人の奥さんに十三人の子供……立派な大家族だな」

俺を合わせて十九人家族だ。

「まだまだ増えるかもしれないよ？」

「え？　まだ増えるの？」

「私、次こそは男の子が欲しいです」

そういえば、リーナは男の子を産むまで子供を産み続けるって二人目の時くらいから豪語していたな。

リーナはローゼを産んでからも二人子供を産んでいるけど、どちらも女の子だ。

「次も女の子だったりしてね」

「そうなったら、五人目を産むまでです」

五人目も女の子だったりしてな。

「これは……まだまだ増えそうだな」

「ふふふ。この家、とても広いですし、ちょうど良いんじゃないですか？」

「確かに。それじゃあ、空き部屋を全て埋めるのを目標にする？」

「いや……それは流石に無理だろ」

少なく見積もってもあと二十は部屋が余っているんだぞ？　少なくとも、一人あたりあと四人は産まないといけない。

「準備できた～。ローゼとネリアもちゃんと連れてきたよ」

「やっと来たわね」

「私たちのせいじゃないわよ。ローゼとネリアが悪いの」

ここ最近、俺が外に連れ出すようになって、少しは外にも慣れたと思ったんだけどな……。相変わらず二人の引き籠もりは治らないようだ。

「まったく……。ネリアはまだしも、ローゼはもうすぐ八歳になるんだから、もう少し大人になりなさい」

「それじゃあ、カイトたちを連れてくる」

若干時間がかかってしまったが、全員が集まったのを確認してから王城に転移すると、カイトたちが待っていてくれた。

「待たせてごめん」

「いえ。待ってないから大丈夫よ。わざわざありがとう」

「いや、どうせ魔界まで転移で行くんだし、気にしなくていいよ」

「ありがとう」

「そっちの二人がリキトとユウトか？」

カイト、エレーヌ、マミちゃんの他にカイトの両隣に可愛らしくカイトの足を掴んでいる男の子たちがいた。

お兄ちゃんはカイトにそっくりで、弟はどちらかというとエレーヌって感じだな。

「ほら、二人とも挨拶して」

「「こんにちはー」」

「二人とも元気だな」

「元気すぎて困ってるのよね」

ハハハ。そりゃあ、カイトの子供なんだもんな。大人しくしていられるはずがない。

「二人とも何歳？」

「俺はゴ！」

「僕はサン！」

「五歳と三歳か。うちもその間に四人いるぞ」

ネリア、ミーナ、ルーク、ルルが同じ世代だ。

「そんなにいるのね。皆、うちの息子たちと仲良くしてくれると助かるわ」

「ルークとは気が合うと思うぞ」

同じくいたずらっ子のあいつとは気が合うはずだ。

カイトたちをシェリーたちのところに置いてきて、次はフランクたちのところに来ていた。

「迎えに来たぞ～」

「あ、ごめん。まだ一番下の子が愚図《ぐず》っちゃってて……」

転移すると、フランクとジョゼ、二人の子供がいたけど、アリーさんの姿が見当たらなかった。

愚図っちゃったか……それは大変だな。

「一番下の子って女の子だっけ？　何歳くらいなの？」

「女の子です。この前、二歳になりました」

「そうなんだ。アリーさんはどこにいるの？」

「隣の部屋にいます」

隣の部屋か。それならすぐに行けるな。

「よし。それじゃあ、俺に任せてくれ」

「え？」


「うわ～ん」

隣の部屋に入ると、小さい女の子が大声で泣いていた。

「うう……どうしてこういう時に限って……」

アリーさんは頑張ってあやしても泣き止む気配が見えず、困り果てていた。

どこのお母さんも大変そうだな……。

「アリーさん、大丈夫？」

「あ、待たせちゃってごめんなさい」

「ああ、そんな気にしなくても大丈夫だよ」

「うわぁ～～～ん」

俺が近づくと、更に泣き声の勢いが増した。

「ああ、ごめんごめん。知らないおじさんにびっくりしちゃったね。ほら、可愛いくまさんだ」

そう言って、女の子の前でくまのぬいぐるみを創造してみせた。

すると……女の子はすぐに泣くのをやめてくれた。

「くまさん……」

「ありがとうございます」

「いえ。それじゃあ、お父さんたちのところに行こうか？」

ぬいぐるみを渡しながらそう聞いてみると、女の子はニッコリと笑ってくれた。

「うん！」

「流石レオだな。俺の魔法じゃあ、石しかつくれないからな」

戻ってくると、俺が創造したぬいぐるみを見てそんな賞賛をくれた。

「まあ、これくらいお安いご用だよ」

「ねえおじさん……私もくれない？」

妹のぬいぐるみがうらやましくなってしまったのか、帝都で会った時とは違って子供らしくおねだりしてきた。

やっぱりあれは演技だったんだな。

まあ、こっちの方が子供らしくて良いと思うけどね。

そんなことを思いながら、パッと妹と同じぬいぐるみを造ってあげた。

「わあ。ありがとう！」

「エリーにまで……ありがとうございます」

「いえ。ほら、君には騎士の人形をあげよう」

男の子は、ぬいぐるみよりもかっこいい人形が欲しいかな？

ということで、鎧を着込んだ騎士のフィギュアを渡してあげた。

「僕にもくれるの⁉　おじさんありがとう！」

「どういたしまして」

こちらこそ、それだけ喜んでもらえただけでもプレゼントした甲斐があったよ。

「レオ、この半年でなんか変わったな」

「お、わかる？　実は、仕事をばっさり減らして子供たちとの時間を増やしたんだ」

おかげさまで、子供たちとの接し方が少しは学べた気がする。

八ヶ月前よりは確実に成長していると思うぞ。

「あれほど仕事馬鹿だったお前がね……。誰からの助言？」

「クリフさんが子供たちをちゃんと見なさいって」

「皇帝陛下直々の注意なら、お前も言うこと聞くか」

「いや、単純に今のままだとダメだと気がついただけだよ」

クリフさんの諭し方が上手かっただけで、別にクリフさんだから言うことを聞いたわけではない。

「それでも、お前にそう思わせられる皇帝は凄いな」

「クリフさんは凄い人だよ」

（レオ？　何かあったの？）

ん？

（あ、ごめん。ちょっと話し込んじゃった。今、そっちに行くよ）

そういえば、子供をあやしていたりしていたんだった。

「皆が遅くて心配しているから、そろそろあっちに行くぞ」

「あ、ごめん」

「それじゃあ、皆俺に掴まってー」

第十四話　魔界の食事

SIDE：ネーリア

はあ……。魔界になんて行きたくない。お家で引き籠もっていたい……。

魔王が物語の魔王とは違うとか、魔王とお父さんが親友とか知らないわよ。

人族が何年も踏み入れることができなかったのよ？　そんな場所が安全なわけがないじゃない！

そんな文句を言っても、まったく聞いてもらえず、今はがっちりお母さんに捕まってしまっている。

「もうすぐ来るって。話し込んじゃったみたい」

どうやってお父さんと連絡を取ったのかは知らないけど、もうすぐお父さんがこっちに戻ってくるらしい。

はあ……今すぐにでも逃げ出したい。

「こっち来てから話せばいいのに」

「フランクさんのお子さんとは初対面なんだから、可愛がってしまうのもわかるわ」

「フランク殿は、男一人と女二人だったか？」

「はい。そう聞いてます」

そんな話をしていると、お父さんが戻ってきた。

「遅れてごめーん!!」

「別に大丈夫よ」

「やっぱり可愛がっていたみたいだな」

そう言う勇者の目線の先には、ぬいぐるみを持った女の子たちがいた。

あれは、最近お父さんが泣いた子を泣き止ませる時に使うぬいぐるみだわ。

上の子は、もう泣くような歳でも性格でもないから、下の子が泣いちゃったのかな？

「ごめんなさい。下の子が愚図っちゃって」

やっぱりね。私の推理に狂いはないわ。

「そうだったのですか。よくあることですから、気にしなくて大丈夫ですよ」

「それじゃあ、魔界に向かうか。皆、俺に……いや、流石に一回では無理か」

お父さんが転移を使おうとすると、全員が自分に触れないことに気がついたみたい。

ちょうど良かった。人数がオーバーしているなら、私を置いていって！

「それじゃあ、何回かに分けないとね」

まあ、そうなるよね……。

「いや、俺が来たから問題ないぞ」

え？

「お。グルなら、全員を一気に運べる？」

あの人……グルっていうんだ。角が生えているし……ルー母さんと同じ魔族よね？

お父さんみたいに、転移のスキルを持っているのかな？

「ああ。問題ない」

しかも、お父さんの転移よりも高性能みたい。

「じゃあ、お願いするよ」

「ああ、任せておけ。この部屋にいる人で全員か？」

「ええ。全員ここにいます」

「わかった。少し気持ち悪くなるかもしれないが、我慢してくれ」

グルさんがそう言うと、急に視界が移り変わりはじめた。

うう……これ、気持ち悪い。


「ここが魔王城？」

「そうだ。俺の城だ」

グルさんの転移は、お父さんより高性能なんて嘘だわ。

あれは下位互換。お父さんは、どんなに遠いところに行っても、絶対に気持ち悪くならないもん。

「お待ちしておりました。レオンス様、お久しぶりです」

魔王城に来ると、二人の女性といかにも見るからに悪ガキそうな男子二人がいた。

そして、今お父さんに挨拶した人は角が生えておらず、私たちと同じ人族みたい。

なんだ。ちゃんと人でも住める場所なのね。少し安心した。

「エステラ、元気にしてた？」

「はい。おかげさまで」

「それは良かった」

「紹介する。こっちの大きいのがキール。小さい方がエルだ」

「へえ。エルくんはエステラにそっくりね」

「はい。よくそう言ってもらえます」

「それじゃあ、次はうちの子たちを紹介させてもらおう。長女のマミ、長男リキト、次男のユウトだ」

「ボードレール家は、長女のエリーネと次女のフィーネ。長男のジークだ。エリーネとフィーネがアリーの子供、ジークがジョゼの子供だよ」

「うちは多いから産まれた順番に紹介していくぞ。長男のカインスから……ロゼーヌ、ノーラ、リル、ネーリア、ミアーナ、ルーク、ルルだ。カインスとネーリアがシェリー、ロゼーヌとミアーナがリーナ、リルとルルがベル、ノーラはエルシー、ルークはルーの子だ」

「レオだけ子供の数が違うな」

そうよね。こんなに連れてくるべきじゃなかったんだわ。

代表でカイン兄さん、ノーラ姉さん、リル兄さんの三人だけで十分だったのよ。

「この下に、まだ四人もいるんだろ？」

「この前三人産まれたから、七人だね」

「全部で十五人。凄いわね」

何が凄いのか。ただ、お父さんの女癖が悪いだけだと思う。

「それぞれの紹介も終わったことだし、昼食にしないか？　最高の料理を用意させてもらったぞ」

「魔界の料理は初めてだなー。どんな料理なんだ？」

「どんな料理……説明が難しいな。見た目は多少悪いが、味は保証するぞ！」

「へえ……」

「多少悪い……ね」

昼食の席に着き、出された料理に私は思わずそんな言葉が出てしまった。

毒々しい紫色のスープに、大きなカエルの丸焼き……よくわからない虫が混ぜられたサラダ。

どれも美味しそうな見た目をしていなかった。

「ネリア、食べないの？　めっちゃ美味しいぞ？」

私がスプーンを持って動けずにいると、隣に座っていたルークはもうほとんど食べてしまっていた。

「え？　あなた、もうそんなに食べちゃったの？」

「確かに、家のご飯の方が美味しい気もするけど、そんなに変わらないよ？　どうした？　何か嫌いな物があったのか？」

「う、ううん……そういうわけじゃない」

嫌いかどうかなら、全て嫌いな食べ物よ。

こんなのって言ったら申し訳ないけど……とても食べ物に見えないんだもん。

「そうか。食べられないのがあったら言ってくれ。俺が隠れて食べてあげるから」

「それじゃあルーク、私のこれ食べて」

反対隣に座っていたお姉ちゃんが悪びれもなく、虫のサラダをルークに差し出した。

「え？　いいの？　いっただきまーす」

ルークは、それを嬉しそうにムシャムシャと食べ始めた。

嘘でしょ……。何の躊躇《ちゅうちょ》もなく虫を口の中に放り込んでいるわ。

「お姉ちゃん……出された物は自分で食べないと……」

「別に無理して食べる必要はないでしょ。ネリアも嫌ならルークに食べてもらいなよ」

「何でも言ってくれ」

「うう……それじゃあ、これお願い」

私は、とりあえずカエルの丸焼きをルークに差し出した。

「いいの？　これ、一番美味かったんだよね～」

「こら、出されたものはちゃんと自分で食べないとダメだぞ」

ルークがあと少しでカエルに手をつけようとした瞬間、お父さんに気づかれてしまった。

あと少しだったのに……。

「あー、見つかっちゃった」

残念そうにしながらルークがカエルを私に返してきた。

うう……これ、私が食べないといけないの？

「見た目は怖いけど美味しいから、食べてみよ？　ほら、あーん」

お母さんが隣にやってきて、カエルを小さく切り分け、私の口に運んできた。

最初は抵抗するも、食べるまで口の前にいそうだったから、素直に口に入れた。

「……」

それからは、黙って目を瞑って急いで噛《か》んで飲み込んだ。

「どう美味しいでしょ？」

「うん。美味しい……と思う」

カエルの見た目じゃなければ、普通に食べられるくらいには美味しかった。

見た目がカエルじゃなければね……。

それから、カエルの顔だけルークに、虫はお父さんに食べてもらい、カットされたカエルの肉と紫色のスープは自力で完食した。

「やっぱり……おいしさと見た目は別問題だと思う」

「私もそう思うわ」

「お腹に入っちゃえば見た目なんて関係ないでしょ」

お腹に入れるまでが大変なのよ。

第十五話　魔王城探検

ゲテモノ料理が出る昼食会も終わり、お父さんたちは世間話を始めた。

私たちが聞いてもわからないような貴族の話だったり、魔物がどうのこうの……など聞いていていてつまらない話ばかりだった。

はあ、早く帰りたい。これから三日間もここにいるなんて地獄だわ。

「ねえ。暇だからさ。この城を探検してきてもいい？」

勇者の息子も我慢の限界に達したのか、立ち上がってそんなことを言い始めた。

「何を言っているのよ。失礼でしょ？　大人しくしてなさい」

「ああ。子供たちには暇な話だったな。よし、キールとエルでこの城を案内してやれ」

女王様が怒って無理矢理座らせるも、魔王は簡単に許可を出してくれた。

やった。正直、こんなつまらない話を聞いているなら、散歩していた方がまだマシだわ。

「わかった！　皆、こっち来て」

「悪いわね……。マミ、リキトとユウトが悪さしないよう見張っておいて」

「うん。わかった」

「カインたちも好い児にしているんだぞ～」

『は～い』

お父さんたちの注意に返事をしながら、私たちは食堂から出て行った。


「こっちこっち」

「わあ～すごいね。この家、ひろ～い」

魔族の二人が案内する中、確かボードレール家の男の子が魔王城の広さに驚いていた。

いくら大貴族と言っても、普通は帝都の屋敷くらいよね。

一貴族で城を持っている私たちがおかしいんだわ。

「そうか？　俺の家と同じくらいだな」

「うちもこれくらいかな」

そんなことで張り合っているんじゃないわよ。小さい男たちね。

ボードレール家の男の子が可愛らしいなあ。なんて思っていたところに、まったく可愛らしくない二人を見て、少し残念な気分になってしまった。

「え～。皆、凄く大きな家に住んでいるんだね」

何この子、凄く純粋。カイン兄さんも少しはこの子を見習ってほしいわ。

「家というか、城だけどね」

「え？　皆、お城に住んでいるの？」

「うん」

「住んでるよ」

「いいな〜。僕もお城に住んでみた〜い」

「家が大きいと、お風呂に行くだけでも凄く面倒よ」

「そうね。最初は楽しいけど、すぐに移動が面倒になるわ」

城に幻想を抱いている少年が可哀想だったので、私とお姉ちゃんが現実を教えてあげた。

普通の一軒家が一番良いに決まっているんだから。

「そ、そうなんだ……」

夢を壊してしまってごめんよ……。でも、現実を知っておいた方が今後の為だと思って。

「この階段を上がるよ！」

「どこに向かってるの？」

「ヒミツ〜」

「面白いところだよ」

魔族の悪ガキ兄弟はお姉ちゃんに聞かれても答えをはぐらかし、何か悪巧みをしていそうな顔をしながら私たちをどこかに案内していた。

こいつら、絶対何か私たちにいたずらするつもりだわ。

何かあったら結界で守ってもらえるよう、お姉ちゃんから離れないようにしないと。

「はあ、こんなに歩くなら暇な方がマシだったわ」

「これくらいの距離を歩いただけで嫌になるなんて、普段の運動サボってるんじゃないの？」

私は、あのゲテモノ料理の匂いが残る部屋で、ずっと意味もわからない話を聞いている方が嫌だわ。

「別に疲れたわけじゃないわ。ただ、面倒に思っただけ。というより、いつどうやってサボるのよ」

「それもそうね」

誰であろうと毎日強制的に剣の稽古に駆り出され、騎士団長に見張られながら剣を振っているのだもの。サボっている暇なんてないか。

あ〜。他人事のように言っているけど、私もあと少ししたら五歳になってあの稽古に参加しないといけないんだ……。

「うわあ！　この気持ち悪いのは何⁉」

私が少し先の未来に絶望していると、前の方を歩くカイン兄さんたちからそんな声が聞こえてきた。

やっぱり、あいつらは何か企んでいたのね。

などと思いながら前の方を見ると、確かに気持ち悪いドロドロとした生物？　がいた。

うわ……あれ、何？　あの意味わからない物体で私たちを驚かせようとしていたの？

あの兄弟のいたずら、レベルが高過ぎて逆に賞賛してしまうわ。

「あ、そいつ魔物。弱いから魔法で一発だよ」

そう言いながら、兄の方が言葉通り魔法一発で魔物を倒してしまった。

あれ？　これは序の口ってこと？

これ以上にヤバい場所に連れて行かれるってことよね？

「魔物？　この城には魔物が出るの？」

「え？　普通じゃないの？」

流石魔王城……今すぐに帰りたい。

「お兄ちゃん……怖い」

一番下のルルが、リル兄さんの服の袖を掴み、ぷるぷると震えていた。

「大丈夫。僕が守ってあげるから」

いつもあんなに気弱なリル兄さんが、珍しく頼りがいのあるお兄さんに見えた。

ああ……。私、お姉ちゃんからリル兄さんの傍に移動しようかな。

などと、ふざけている場合じゃなかったわね。

「これ、大丈夫なの？　戻った方がよくない？」

幸い、ボードレール家の二歳の女の子は、危ないから親のところにいる。

この中で最年少は、三歳のルルだと思う。

それでも、最高で九歳の子供たちで魔物の相手ができるとは思えないわ。

「あら、あなたも怖いの？」

「そりゃあそうでしょ。武器もなしにあんな魔物と戦えるはずがないわ」

私は魔法だってまだ使えないんだよ？

「そうね。まあ、危なかったら私が助けてあげるわ」

「うん。お願い」

というか、絶対に守りなさいよ！

「ここ。この部屋」

思ったよりも早く悪ガキ兄弟の目的地に到着した。

この大きな扉の向こうには何があるのかしら……？

「クヒヒ。この部屋、面白いぞ」

「めちゃくちゃ嫌な予感がするんだけど」

「私はもうこの部屋が何かわかったわ。ミーナ、ルーク、私のところに来ていなさい」

え？　わかったってどういうこと？

「う、うん」

「わかったー」

「ねえ、この中に何がいるの？」

お姉ちゃんが普段絶対に面倒を見ない二人を近くに呼んだってことは、それだけ危ないってことだよね？

「それは、中に入ってからのお楽しみよ」

別に楽しみにしているわけじゃないから早く……。

「俺が開けていい？」

「開けてみな。クヒヒ」

もう、笑い方が悪役のそれなのよ……。

この子たち、魔王の才能があると思うわ。

「じゃあ、開けるぞ」

「うわあ！」

開けると、さっきのドロドロした化け物がたくさんいた。

あの悪ガキども……。

「皆下がって！」

「これでも食らえ！」

カイン兄さんとボードレール家のお姉さんが魔法を使って、ドア付近にいた魔物たちをすぐに倒してくれた。

わあ。初めてカイン兄さんをかっこいいと思えたかも。

「おお～」

「お前、強いな」

「まあな」

「ちょっとあなたたち！　危ないじゃない！」

「ニヒヒ。ここは、俺たちがよく使う遊び場なんだ。ここで湧《わ》いてくる魔物をこうやって倒していくんだ」

王女様に激怒されるも、二人は気にする素振りも見せず、魔物を倒しながら部屋の中に入っていった。

「これが遊びって……」

悪びれもしない二人に、王女様は早くも怒るのを諦めてしまった。

いや、二人の常識が自分と合わなくて驚いちゃっているってところかしら？

どっちにしても、悪ガキに続いてうちの馬鹿兄が中に入ってしまったので、私たちも中に入らざるを得なくなってしまった。

本当、弟や妹たちの様子を確認しないなんて長男失格だわ。

「俺、剣がないと戦えないぞ？」

「俺もー」

王子たちも戦いたくてうずうずしているけど、剣がないと戦えないことはちゃんとわかっているみたい。

そうよ。あなたたちは、うちの兄のようにはならないでね。

「それなら、私が造ってあげる」

「おお。ありがとう！　これで、俺たちも遊べる！」

「……」

あの馬鹿姉……。

ノーラ姉さんが創造魔法で武器を配っているのを見て、そんなことを思ってしまった。

「イヤッホー」

「どうだ！　俺の強さを思い知れ！」

王子たちも参戦したことで、もう彼らを止めるのは諦めることにした。

「私たちは端に寄っているわよ」

「うん。ルルたちも一緒にいよ？」

「うん」

兄の袖を掴んで今にも泣き出しそうなルルを呼ぶと、すぐに近寄って姉さんの結界に入った。

「なあ。お前、名前はなんて言うんだ？」

しばらくアホどもが魔物と戦っているのを眺めていると、悪ガキの一人……兄の方が私たちのところにやってきた。

しかも、まさか私に話しかけてきた。

「……私？」

「うん」

「私は……ネーリア」

何を目的に名前を聞いているのか知らないけど、名前くらい答えないのもおかしい気もしたので素直に教えてあげた。

私の名前なんて聞いてどうするつもりなのかしら？

「ネーリア。俺と一緒に魔物を倒さない？」

「遠慮しておく。私はこんな危ないことはしたくない」

考える間もなく、私は即答した。

どうして、私たちが結界に守られながら端に寄っているのか考えてほしいわね。

「え、えっと……」

「ねえ。この城で一番よく外を見られる部屋は知らない？」

悪ガキが困っていると、お姉ちゃんがそんなことを言い出した。

「外？」

「うん。外の景色を見てみたいな。ねえ？　ネリア？」

「え？　あ、うん。私も見てみたい」

とりあえず、お姉ちゃんの考えていることもわかったので、話に乗っておいた。

すると、悪ガキはニッコリと笑った。

「わかった！　よし！　皆！　次はこの城で一番高い場所に案内してやる！」

「やったー」


それから悪ガキ兄の先導の下、魔王城の階段を上がっていた。

「あの子、あなたのことが好きみたいね」

「幼稚園児は簡単に恋して、忘れるものよ」

五歳くらいの子供に好きと思われても、何も思わないわ。

「ふふ。さて、どうなるかしらね」

何を期待しているのよ……。


「ここが城で一番高い場所だ！　どうだ？　遠くまで見えるだろ？」

「うん。魔界ってこうなっているんだ……」

連れてこられたのは、魔王城の展望台みたいな場所だった。

そこから外の世界を見下ろすと、街が広がっていた。

「人間界と変わらないものね」

魔界ってもっと魔物がたくさんいて殺伐《さつばつ》としているイメージだったけど、ちゃんとした街があって、人族と同じように平和な生活をしているみたいね。

「どうだ？　凄いだろ？」

「うん。凄いと思う」

まあ、良い仕事したと思うわ。

この功績を称えて、悪ガキって呼ばないであげるわ。

「そうだろ？　ハハハ」

第十六話　魔界と人間界を繋げたい

ＳＩＤＥ：レオンス
子供たちが魔王城を探検している中、俺たちは最近それぞれ何があったのか話していた。

カイトは、貴族学校で本格的に先生として働き始めたらしい。

フランクはやっと引き継ぎも終わり、今は俺に負けない領地にするための改革案を考えているらしい。

そして、俺の番になった。

「そうか。仕事のほとんどを部下に引き継いだか」

「そう。どの都市も俺が見ていなくても大丈夫なくらい安定してきたからね。もちろん、これからもっと成長させていきたいけど、その仕事は俺じゃなくてもいいかなと思えてね」

「良いじゃない。ほぼ一人で新しく四つも都市を創設するなんて、正気の沙汰とは思えなかったし、間違いなく働き過ぎだったと思うわ」

正気の沙汰じゃないか。今なら、俺もそう思うよ。

「それじゃあ、これからはミュルディーンだけレオが面倒をみるってことか？」

「まあ、自分の住んでいるところくらいは自分でやりたいからな」

とは言っても、ミュルディーンの管理はほぼフレアさんがしてくれてしまう。

だから最近の俺の仕事は、フレアさんが用意した書類に目を通してサインするだけの、簡単なお仕事だ。

「そうか……。仕事を減らしたところで、これを頼むのは非常に申し訳ないんだが……」

何か頼みたいことがあったのか。グルが申し訳なさそうにしていた。

「その前置きは怖いな。断るかは置いといて、とりあえず要件を言ってみろ」

「お前の街に魔界と行き来できるゲートを建てたい」

「それはまた……」

「レオを過労に追い込みそうな案件ね」

いや、これは俺じゃない気がする。

「うん……正直、これは俺だけの権限で決めていいものじゃないな。一度、帰ってから皇帝と相談するよ」

俺ができるのは、クリフさんにグルを紹介してあげることと、少し裏で建てる許可を出してくれるようにお願いするくらいだ。

大変なのは、間違いなくクリフさんだろう。

魔族を受け入れる前に、魔界とそれ関連の条約を結ばないといけないし、魔族に関する自国の法律をちゃんと制定しないといけない。

俺が想像できるだけでも大変そうだから、実際はもっと大変だろうな。

「すまん。だが、前向きに検討してもらえるとありがたい。真の敵がいる中で、これまで通り魔族と人族が敵対しているのは絶対に良くないんだ」

「そうだな」

まあ、俺も前から魔族と人族の関係を改善したいとは思っていたよ。

「魔族は見た目や寿命こそ違うが、中身……心は人族と何ら変わりのない生き物だ。そのことがわかり合えれば、きっと俺たちは仲良くやっていけると思うんだ」

「わかったよ。俺も頑張って皇帝に交渉してみる」

ずるいぞ。そこまで言われて、この俺が断れるわけがないじゃないか。

……仕方ない。帰ったら、魔界のお土産を持って帝都に直行だな。

魔界のお土産って何が良いんだろう？

「おお、ありがとう！」

「王国になら良いんじゃないか？　エレーヌが許可を出すだけだろ？」

知らないって怖い。お前、奥さんを過労死させるつもりか？

「……そうね。と言いたいところだけど、無理だわ」

「どうして？　魔族と貿易できるようになれば王国は儲かるんじゃないのか？」

はあ……。こいつを貴族学校の先生にしていて大丈夫なのか？　子供に悪影響な気がするんだが？

「そうだけど……そのために必要な法律や設備を整える余裕が私にはまだない。それに、王国は帝国に比べて古くからのガルム教の信者が多いのよ？　たぶん、今の状況で魔族の入国を認めてしまったら、それを口実に反乱をおこされてしまうわ」

「そうなのか……」

さすがエレーヌ。馬鹿勇者のとんでも発言にも動じず、わかりやすく説明してあげるなんて。

「でも、帝国が魔族の入国を認めたら王国もそうだし、教国もすぐに認めると思うわ」

「どうして？」

「今の王国と教国は、ほぼ帝国の属国みたいなものよ？　どっちの国も自ら進んで魔族を受け入れるのは難しいけど、帝国という言い訳があれば誰も反対することはできないわ」

今、帝国は三国の中で財力、軍事力の両方で差をつけている。

戦争になれば、王国も教国も絶対に帝国には勝てないだろう。

だから、二カ国とも帝国の機嫌を取らないといけない。これが言い訳として成立する理由だな。

「なるほどね。ということは、帝国……レオ次第ってわけだな」

「はあ、また本当に面倒な仕事を押しつけやがって……」

ここまで言われたら、どうにかクリフさんに許可してもらわないといけないじゃないか。

「すまん。だが、これも真の敵を倒す為だ。どうか、許してくれ」

「わかったよ。こっちの交渉は任せておいて」

まあ、クリフさんなら俺が頑張れば許可してくれるだろ。

「なんと感謝したらいいか……本当にありがとう」

「別にいいさ。親友なんだから、これくらいの頼みは聞いてやる」

それに、教国で助けてもらった恩もある。

あれ？　そう考えると、俺が嫌々受けている方がおかしいな。

もっと協力的じゃないとダメじゃないか。

「親友……そうだな。俺たちは親友だ」

「あ～あ。私にもっと余裕があったら即決で王都にゲートを建てていたのにな～。これでまた、レオが大金持ちになっちゃう～」

「いや、これ以上ミュルディーンにスペースがないんだよな……」

ゲートを建てて、入国を管理する建物を建てるとなると、またミュルディーンの領地を広げるしかなくなる。

まあ、そんな魔力、もう俺にはないんだけど。

「え？　じゃあ、どうするの？」

「そうだな……冒険都市ベルー。あそこなら、土地がまだまだ有り余っているし、街のコンセプトと合っている」

「どんなコンセプト？」

「ベルとルーの名前をつけたのは、もちろん二人のような強い冒険者に来てほしいのともう一つ……。人族じゃない獣人族や魔族でも差別されない街を造りたかったんだ」

「それは確かに、街のコンセプトに合っているわね」

「というわけで、ミュルディーンの本都市から少し離れちゃうが、そっちの街にゲートを建てても大丈夫か？」

「ああ、問題ない。レオの領地内にある街なのだろう？」

「そうだよ」

「なら、大丈夫だ」

「了解。それじゃあ、そんな形で皇帝に交渉してみるよ」

大丈夫だと思うけど……ここまで皆を期待させておいて、クリフさんに断られたらどうしよう？

いや、それでもどうにかグルと話をしてもらえるように頼むしかないか。

クリフさんなら、一目見ただけでグルが良い奴なのをわかってくれるはずだ。

「大変です！」

俺が帰ってからのことを考えていると、一人の魔族が部屋に転がり込んできた。

「うん？　どうした？」

「長老たちが魔王に会わせろと門の前で騒いでおります」

長老？　そんなのが魔界にはいるのか。

「何？　あの老いぼれたちが？　今更なんだと言うんだ？」

「それが……人族を魔界に招くことを認めないと……」

「なんだと!?　今すぐそいつらをここに連れてこい！」

「はっ！」

これは……久しぶりに俺の悪運が発動した予感。

なんか、もう帰りたくなってきた……。

第十七話　魔王城防衛戦

「長老ってどんな人なんだ？」

転がり込んできた魔族が長老とやらを呼びに行っている間に、俺は長老について聞いてみた。

「ただ長く生きているだけの無能な魔族たちのことだ。力がないくせに、俺のやることに一々文句を言ってくる連中のことだ」

へえ。弱肉強食の魔界でも、そんな人たちがいるんだな。

「へえ。ちなみに何歳くらい？」

「細かい歳は知らないが、千歳は余裕で超えているらしいぞ」

「魔王よりも年上か……」

それなら、確かに偉そうにしてしまうかもしれないな。

「本当にただの老いぼれだぞ？　ただ、あいつの信者みたいなやつが厄介でな……」

『ドッカ～ン！』

「何の音？」

「爆発音だな」

たぶん、どこか爆破してそこから侵入してくるつもりなんだろう。

相手は魔界最強の魔王を倒すつもりらしい。

「チッ。あいつら、城に入ってきやがった」

空間魔法で城の中の状況を把握できるのか、グルは少し目を瞑ると苛立《いらだ》ち始めた。

「ちょっと。子供たちが危ないわ！」

そうだ。今すぐ子供たちの安全を確保しないと！

「大丈夫だ。すぐに呼び戻す」

そう言って、グルが上に向けて手を伸ばすと、天井から子供たちが降ってきた。

「うわ！　え？　あれ？　ここは？」

「あ、お母さんたち……」

「ちょっと緊急事態が起きたの。皆、私と一緒に部屋の端に寄っててよ？」

混乱している子供たちを余所《よそ》に、お母さんたちは冷静に子供たちを入り口から一番遠い場所に誘導し始めた。

「え？　緊急事態？　何があったの？」

「ちょっと怖い人たちが城に入ってきちゃったみたい。ほら、皆こっちよ」

「もうすぐ、あいつらがここに到着する。正面と下……右、それから上だ」

子供たちが移動している中、俺たちは防衛の作戦を立てていた。

四方向から攻められるということは、数を四等分しても十分なほどの人数がいるということ……。

しかも、相手は人族よりも戦闘力が格段に高い魔族だ。

これは……いくら、このメンバーだからって油断してはいけないな。

最悪、俺も魔法を使うことを覚悟しておかないと。

「了解。正面は全て俺に任せてくれ」

「それじゃあ、俺は床を金属魔法で硬くしておくよ」

「じゃあ、俺は天井を別空間に繋げておく。あいつらが上から突入したら、そのまま亜空間に閉じ込められる」

「俺は魔銃でそれぞれの援護だな。右はヘルマン、お前に任せた」

「はい。任せてください」


「建物の中じゃなかったら、私の魔法で一掃しているんだけどね……」

銃を構えながら長老が到着するのを待っていると、子供たちのところに行っていたシェリーが杖を持ちながらやってきた。

「まあ、このメンバーならそこまで心配する必要はないだろ。それより、子供たちの傍にいた方がいいんじゃないか？」

「大丈夫よ。あっちはベルとルーがいるもの。大人数が相手なら、私の魔法が必要でしょ？」

まあ、あの二人にリーナもいるし、そこまで心配する必要ないか。

あっちに魔族の攻撃が飛んでいってしまった時のことを考えるのも大事だけど、こっち側で人数差に押し負けないことも重要だよな。

「シェリーが来れば、百人力だ」

「え？　百人程度なの？」

「それじゃあ、千人力だな」

「うん。私はそれくらいよ」

「もうすぐ来るぞ！　五……四……三……二……一……」

「この似非《えせ》魔王が！　天罰を下しに来た！」

グルのカウントダウンの通り、魔族たちが正面と右から壁を突き破りながら侵入してきた。

下からもゴツンゴツンと鈍い音がするけど、フランクの魔法をどうにかできる奴はいないみたいだ。

「ふん。老いぼれにすがる雑魚《ざこ》どもが今更なにを言っているんだ！　やってしまえ！」

「おう！」

グルの号令に、全員が一斉に攻撃を開始した。

『ぐあああ！』

一瞬にして、最前列にいた魔族たちが倒れていった。

それを見て二番目、三番目が部屋に入るのを躊躇し始めた。

「くそ！　どうして人族ごときがこんなに強いんだ⁉」

「長老！　聞いてませんよ！」

「うるさい！　ここに来たのなら覚悟を決めろ！　負ければ、どうせ待っているのは死だ！」

どうやら、長老が後ろの方に控えているようだ。

それと、長老が連れてきた魔族たちは、そこまで長老に忠誠を誓っているわけではなさそうだ。

これなら、半分も倒せば戦意を喪失《そうしつ》して逃げていくかもな。

そんなことを思いながら、足の止まった兵たちの頭を撃ち抜いていく。

「ちくしょう！　どうせ死ぬなら戦うぞ！　人族ども！　魔族の力を思い知れ！」

「人族を舐めるなよ！　オラアアア！」

止まっていても死ぬことを理解した魔族たちが覚悟を決めて突っ込んでくるも、それに呼応するように雄叫びのような声をあげながら剣を振るカイトに倒されていった。

ＳＩＤＥ：ロゼーヌ

急な魔族の襲撃に驚きながらも、私たちはそれ以上に自分の父親たちの強さに驚いていた。

最強種族の魔族が手も足も出てないじゃない……。この人たち、知っていたけど化け物だわ。

「凄い……お父さん、あんなに強かったんだ」

「師匠も凄い。勇者様に負けてないんじゃない？」

そうね。勇者とは違って、何も特別な魔法を持っているわけでもないのに、一方向の敵を全て一人で押さえているなんて、とても普通じゃない。

お父さんが師匠をあそこまで評価しているのも納得だわ。

「お姉ちゃん……これ、大丈夫なの？」

「大丈夫だと思うわ。お母さんたち……特にルー母さんがいればもしものことはないと思う」

ルー母さんが本気を出せば、一人だけで全ての敵を一掃できるんだから。

コピーとはいえ、破壊士はそれくらい強いのよ。

「まあ、私の結界魔法もあるし、もしものことはないと思うわ」

「そうなんだ……。ねえ、血の臭いって……気持ち悪いね」

「そうね」

この臭いは、慣れないとつらいわ。

『グオオオ！』

「あれ……凄く強そうだけど、大丈夫かな？」

他の魔族と比べても一際大きな魔族が雄叫びを上げて入ってきたのを見て、ネリアがぎゅうと私を掴む力を強めた。

「あれくらいなら問題ないわ」

そう言っている間に、シェリー母さんの魔法が強そうな魔族の頭を吹っ飛ばしてしまった。

「お母さんの魔法……知っていたけど、やっぱり凄いね」

「そうね。あそこまで綺麗に魔法を操れる人は、エルフにもいないわ」

あの威力の魔法で曲線を描くように操って、建物が壊れないようにするなんて芸当……間違いなくシェリー母さんしかできないわ。

「ふ〜ん。エルフにもね……」

別に、もうそこまで隠してないから、一々気にしなくてもいいのに。

などと思っていると、背後から魔力の反応がした。

「あ、これはまずいわね。皆！　壁から離れて！」

私は、慌てて皆を囲むように結界を張った。

『ドッカン！』

なんとか爆発する前に結界が間に合い、結界は割れてしまうも皆は無事で済んだ。

「床は無理だったが、やはり壁は空けられるみたいだぞ！」

やっぱり、魔族が背後に回っていたようだ。

次々と壁を壊しながら魔族たちが入ってきた。

「くそ！　子供たちが！」

「こっちは私たちに任せてください！　後ろは私が行きます！」

「それじゃあ、私が左ね！」

お父さんたちが心配するも、ベル母さんとルー母さんが戦闘を始めると、あっという間に魔族たちが倒れていった。

ルー母さんは当たり前として……ベル母さんが凄すぎるわ。

手だけしか変身していないのに、どうしてそんなに速く動けるのよ。

魔族たちですら、目で追えていないじゃない。

「チッ。獣人族と魔族がいるのか……。おいお前ら！　早く人質を確保しろ！」

「いや、どれが魔王の子供かわからないんだ！」

「馬鹿！　そんな選んでいる暇があるか！　一番近くの子供を引っ張ってこい！」

それは困ったわね……。元々、私たちは安全の為に一番壁際に座っていた。

ということは……今、一番魔族に近いのは私たちなのだ。

「了解。嬢ちゃん、痛くするけどごめんよ」

そう言って、一人の魔族が見えない手……魔力の手でネリアを掴もうとしてきた。

「や、やめて……」

普段から魔力の鍛錬を欠かしていないネリアにも見えてしまったようで、ネリアは自分に向かってくる手に体を震わせていた。

「大丈夫。結界があるから」

私の結界は、どんな物も拒絶するのよ。

と思っていたら、一人の子が私たちの前に出てしまった。

「やめろ！」

魔王の子……ネリアに一目惚れしてしまった悪ガキだった。

「邪魔するなよ。だが、人質なら誰でもいいって言われたからな。許してやる」

「ちょっと！　何をしているのよ！」

自分の代わりに捕まってしまったのを見て、ネリアはさっきまで震えていたことも忘れて魔族の少年に怒った。

「うぐ……ネリア……逃げろ……」

へえ。悪ガキだと思っていたけど、かっこいいところあるじゃん。

「あの馬鹿……」

ネリアも、あんなことを言われてしまえば怒る気が失せてしまったようだ。

「おら！　お前たち！　こいつの命が惜しかったら今すぐ武器を捨てろ！」

「ちっ」

「ほら、どうした？　急がないとこいつが死んでしまうぞ～」

人質を取った瞬間、元気になった男は、そう言って魔力の手の力を強めた。

「ぐあああ」

「キール！」

「ほらほら～このままだと死んでしまうぞ～」

馬鹿ね……。ルー母さんなら、魔族の……キール以外をまとめて消すことができるのよ。

そんなことを思っていると、私を掴んでいた手が急に震えだしたことに気がついた。

「ゆるさない……」

「ちょっとネリア？　大丈夫？」

「あの馬鹿もあの魔族もユルサナイ………ミンナモエテシマエ」

その時、私は焼却士がどうしてあれほど恐れられていたのかを知ることになった。

第十八話　一難去って

SIDE：レオンス
キールくんが人質に取られ、俺たちが様子を窺っていると急にキールくんを捕まえていた男が発火した。

そして、その火は男を中心に周りの魔族にどんどん燃え移っていった。

「な、なんだ？　うわあああ！」

「早く火を消せ！」

「魔法でも消えません！」

「くそ！　お前たち！　こいつがどうなっても……ぐあああ」

指揮官らしい男が声を発そうとするも、それよりも早く炎の餌食となってしまった。

「これ、誰の魔法だ……？」

「敵は殲滅《せんめつ》できましたけど、このままだと私たちまで燃えてしまいます」

ヘルマンの言うとおり、炎は魔族を燃やし尽くし、こっちにまで広がっていた。

「私の魔法でも消えないわね」

シェリーが炎を氷で消そうとするも、すぐに氷が溶けてなくなってしまった。

シェリーの氷でも消えない炎か……。こんな魔法を使えるのは、一人しかいない。

「消えない炎……これは焼却魔法だな。リーナ！　ネリアを眠らせるんだ！」

「はい！」

SIDE：ロゼーヌ
「ネリア、落ち着いて。もう、あの子は助かったから。それに、このままだと皆も燃えちゃう」
私は、炎に包まれるキールを結界で守りながら、ネリアが正気に戻るよう必死に話しかけていた。
「ユルサナイ……ユルサナイ……」

私の声が聞こえてないの？

「ああもう！　ネリア！　正気に戻って！」

思いっきり揺すっても炎の勢いが収まらない。

どうしよう……このままだと、私たちまで燃えてしまうわ。

「大丈夫よ。お母さんに任せて」

「ユルサナイ……ユルサ……」

お母さんが優しく抱き上げると、ネリアは静かに眠ってしまった。

すると、炎の広がる勢いが収まってきた。

「火の勢いが止まった！　グル、亜空間にあの炎を飛ばしてくれ！」

「了解！」

「お母さん……」

お母さんがいなかったら、きっと私たちは丸焼きになっていたわね。

聖魔法なんて怪我しなければ必要ないものとか思っていたけど、その考えは改めないと。

「結界魔法で皆を守ってくれていたんでしょ？　ありがとう」

「こ、これくらいたいしたことないわ」

「十分凄いわ。よしよし」

「……」

もう、子供じゃないのに……お母さんに頭を撫でられて嬉しいと感じてしまった。

そんな自分に驚き、私は黙ってしまった。

「キールくんは……痣《あざ》はあるけど、命に別状はなかったみたいね」

ボードレール家の……ジョゼさんがキールの状態を見ながら、聖魔法で痣を治してしまった。

聖魔法……やっぱり侮ってはいけないわね。

「ローゼ、何があったんだ？」

キールが治療されているのを眺めていると、お父さんが私の頭に手を置きながら事の発端を聞いてきた。

「キールがネリアを庇《かば》って魔族の男に攫《さら》われちゃって……それを見たネリアが動揺しちゃって……魔法が暴走しちゃったみたい」

「動揺で魔法が暴走なんて聞いたことがないな。スキル、感情魔力と関係があるのか？」

「私も知らない……」

ネリアのスキルが感情魔力だってことを今知ったくらいなんだから。

焼却士……やっぱり感情に関するスキルを持っていたのね。

「そうか。とりあえず、皆を守ってくれてありがとうな」

「うん……」

皆して、そんなに褒めないでよ。別に大したことはしていないんだから。

ＳＩＤＥ：レオンス

「とりあえず、一件落着か？」

無事消火も終わり、俺たちは一息ついていた。

いや、まさかこんなことになるとは。

一度も魔法を使ったことなくて、適性魔法が開示されてなくても人って魔法を使えるものなんだな。

もしかしたら、焼却士だけの特別な力なのかもしれないけど。

「いや、長老が逃げた」

そういえば、まだ長老がどんな奴なのか見てなかったな。

あれだけ偉そうに負けたら死だとか言いながら、自分は逃げるのか。

「どうする？　追いかけるか？」

「ちょっと待ってろ。よし。今捕まえた」

グルがそう言うと、天井から一人の老人が落ちてきた。

そんな使い方もできるんだな。

「うぐ？　ここは……くそ！　殺すなら殺せ！　だが、俺を殺したら魔界全てを敵に回すと思え！」

「そんなことはないな。人族を良く思っていないのはお前たち老害たちだけだ」

「なんだと!?　お前は人族に紛れる炎の魔女を知らないからそんなことを言えるんだ！」

「炎の魔女？　初めて聞く名前だな」

いや、焼却士の話はしただろ？　呼ばれ方が違うだけで一緒だって気づこうよ。

「なんせ、九百年近く前のことだからな。お前ら若い連中は知るはずもないだろうよ」

「九百年も前のことをどうしてそこまで怯《おび》えているんだ？　人族の寿命は百年にも満たない。その
……炎の魔女はとっくの昔に寿命を迎えたと思うが？」

だから、そいつは焼却士で、今もお前の背後にいるんだよ！

「いや、炎の魔女はまた現れる。そして、今度こそこの魔界を草一本生えていない焦土へと変えてしまうだろう」

「聞いて損した。ただの惚けた老人の妄想話か」

なんだか、この爺《じい》さんが可哀想に思えてきた……。

言っていることは、別に間違ってないのに。

まあ、子供を人質に取るようなやつの擁護《ようご》なんてしてやらないけどな。

「なんだと⁉　この私を愚弄《ぐろう》するのか！　くそ……若いから扱いやすいと思ったが、やはりお前を魔王にしたのは間違いだった！」

「ふん。お前に認められなくても俺は魔王になっていた！」

「そんなことはない……。お前なんて、前代の魔王に比べれば雛鳥も同然なんだよ！」

そう言うと、男はどこからか取り出した紙を床に広げた。

その紙には……魔法陣が描かれていた。

そして、爺さんが魔力を魔法陣に注ぎ始めるとバチバチと音を立てながら発光し始めた。

「あれは召喚術……？」

「あの人、自分の命まで魔力に変えて何かとんでもないものを召喚するつもりだわ！」

ローゼがそう叫ぶと、爺さんはニヤリと笑って倒れた。

「くそ！　子供たちを部屋から出せ！」

千年も生きる魔族が命と引き換えに召喚した魔物なのか人なのかわからないが……絶対にヤバいものがくるのは間違いない。

「いや、間に合わない！　全力で子供たちを守るぞ！」

「ローゼ、ネリアの傍にいてくれ」

「うん」


「まさか、本当にこの俺が召喚されるとは……。まあ、どんな時もしぶとく生き残った爺さんの生命力が対価なら納得できなくもない」

「おいおい……嘘だろ」

よりによってこの人を召喚してしまうのかよ。

これは……俺たちに勝ち目はあるのか？

「レオ、あの魔族を知っているのか？」

「……前代の魔王、三人いる世界最強の一人だ」

俺が初めて会った魔族であり、俺が初めてこの人には一生敵わないと思わされた人だ。

そんな人と、俺たちはこれから戦わないといけないらしい。

第十九話　番狂わせ

「えっと……久しぶりだね。一応、聞いておくんだけど……平和的な解決はできない？」

魔王の登場に動揺しながらも、なんとかそう聞くことができた。

頼むから……そのまま帰ってくれ……。

「お前が抵抗せず、焼却士を引き渡すなら平和的に終わる。無駄に死人を出したくなければ、お前の娘を渡せ」

やっぱりダメだよな……。

「それはとても平和的とは言えないだろ！」

「お前は俺のコピーか。随分と生温い人生を送っているみたいだな」

魔王の言葉に反応してグルが空間魔法で攻撃しようとするも、逆にグルが地面に押さえつけられる形となってしまった。

「うぐ……」

「お前を殺すと俺まで死んでしまうからな。とりあえず、俺の空間に入っていろ」

「あのグルが一瞬で……。レオ、何か魔王の弱点を知らないか？」

グルがほんの数秒の間に無力化されてしまったことに動揺したカイトがそんなことを聞いてくるが、そんなの答えられるはずがない。

だってないのだから。

「いや……ない。あの人の空間魔法に隙はないし、不死のスキルも持っているんだ」

「あんなに強くて不死身なのかよ。まさに魔王だな」

「どうする？　お前だけでも逃げるか？」

たぶん、魔王はお前に興味ないから見逃してくれると思うぞ。

「そんな生き恥を曝すくらいなら、ここで死んだ方がマシだ」

「そうだな。どうせ死ぬなら、妻と娘を守って死ぬか」

それも、ただ死ぬんじゃない。守って死ぬんだ。


「腹を決めたか？」

負ける要素がない魔王は、俺たちの覚悟が決まるまで待ってくれていたようだ。

まったく……こんな格上にどうやって勝てって言うんだよ。

「わざわざ待ってくれてありがとう」

「別にいい。この二十年、お前には楽しませてもらったからな」

ああ、そういえば俺のことを覗き見しているって言っていたな。

「二十年分あれば、見逃してくれてもいいんじゃない？」

「それとこれは別だ」

「ぐあああ！」

魔王が手をカイトに向けると、カイトの義手と剣が弾き飛んだ。

「どうする？　唯一の対抗手段が無くなったぞ？」

そうだった……カイトの剣があれば、回復不可能の攻撃を与えることができたんだ。

いや、そもそも魔王にあの剣でどうやって攻撃を当てるのかってことになるのだけど。

「カイト！」

「殺していないから心配するな」

エレーヌが大声でカイトを呼ぶと、カイトの代わりに魔王がそんなことを答えた。

殺していない？　それは妙だな。

「どうして殺さないんだ？」

勇者を殺さないと、引き分けにはならないんだぞ？

創造士に封印された魔王があんな紙切れの召喚魔法で召喚できるはずがないんだ。

絶対に、魔王の裏には創造士がいる。

「簡単だ。創造士の利になるからだ」

は？　どういうことだ？　今回の召喚に、創造士が関わっていないってことなのか？

いや、でも……。

「意味がわからないな……。俺の娘を殺すのもミヒルの利になると思うんだけど？」

「一々説明しなくてもお前は知っているだろ？　焼却士をこの世界から消し去る。これが千年生きた俺に残された唯一の使命だ」

娘たちの命がかかっているんだ。戦って勝てない相手にどうにか口で交渉するのは当たり前だろ？

「つまり……創造士にはあまり協力したくないけど、今回は自分の私怨があるから協力すると？」

くそ。何か、魔王の考えを改めさせる材料はないか？

思いつかない……このままだと、戦闘が始まってしまう。

「そうだ。わかりやすいだろ？」

「……俺の娘はあんたの家族を焼いた焼却士とは違うぞ？」

「そんなのは知っている。それでも、俺はあいつを殺さないといけないんだ」

魔王はどうしてそこまで焼却士に拘《こだわ》りを持っているんだ？

家族や故郷の人々を殺されたから？　でも、前に話を聞いたときには、そこまで村には執着がなかったみたいなことを言っていたじゃないか。

それなのに、どうしてそこまで？　やっぱりミヒル、お前が魔王を操っているのか？

「もう、何を言っても俺の気持ちは変わらないぞ？」

「くそ……わかったよ。お喋《しゃべ》りは終わりだ」

本当に心変わりはしてくれなさそうだから、俺は一か八かの賭けにでることにした。

「いいのか？　お前、その体で戦えば死ぬぞ？」

「言っただろ？　お喋りは終わりだ」

余計なお世話だっつうの。誰のせいで命を捨てないといけないと思っているんだ？

それに、俺の命で娘の命が助かるのなら、俺は喜んでこの命をくれてやる。

「……そうだな」

（ルー！　今だ！）

「はいよ！　消えちゃえ！」

「破壊士か……」

「流石ルー!!」

「いいえ、魔王はあれくらいでは死にません！」

ベルがそんなことを言っている傍から、魔王の肉が再生し始めた。

あの肉……どこから来ているんだろうな。

「あ、そんな……」

「でも、ナイスだ。これで安全に魔王とここから離れられる」

「あ、待っ……」

シェリーが止めようとするよりも早く、俺は魔王の肉を掴んで転移した。


転移したのは魔の森。魔王が封印されていた場所だ。

「この再生時間を転移ではなく創造魔法に使っていれば、まだ勝ち目はあったのにな」

「でも、結果的にはそんな時間は無かったから転移で正解だったな」

完全に復活してしまった魔王を前に、俺は愛剣二本を召喚した。

さて、ここまでは順調だ。でも、ここからが何よりも重要。

娘の命がかかっているんだ。絶対に集中を切らすなよ、俺！

「俺をここに転移してどうするつもりだ？　空間魔法のある俺は、簡単に戻れるぞ？」

「そうかもしれないけど、俺も最後くらい周りを気にせず戦いたいんだよ！　……最後ぐらい、俺のわがままに付き合ってくれてもいいだろう？」

「ふん。どうせ何か企んでいるんだろうが……いいだろう。お前が倒れるまでここにいてやろう」

「ありがとよ。でも、俺はお前が倒れるまで倒れないぞ！」

そう言って、俺は斬撃《ざんげき》を飛ばしていく。

子供たちと剣を振っておいて良かったな。あれがなければ、こんなスムーズに斬撃を飛ばせてなかったぞ。

「できるものならやってみな……ん？　魔法を封じられているのか？」

魔王は空間魔法で何かしようとしたらしいが魔法が発動せず、回避に遅れ、左腕を切り落とすことに成功した。

今の攻撃で致命傷を与えられたら良かったんだけど……魔王相手に一撃目で腕一本落とせただけでも十分か。

「転移している間にね。おかげさまで、魔力をほとんど使ってしまったけど」

「あの短時間でここまで俺の情報を書き換えてしまうとは……」

「これでも創造魔法のレベルがマックスになっているからね」

「ということは、スキルの情報も操作可能ってことか。再生が始まらないわけだ」

最近……と言っても五年くらい前の話だけど、久しぶりに自分のステータスを見てみたらびっくり、創造魔法がレベルマックスになっていたんだ。

最高レベルの創造魔法は何を創造できるのかずっと気になっていたんだけど……やっとその正体がわかったんだ。

スキル創造……一度見たことがあるスキルなら、自由に創造できるというとんでもないことが最高レベルの創造魔法ならできるらしい。

『らしい』というのは、この魔法を使ったら魔力が一瞬でゼロになって即死になるからだ。

あの時は、死ぬのが怖くて使えなかったけど、今は命なんて惜しくないからな。死ぬ覚悟で使ってやった。

「どう？　これで少しは諦める気になった？」

「何を言っているんだ？　今のお前相手に、魔法なしで右腕一本でも勝てるに決まっているだろ？」

「さて、本当にそうかな……？」

それから、俺は自分から攻撃するようなことはせず、魔王が近づいてきたら距離を取ったり、斬撃を飛ばして牽制したりすることで、一定距離を保ち続けた。

圧倒的にステータスがあっちの方が上だけど、俺は全ての魔力を無属性魔法に注ぎ込むことで、なんとかやられずに済んでいた。

「時間稼ぎをして何になる？　お前の体は風前の灯《ともしび》。急がないと俺を倒す前にお前は死ぬぞ？」

「さて、本当にそうかな？」

「その余裕……まだ俺の体に何かしたな？　なるほど……俺の体にそういう細工をしたのか」

どうやら、やっと気がついてくれたみたいだ。

俺は、魔王のスキルと魔法を封じるのと一緒に、魔王の核で俺のダンジョンを創造した。

もっとわかりやすく説明すると、魔王の体内にある魔石で部屋が一切ないダンジョンを創造し、魔王の近くにいると自動的に魔力が俺に供給されるようにした。

これのおかげで、俺は魔王と戦っている間はいくら魔法を使っても魔力が枯渇《こかつ》することはないって仕組みだ。

創造士が魔王と相性が良い理由はこういうことだったんだな。

「幸い、この体は魔力さえあれば生きることができるからね。俺は、あんたの魔力が尽きるまで戦えるぞ。それに、もし俺が死んでもあんたも死ぬようになっている」

「お前は……本気で俺と心中するつもりなんだな」

「そうだよ。自分の命と引き換えに、世界最強二人を殺せるんだ。悪くないだろ？」

俺が死ねば魔王とミヒルが死ぬんだ。

破壊士のことは少し気がかりだけど……そっちはルーに任せるしかないな。

「くくく……。確かに、こうなったら三人とも死ねるな」

「それは良かった」

「だが、この程度で俺を止めることはできないぞ？」

……なんだって？

第二十話　切り札

ＳＩＤＥ：ルー
レオが魔王を連れてどこかに転移すると、すぐにリーナがカイトの治療に向かった。

「綺麗に……義手と剣だけが壊されたみたいですね。特に、体に傷らしい傷は見当たりません」

「良かった……。カイト！　大丈夫なの？」

「あ、ああ……俺は大丈夫だ。だが……レオが……」

「まだ立ち上がったらダメです」

ふらふらになりながらも、立ち上がろうとするカイトをリーナが止めた。

今、あなたが立ち上がったところで、ここにレオはいないというのに……。

「レオの馬鹿……」

一人で死のうなんて絶対に許さないんだから。

「エルシー」

「なんでしょう？」

「その指輪、ちょうだい」

私は、エルシーがつけているレオから貰った方じゃない指輪を指さした。

あれがあれば、一回だけレオのところに行くことができる。

エルシーが何度も失敗しながら創造した指輪なのは知っているけど、使うなら今しかない。

「ダメよ……私は、レオくんの最期の覚悟を尊重したいわ」

「覚悟とか私にはわからないけど、私しかあの魔王に攻撃を加えられないわ」

「でも、魔王の攻撃を避けるのは難しいでしょ。レオくんがどんな戦いを繰り広げているのかわからない以上、あっちに行ったら邪魔になる可能性があるわ」

「うるさい！　このまま何もしないでレオが死ぬのを待つなんて嫌だわ！　私にその指輪を渡しなさい！」

そう言って、私は指輪を奪い取る為にエルシーの右手を掴んだ。

「やめなさい！　私だって嫌よ！　でも、これが最善の手なの……わかって？」

「ちょっと！　二人ともどうしたの？」

シェリーが私たちに気がついちゃった。急がないと。

「たとえ、足手纏いになったとしても……それで魔王に負けてしまっても……私はレオの隣で死にたいの！」

エルシーから指輪を奪い取ることに成功し、私はすぐに自分の指にはめた。

「ちょっと！　ルー！」

「皆……最後にわがまま言ってごめんね」

「待って！　ルー！　待っ……」

エルシーが止めようとするも、私が指輪の力を発動する方が速かった。

これで……レオのところにいけるわ。

「破壊士のコピーか……少し遅かったな」

レオのところに転移すると、魔王がレオの頭を掴んでいた。

そして、捕まれているレオの目の焦点が合っていなかった……。

「……レオ？　レオ！　返事して！」

私が大声で呼んでも反応がない。そんな……もっと早く助けに来れていたら……。

「無駄だ。今、お前の主人は俺の魔王の権能によって支配されている」

支配？　なら、まだ殺されたわけじゃないのよね？

「それならお前を殺すまで！　……あれ？　攻撃できない？」

魔王城の時と同じように魔王を消そうとするも……魔法が発動しなかった。

どういうこと？　どうして魔王に魔法が使えないの？

「ハハハ。お前の首輪は優秀だな。俺を殺せば、お前の主人も死ぬ」

「どういうこと……？　この首輪のせいであなたを攻撃できないと言うの？　なら、外すまで……え？」

私が首輪を外そうとすると、魔王に頭を掴まれた。

すると……急に、体の力が抜けてきた。

「こういう単純で深読みができないところは……オリジナルそっくりだな」

「ど、どうして……体が言うことをきかないの？」

「魔王の権能だ。俺に触れられた魔物は、俺に逆らえなくなる。魔族であるお前はもちろん、自分を魔族もどきにして生き延びているレオもこれで、俺に逆らえなくなる」

「そ、そんな……」

「魔王になって八百年……これに頼らないといけない日が来るとは思わなかった。レオンスも、まさか俺にこんな奥の手があるとは思わなかったのだろうな」

「動いて……動いてよ……」

頭で目の前の男を殺そうと何度も命令しても、体が全く動いてくれない。

このままだと……レオが命をかけた意味がなくなる。

私がどうにかしないといけないのに……。

「ふん。まあいい。魔王城まで転移しろ」

SIDE：ネーリア
目が覚めると、勇者が倒れていて、お父さんと魔王がいなくなっており、何がどうなっているのかわからないうちに、ルー母さんも消えてしまった。

「ねえ……お父さんとルー母さんは大丈夫なの？」

「わからない……」

いつも冷静で感情をなかなか表に出さないお姉ちゃんが、声を震わせていた。

お姉ちゃんがここまで怖がる人なんて……どんな人なの？

「お父さんたちが戦っているのは誰なの？」

「少し前まで魔王だった男よ」

「魔王だった人……何の為にお父さんたちと戦っているの？」

「焼却士、あなたを殺す為よ」

「私？」

私を殺すために？

「そうよ。あなたは、この世の全ての物を燃やせる能力を持った転生者なの」

なんで私以上にお姉ちゃんが私に詳しいのかは置いといて……私ってそんな凄い能力を持っていたのね。

そりゃあ、お姉ちゃんが私と冒険者になりたがるのもわかる気がするわ。

「そうなんだ……。どうして、魔王は私を殺そうとしているの？」

「それは……あなたのオリジナルのせいよ」

「オリジナルって何？　私は偽物ってことなの？」

「そういうわけじゃないわ……。あなたはあなたよ。ただ、焼却士の記憶をちょっとだけ受け継いじやった女の子」

「……この記憶、私のじゃなかったんだね」

道理で、前世の私の名前や顔が思い出せないわけだわ。

「そうよ」

「それで……私のオリジナルは魔王に何をしたの？」

「あなたのオリジナルは……」

「俺の家族を燃やした」

「……え？」

振り向くと……お父さんの頭を掴んでいる男とお父さんに抱きしめられたルー母さんがいた。

お父さんもルー母さんも正気の目じゃない……。この人……元魔王に操られているんだわ。

「レオ！　ルー！　返事して！　何があったの⁉」

「動くな！　レオは今、完全に俺の支配下だ。動くなよ？　その先は言わなくても大丈夫だな？」

「そんな……」

お父さんとルー母さんが人質に取られたことで、お母さんたちが動けなくなってしまった。

「私のオリジナルがあなたの家族を燃やしたの？」

私は……これから殺されるというのに、不思議なくらい冷静だった。

どうしてだろう？　泣き叫んだところで助けてもらえないからかな？

「ああ。お前のオリジナルは何の罪も無い俺の家族と大切な仲間を殺した」

「そう……」

前世の私と今の私は似た性格だと思うんだけど……オリジナルの私はどうしてそんなことをしてしまったのかしらね……。

「お前自身に罪がないのはわかっている。だが、俺の復讐のために殺させてもらうぞ」

「私が死んだら……お父さんとルー母さんは助けてくれる？」

「ああ、約束しよう。俺は、お前が死んだのを確認したら……この場で死ぬつもりだ」

「そう。それじゃあ、私を殺しなさい」

「ああ、そうさせてもらう」

私は死を覚悟して、目を瞑った。

すると……ごつんと鈍い音がした。

恐る恐る目を開けると……魔王の拳が透明な壁にぶつかり、手から血を噴き出していた。

これは……お姉ちゃんの結界ね。

「悪いわね。その子、私の計画には必要不可欠なの」

「エルフの女王……邪魔するなら、お前もここで殺すぞ？」

「ふん。好きにしなさい。どうせ、この子がいなくなったら私も生きている意味がなくなるんだから」

何を言っているのよ！　お姉ちゃんまで死ぬ必要なんてないわ！

私だけで十分なの！　やめて！

「同情は……しない」

そう言って、元魔王は血のついた拳を結界から離した。

ダメ……お姉ちゃんだけは殺さないで……。

「あっそう。でも、あなたは私を殺せないわ」

「なに?」

「お姉ちゃんに……テヲダスナ」

気がついたら、私はまた視界が真っ白になった。

この感覚……凄く怖い。私が私じゃなくなっていく感じがする。

でも、これでいい気がする。これなら……お姉ちゃんを助けられるのだから。

第二十一話　魔王の幼少期

SIDE:ガル(前魔王)

いつものように……暇な俺はレオンスを眺めていた。

最近のレオンスは随分と平和になってしまって見ていてもつまらなかったが、今日は少し面白くなりそうだった。

どうやら、俺の後釜《コピー》は魔界と人間界を空間魔法で繋げようと考えているようだ。

そしてその頃、魔界では爺さんが魔王打倒の為に仲間を集めていた。

魔界に来る人族と自分の思い通りに動かない魔王を倒そうと考えているようだ。

あいつは……歳を取り過ぎたな。昔はもっと頭を使ったことができたというのに。

どう考えても、お前らでは魔王陣営に勝てるわけがないだろ。

とは言っても、爺さんのおかげで久しぶりに面白いものが見られる。

その程度の考えだった。のだが……あの戦いがまさか、失った記憶を取り戻すトリガーとなるとは。


俺は、気がつかないうちに記憶を創造士に弄《いじ》られていたようだ。

正確に言えば……焼却士に殺された時以前の記憶がほとんど封印されていた。

おかしいとは思っていた。あの衝撃的な生まれ故郷の記憶をおぼろげにしか覚えておらず、一緒に暮らしていた村人のことを誰一人思い出せないことに。

その失われていた記憶が今日、レオンスの娘……焼却士のコピーが出した炎を見た瞬間に全てフラッシュバックした。


……約千年前。

俺が生まれたのは、魔界にある本当に小さな村だった。

両親の顔は知らない。

物心がつく前に、父親は村長の息子との決闘に敗れて死に、母親はその村長の息子の奴隷となった。

両親を失った俺は、村長の息子によって村の外れに捨てられたそうだ。

赤ん坊とまでいかなくとも二、三歳の子供が人気《ひとけ》のないところに放り出されれば、簡単に死んでしまうだろう。

しかし……俺は、超回復のスキルのせいで決して死ぬことはなかった。

ただ、村と外を隔てる大人の背丈くらいある柵《さく》に寄りかかり、何日間も飲まず食わずで死んだように生きていたそうだ。

その異常な俺の存在にいち早く気がついたのが、俺の育ての親であるロン爺だ。

ロン爺は、魔界でも屈指の戦闘民族が住む村で一度は村の頂点に上り詰めたことのある、剣の達人だった。

村長とは何か因縁があるらしく、実力者にもかかわらず村の端に追いやられていた。

そんな爺さんが俺を拾った。

これだけ聞くと、心優しい爺さんに拾われて幸せだ……と思うだろ？

だが、あの村は弱肉強食。

そんな場所で歳を取っても生きている男が、そんなぬるい性格をしているはずなどなかった。


「どうした！　もっと本気で剣を振れ！　また死ぬぞ！」

「ぐあああ！」

四歳になったばかりというのに俺は剣を持たされ、死なないことをいいことに毎日俺は爺さんに殺された。

あの頃は、今のように痛みに慣れているわけもなく、毎日激痛に狂ってしまいそうになりながら痛みから逃げるために強くなろうとした。

「本当。お前は死なないこと以外に取り柄がないな」

「うるさい……」

「……少しは死ぬことに慣れたみたいだな。良い傾向だぞ」

「俺は魔王になる男だぞ？」

「ああ、お前はそれくらい強くなってもらわないと困る。ほら、さっさと立て」

このやり取りはあの頃の俺たちの定番のやり取りであった。

俺は、自分が魔族に転生した時から、自分は魔王になると信じてやまなかった。

実際になったから良いのだが……今思うと、俺は痛いやつだったな。


三十年後。俺は三十四歳となった。

前世だったら、おっさんと呼ばれてくるような歳だ。

だが、この体はまだ十五歳前後くらいにしか見えず、自分で鏡を見ても本当に自分が歳を取っているのか疑いたくなってくるほどだった。

「爺さん！　水取ってきたぞ！」

ヒュン！

何気ないタイミングで爺さんが剣を振ってくるのは、もう日常となっていた。

そして、それが俺たちの戦いが始まる合図だったりする。

「ふん！」

カキン！　キン！

爺さんの攻撃を避けた俺は、すぐに剣を抜いて二撃くらわす。

そして、外に向かって爺さんを蹴り飛ばした。

ドスン！

狭いところでは、まだ爺さんの方が有利。

今日は、入り口で襲われたからラッキーだったな。

そんなことを考えながら、外に転がった爺さんに向かって剣を振り下ろしていく。

ヒュン！　ヒュンヒュン！

爺さんは寝転がりながらも、俺の剣筋をしっかりと見切って剣も使わず避けてみせた。

「やっぱり……まだ剣だけでは勝てそうにないな」

そう言いながら、家に立てかけてある二本の木剣を空間魔法で持ち上げた。

その道数百年の達人に、三十年程度の俺が敵うはずがない。

使える物は全て使っていかないと、爺さんがヨボヨボになるまで勝つことはできないだろう。

そんなことを思いながら、宙に浮かせた剣たちを意思を持った生き物のように操ってみせた。

爺さんの退路を制限するように二本の剣で攻撃し、爺さんが避ける方向を予想して俺自身が最後の一撃を決める。

理論上、剣士の爺さんに勝つにはこれしかない方法なのだが、空間魔法の精度が低く、まだ一度も爺さんを追い詰められたことがない。

それでも、今日は自分の手足のように剣を動かせているし……、いけるかもしれないな。

まず、どこから攻撃が飛んでくるのかわからないよう、二本を爺さんの周りで回転させていく。

そして、爺さんが足を少し動かしたタイミングを見計らって、左斜め後ろから一本目を飛ばす。

「ぐっ」

完璧なタイミングだったようだ。

避けられはしたが、剣が爺さんの腹を掠《かす》り、爺さんは大きくバランスを崩した。

そして、この三十年間で一回も訪れなかった絶好のチャンスを俺が逃すわけもなく、二本目を爺さんの真横から飛ばした。

これには、爺さんも体を使って避けることもできず、剣で軌道を逸らし、なんとか致命傷から逃れた。

だが、右足に剣が突き刺さり、もう俺の動きにはついていくことはできないだろう。

「ぐっ……俺の負けだ」

最後に、俺が剣を首に当てると、爺さんが剣を落とし、三十年間で初めての降参を宣言した。

「ふう」

今日は、全て上手くいったな。

「くくく……クハハハ……」

俺が一息つくと、爺さんは狂ったかのように笑い始めた。

「頭でも打ったか？」

「ハハハ……そうかもしれないな。三十年もかかってしまったが、当初の目標であった俺を超えることはできた」

「三十年もだと？　お前みたいな化け物を、三十年で超えてやったんだぞ？」

魔族にとって、三十年というのは人族にとって十年程度の感覚だ。

つまり、俺は十歳程度でその道の達人に勝てたということになる。

「お前の素質を以ってすれば、十になる前には俺を超えている予定だった」

昔から、爺さんは俺を過大評価する癖があった。

自分ができなかったことを俺で叶えたい。という願望が前面に出てしまっているからなのだろうが、俺からしたら面倒くさくて仕方ない。

「それで、お前はここまで俺を強くして何をしたかったんだ？」

「……さあな。最近、物忘れが酷くてな。三十年も前のことなど忘れた」

まあ、もちろんこんなの嘘だ。こいつは、これから千年も生きるのだから、あの歳でぼけるわけがないのだ。

「そうか。なら、今のお前は俺に何をしてほしい？」

「は？　ここは弱肉強食が掟《おきて》だ。敗者の言うことを聞いてどうする？」

「今日まで俺はお前に何千回と負けているんだ。そんなこと気にするな」

「ふん。なら、その全ての勝利を使ってお前に命令する。もっと強くなれ。そして、俺には出来なかった魔王への道を進み続けろ」

爺さんは魔王になるという夢があった。

だが、ここの村長の座も守ることができず、夢半ばで諦めてしまったそうだ。

そんなところに現れた俺に、自分の夢を押しつけようと考えたらしい。

「そんな命令でいいのか？　それ、命令されなくてもやってたことなんだが？」

「知るか。なら、絶対に達成することだな」

「わかったよ。手始めに、この村で成り上がるとするか」

「この村を侮るなよ？　全盛期の俺でも数年しか頂点に立てなかったのだからな」

「心配するな。勝つまで挑めば負けない。そうだろう？」

「ふん。そんなことができるのはお前だけだ」

「そうだな」

こうして、俺の修行の日々が幕を閉じた。

第二十二話　魔王の青年期

ロン爺の家に住んでいると、一日ロン爺以外誰とも会わないことは珍しくない。

たまに他の村人を見かけても、すぐに俺たちから離れていく。

爺さんは過去、何をしたんだ？

爺さんに勝ち、その日のうちに村長がいるらしい村の中心に向かっていると……そんな長年の間解けなかった謎がやっとわかってきた。

「あれ、ロンのところにいるガキだよな？」

誰一人として面識がなくても、俺は村で有名人だった。

人とすれ違う度に、なんでこいつがここに？　という顔をされた。

「どうしてこんなところに来ているんだ？」

そして、しばらく歩いていると男たちに取り囲まれた。

「……」

俺は黙って、取り囲んでいる男たちを見た。

こいつらは……そこまで強くないな。全員で挑まれても俺一人で対処できる。

「もしかしてロンのやつ、あのガキを使って村長と再戦するつもりなのか？」

「おい。どういうことだ？　詳しく説明してくれ。そのロンってやつは誰なんだ？」

「ああ、お前はまだ生まれていなかったな。二百年前、村長だった男の話だよ」

二百年……爺さんはそんな前に村長になっていたんだな。

「そうそう。凄く強かったんだけどな。今の村長に負けて、村の端に追いやられてしまった男だ」

村長というのは、本当に爺さんよりも強かったのか。

爺さんがあれだけ強いと、村長の強さが想像できないな。

だが、そいつに勝ったら、本当の意味で俺は爺さんを超えられたことになる。

村長と戦うのが楽しみだ。

「へえ。それじゃあ、あのガキも強いのか？」

「かもしれないな。挑んでみるか？」

「よし。俺が行ってみよう。最近、誰も相手してくれなくて暇だったんだ」

村人たちが雑談を終え、やっと戦闘部族らしい話の流れとなった。

「おい。お前、俺と戦え」

「やっと来た」

「ふん。ガキが調子に乗っていると痛い目を見るぞ？」

「いや、お前なら調子に乗っていても大丈夫だろ。お前は、村で何番目なんだ？」

目の前の男からは、まったく恐怖というものを感じなかった。

爺さんと戦う時なんて、すぐに逃げ出したくなるくらいの威圧を強くなった今でも感じるのに、この男からはまったく感じない。

「んだと？」

「まあ、いい。何番目でも、片っ端からボコボコにして一番が誰かを聞けばいいか」

「こいつ……ああ～完全にキレた。お前、生きてロンのところに帰れると思うなよ？」

「心配しなくても、もう帰るつもりはない」

負けて帰ったりなんてしたら、あの爺さんは俺を生かしておいてはくれないだろうよ。

「そうかよ」

「ああ、そうだ。もう始めるぞ」

「がはっ」

「剣を使うまでもないな」

隙だらけの男は、俺の一発を避けることもできず倒れてしまった。

「く、くそ……」

この男は打たれ強さが自慢だったのかもしれないな。

俺の一発を貰って立てなくても、意識を失わずにいるなんてすごいじゃないか。

だが、もう立ち上がることはできないようだ。

「それで、お前はこの村で何番目なんだ？」

「十番だな」

倒れている男の代わりに、違う男が俺の前に出てきて答えてくれた。

「十番でこの程度か……。それで、お前は？」

ここに住む村人の人数は知らないけど、十番って微妙だよな。

「俺は、四番目だな」

「ふ～ん。四番もあまり期待できそうにないな」

さっきの奴よりは威圧がある気もするが……俺の敵ではないな。

「ナメるなよ？　俺でもあいつは瞬殺できる」

「そうなんだ」

と言いながら、俺は爺さん仕込みの不意打ちで男に斬りかかった。

キン！

「へえ。これを受け止められるか。ちょっと、お前を見直したよ」

この不意打ちを避けるだけでも、俺は五年かかってしまったというのに。

「ふん。ロンに教わっているからと言って、調子に乗るなよ？　あいつは負けた人間だ」

「と言っているお前も四番と言うことは、最低でも三人には負けているんだろ？　お前も十分負けた人間だな」

「こいつ……」

この程度で感情をコントロールできないから、お前は四番なんだよ。

そして、相手が一旦距離を取ることでやっと戦闘が始まった。

俺がどう倒してやろうか考えていると、男の周りに炎が現れた。

「へえ。魔法も使えるのか」

「馬鹿にしているのか？　魔法を使えない魔族などいるものか！」

「それはすまん。今まで、魔法を使わない魔族としか会ったことがなくて」

ロン爺は使えないのか、使わないのかは知らないが、ボコボコにされていた間に一度も魔法を使わ
れたことがなかった。

とは言っても、目の前の男の魔法は練習なしでも避けられる程度のものだった。

うん。これは問題ないだろ。

「初めて魔法を見せてもらった礼に……俺も魔法を使ってやるよ」

そう言って、俺は背中に用意していた二本の剣を空間魔法で抜いた。

俺式三刀流。これを覚えてから、俺はやっと爺さんと対等な戦いができるようになった。

「な、なんだ……その魔法……剣が浮いている……」

「空間魔法。この魔法、珍しいらしいな」

男が浮いている剣に驚いている間に、俺は二本の剣を飛ばしていく。

回避に遅れ、バランスを崩したところに、俺が直接胴を斬りつけてやった。

「ぐあああ！」

「そこそこ強かったが……この程度じゃあ、物足りないな」

俺にかすり傷一つもつけられないのは、さすがに弱すぎるだろ。

今朝、爺さんに勝てたのも、致命傷を貰いながらのカウンターが決まったからだ。

まだまだ雑魚な俺相手でこの程度では……この村のレベルが心配になるな。

「よし。次は誰が俺と戦う？　誰でもいいぞ。ほら、さっさとかかってこい」

ドッゴ～ン!!

後ろから殺気があって飛び退くと、俺がいた場所に大きなハンマーが落ちてきた。

そして、目線を少し動かせばそれを持った大男が見えた。

「お前は何番だ？」

この人は、今までの中で格段に強そうだな。

「三番だ。死ね」

「うぐ……」

どう見てもパワータイプの男からは想像できないスピードに、俺は重い一発を貰ってしまった。

完全に油断していた……こんな姿を爺さんに見られていたら、俺はどうなっていたのだろうな。

「ふん。その程度の力でイキるな」

「グハッ」

止めとばかりに、俺は腹に大穴を空けられた。

くそ……痛みに慣れてきたと思っていたけど、俺はまだまだだな。

「さすがブル！　村一番の巨漢は伊達じゃないな！」

「ふん。俺にかかれば、あんなガキは二発で十分さ」

「……それはどうかな？」

村人たちが喜んでいる中、俺は回復を終えてゆっくりと立ち上がった。

「嘘だろ……あいつ、あんな一発貰っても立ち上がりやがった」

「ふん。なら、また寝かせてやるだけだ」

「同じ手は通じない」

直線的な動きしかできないなら、いくら速くても怖くないいんだよ。

そう思いながら、俺は落とした剣を空間魔法で男の真横から飛ばす。

「それは俺も同じだよ！」

俺の剣は簡単に弾き飛ばされ、男のハンマーが今度は俺の頭に当たった。

「うぐ……」

頭が潰れるのはなんとか避けることができたけど脳震盪《のうしんとう》を起こし、俺は立ち上がることができなかった。

「次は絶対に立ち上がれないよう、徹底的に痛めつけてやる」

ゴン！　ドカ！　ドガン！

「はあはあ……はあ。このくらいで……十分だろう」

「お、おい……」

「嘘だろ……あいつ、不死身かよ」

そうだ。俺は不死身だ。

三十年間、毎日殺され続けても死ななかったんだからな。

「お前の攻撃はこれで終わりか？」

「くそ！」

男は体力を使い切ってしまったのか、ハンマーを持ち上げる力すら残ってなかったみたいだ。

「そこまで疲弊してしまったら、流石に問題ないな」

俺は拳一発で男を沈めた。

「あいつ……ブルまでやりやがった……」

あの大男がやられると、途端に村人たちは不安な顔をしていた。

自分たちもやられると思ったのか？　まあ、俺は村長にしか興味ないから、挑まなければ放っておいてやる。

「おい。そこのお前」

「な、なんだよ」

「村長の家はどこだ？」

「あ、あそこだ」

「そうか」

俺に恐怖する村人たちに背を向けて、俺は村長の家へと向かった。

村長の家に着くと、俺はノックもなしに村長の家に入った。

すると、一人の女が待ち構えていた。

「私の家になんか用？」

この女……強いな。

「ああ、村長を倒しに来た」

「そう。こっちよ」

戦闘になることも覚悟したのだが、どうやら村長と戦わせてもらえるようだ。

いや、村長は俺と戦わせてもまったく問題ないと思わせるくらい強いってことなのかもな。


「爺ちゃん、お客」

こいつ、村長の孫だったのか。

「なんだ？　そんな予定はなかっただろう？」

「でも来た」

「くそ……どこのどいつだ？　二度とこんなことないよう、ぶっ殺してやる」

声からしてロン爺よりは若そうだが、十分歳を取ってそうだな。

そんなことを思いながら部屋に入ると、人間だったら五十歳くらいの男がベッドに寝転がっていた。

「ん？　お前は誰だ？」

「名前はない」

俺は一度も名前で呼ばれたことがない。爺さんも、俺のことはお前としか呼ばなかった。

「はあ？　こんなやつ、村にいたか？」

「村の端の家にいた」

「ああ、あいつの家にいつからか住んでいたとかいうガキか」

やはり、俺はこの村で有名人らしい。

「そうだ。俺はロン爺のところに住んでいた男だ」

「ロンの野郎に命令されたか？　父親の仇か？　母親を取り戻しに来たか？」

「いや、どれにも当てはまらない」

「それじゃあ、なんだ？」

「俺の意思でお前を殺しに来た」

魔王になるには、まずはここで一番にならないといけないからな。

お前には、俺が魔王になるための踏み台となってもらう。

「そうか……良いだろう。ロンの弟子よ……相手してやろうじゃないか」


「ここは？」

村長の男に案内されたのは、広場のような場所にそれを囲うように椅子《いす》が並べられた場所だった。

そして、更に外側には奇妙な木像が四つ等間隔で置かれていた。

「闘技場だ。俺が村長の座をかけて戦う時に使うんだ」

ここが闘技場？　ただの趣味の悪い集会場な気がするのだが？

まあ、こんな小さな村の闘技場はこんなものなのかもしれないな。

「なるほど。村の人間に見せつけるわけだ」

「そうだ。今日も、お前の血を村人たちに見せてやるとしようじゃないか」

それから村人が集まってきて、席は全て埋まり、立ちながら眺めている村人たちまで出てきた頃、ようやく俺たちは戦うことになった。

「ん？　お前は武器を持たないのか」

俺が剣を抜いていると、村長は手に何も持っていなかった。

「必要ない。俺には魔法で十分だ」

魔法使いってことか。魔法使いと戦ったことはないから、慣れるまでは一方的にやられてしまうかもな。

「……良いだろう。好きなタイミングで始めていいな？」

「ああ、好きにしろ。動けるならな」

「ん？　これは……」

村長がニヤリと笑った瞬間、体が何かに拘束されたかのように動かなくなった。

これは……村長の魔法か？

「やはり、あの村長の魔法は強《つえ》えな」

「未《いま》だ、突破口すら見えていないからな」

「あのガキもさすがに村長相手では手も足も出まい」

この魔法は、村長の得意魔法ってわけか。

「へえ。こんな魔法があるんだな」

爺さん……俺に勝たせたかったら、少しくらい魔法について教えてくれてもよかったんじゃないか？

それとも、これくらいの魔法なら自力で攻略しろってことなのか？

「勉強になったか？　まあ、もう死ぬお前には関係ないが」

「爺さんもこれでお前にやられたのか？」

「そうだな。今のお前と同じように手も足も出ず、あいつは降参したよ」

まあ、だろうな。あの爺さんは、良くも悪くも剣しか能がない男だからな。

「ふうん。なら、お前に勝てれば、全盛期の爺さんに勝ったと言っても過言じゃないな」

「寝言は寝て言え」

そう言って、村長は無数の氷を俺に飛ばしてきた。

へえ。氷魔法も同時に使えるのか。

「可哀想な男よ。村の端で静かに暮らしていれば、見逃してやったというのに……静かに眠っていろ」

「生憎、まだ眠くないんでな」

村長が何か決め台詞を言っていたが、穴だらけになった俺は十秒もせずに完全回復してしまった。

「なんだと？　お前、不死身か？」

「そうかもしれないな。それじゃあ、俺の番だな」

そう言って、俺は三本の剣を宙に浮かせた。

「こ、これは……」

「空間魔法だ。体が動かなくても、俺はお前を攻撃できる！」

俺は二本の剣を村長に飛ばし、避けられてもすぐに回転してまた村長に飛ばし続けた。

氷での防御が間に合わず、村長は転がりながら避けていた。

どうやら村長は、魔法しか能がない男のようだ。

「く、くそ！　こんな反則な魔法があってたまるか！」

「それと、俺はこの拘束もどうにかできるぞ」

飛ばした。

「なに⁉」

村長が驚きの声を上げている中、俺は趣味の悪い木像に向けて近くに待機させておいた一本の剣を飛ばした。

「やっぱりな。おかしいと思ったんだ。闘技場にこんな飾りは似合わない」

木像を全て真っ二つにすると、俺は自由に動くことができた。

もう、こいつに俺が負ける要素はゼロだな。

「くそ……」

「まあ、こういう仕込みに気づけないのもその程度の実力だったということだからな。別に、お前の実力が嘘だったとか言うつもりはない」

爺さんも罠《わな》に気がつけなかったのを恥じて、それから村人との交流をしなくなったんだろうな。

「こ、降参だ！　村はお前が好きにしていいから、命だけは助けてくれ！」

「だそうだが……降参を認めていいのか？」

「殺せ！」

「そうだそうだ！」

「今までよくも俺たちを騙してきたな！」

「お前は横暴で本当は死んでほしかったんだよ！」

こいつが善人だったら助けてやろうと思ったのだが……予想よりも村人たちに嫌われていてびっくりしてしまった。

今まで随分と好き勝手やっていたんだな。

「お、お前たち……」

「それじゃあ、村人の総意ってことで」

村人の意思に従い、俺は絶望している村長の首を飛ばした。

こうして、俺は一つ目の目標である村長になった。

村人たちに祝福されながらも、正式な村長の就任式は村人が全員集まれる明日にすることになった。

明日まで暇になった俺は、村長の家で一夜過ごすことにした。


「お帰りなさいませ」

村長の家に入ると……村長の孫に出迎えられた。

この女は……何を考えているんだろうか？　そう思い、顔色をうかがっても、表情からは何も感じ取れなかった。

「お前は、俺が憎いか？」

「まったく」

「どうしてだ？　お前の爺さんを殺したんだぞ？」

「だから何？　ここは強さが全て。負けた爺ちゃんが悪い」

「なるほどな」

ここの村人らしいな。

そういえば、他の村人たちもあれほど俺に敵意むき出しだったが、村長を殺してからは態度が一変して、俺を祝福までしていた。

強い奴が偉い。この村はそういう場所だったな。

「あなたの父親も弱かったから女を私の父に奪われた」

「そうらしいな。その奪われた女は、まだ生きているのか？」

「私を産んで……しばらくしてから死んだ」

さっき人を殺してきたばかりか、母親と言っても顔も覚えてない人が死んだからか、特に悲しみも怒りも感じなかった。

「へえ。お前は、一応俺の妹ってわけか」

俺とは全然似ていないけどな。

「そう。そして、私はこの家の奴隷で、今日から私はあなたのものになった」

こんな美人が……俺のものか。

「名前はなんて言うんだ？」

「シーラ」

「シーラか。気に入った。俺の女になれ」

「元々あなたの物……と言いたいところだけど、私の心が欲しいなら私に勝たないとダメ」

「俺に勝つ自信があるのか？」

さっき、この村で最強の男を倒してきたんだぞ？

「勝負はやってみないとわからない」

「それはそうだな。ここでやるか？」

「うん。今すぐ」

「んあ？」

気がついたら、俺の視界がぐるぐると回転していた。

どうやら、一瞬の間に首を飛ばされたみたいだ。

へえ……やるな。

「驚いた……本当に不死身」

すぐに復活すると、初めてシーラが表情を変えているのを見ることができた。

「俺も驚いた。お前なら、村長も殺せただろ？」

村長の力は偽物だったし、ひょっとしたら村で最強なのはシーラなのかもしれないな。

「別に殺す理由もない。私は奴隷でも、特に酷いことはされなかった」

「それは意外だな」

あれだけ村人に嫌われていた村長なら、孫とは言え奴隷に優しくできるとは思えなかったんだけどな。

「あなた、どうすれば死ぬの？」

「さあな？　たくさん殺せば死ぬんじゃないか？」

三十年死んでも死ねなかったから、百年くらい死なないとダメかもしれないがな。

「じゃあ、そうしてみる」

「消えた？　だから、さっきは目で追えなかったのか」

そんなことを言っていると、背後から胸にナイフが突き立てられた。

「これから、たくさん殺してあげる」

「それは楽しみだ」

予言通り、シーラは何回も俺を殺した。

ここまで何もできずに殺され続けたのは、二十五年ぶりくらいだ。

「凄いな。何回殺されても、お前がどうやって消えているのかわからない」

「私も驚き、あと何回殺せばいいの？」

「あと一回かもしれないし、数百回殺しても死なないかもしれないな」

「それは面倒。早く負けを認めて」

ハハハ。こいつ、面白いな。

「俺が負けを認めたとして、お前は俺に何を求めるんだ？」

「あなたを私の奴隷にして、こき使う」

「俺はお前が凄く気に入った。何度殺されようと……絶対に手に入れてみせるよ」

「凄く面倒」


数時間殺され続け、夜が明けようと窓から光が差し込み始めた頃。

キン！

「ハハハ。少しずつお前がどこにいるのかわかってきたぞ」

初めてシーラの攻撃を受け止めることができて、俺は嬉しさのあまり笑ってしまった。

こうなってしまったら、俺はもう負けないぞ。

「……」

シーラは何も言わず、また消えた。

だが、俺にはもうシーラがどこにいるのか手に取るようにわかる。

「そこだな」

俺は、背後に回っていたシーラを空間魔法で、空中に固定した。

「ぐう……」

「シーラのおかげで、俺の空間魔法が一段階上がったようだ」

そう言いながら、シーラの頬に手を当てた。

「あっそう。感謝しなさい」

「ああ。感謝する。今日から、お前は俺のものだ」

諦めたように不貞腐《ふてくさ》れた顔をしたシーラに、口づけをした。

第二十三話　始まりの火

「また、税率が上がっているな。魔王は何をしているんだ？　やはり……そろそろ俺が魔王になるときか？」

「お父さん！　高い高いして！」

魔王に送る村全体の税を計算していると、長女のリラがドタドタと俺の部屋に入ってきた。

「またか。ほら、これでいいか？」

いつものことだから目も向けず、計算を続けながら空間魔法で娘を宙に浮かせてやった。

「アハハ。私、空を飛んでる！」

「あ～!!　お姉ちゃんだけずるい！　私もやって～」

「わかったわかった」

遅れてやってきた次女ミラも浮かばせてやる。

「お姉ちゃん見て見て！　私も飛んでる～」

「二人ともいないと思ったらここにいたのね。何度も言っているでしょ？　仕事の邪魔をしたらダメ」

二人を持ち上げて、しばらくしてからシーラが二人を怒りに来るまでがいつもの流れだ。

「邪魔してないよ！　だって、お父さんの手は止まってないもん」

「それでも、気が散る。ほら、行くよ」

「まあまあ、これくらい平気だから心配するな」

そう言って、怒るシーラも持ち上げてやる。

このくらいの計算、前世で高校まで行った俺なら楽勝だからな。

「私まで持ち上げなくていい」

「あはは。お母さんも私たちと同じだ～」

「まったくもう……。それより、あの馬鹿はまだほっとくの？」

シーラがいう馬鹿は、前村長の息子のことだ。

俺が村長になってから、村人たちから白い目で見られながらもこそこそと何かを準備しているらしい。

「ん？　ああ……あんな雑魚、わざわざ俺がしてやれることもないだろ。もちろん、戦いを挑まれたら徹底的に格の違いを教えてやるさ」

前村長と同じような手法で二番目の地位にいたみたいだが、種がバレてしまえば誰もあいつに負けることはなかった。

前村長と違って、魔法すら使えないからな。

「あの馬鹿は……あなたに正面から挑むはずがない」

「そんな男に俺の父親は負けたんだな」

「卑怯《ひきょう》な手を使うのは、村一番」

「卑怯も実力のうちさ」

誰にもバレずに卑怯な手を使うのも、実力だと思うぞ。

本当の戦いというのは、勝てば何をしても良いのだからな。

「そうかもしれないけど……」

「まあ、シーラが監視しているなら、あいつも下手なことはできないだろ」

「むう……わかった。でも、少しでも実行に移そうとしたら殺すから」

「好きにしろ。お前の父親なんだからな」

俺はあんなやつ、生きていても死んでいても構わない。

ただ、あいつだったらどんな方法で俺を罠に嵌《は》めるのか楽しみなだけだ。

「あんなのが父親だなんて本当に嫌」

「そんなものだよ」

俺だって、あんな奴に負けた男の息子なんて嫌だ。

そんなことを思いながら、俺はペンを置いてシーラをお姫様抱っこしてやった。

シーラの機嫌を直すにはこれが一番の方法だ。

「お母さんだけずるい！　私もお父さんとくっつきたい！」

「わたしもー」

「わかったわかった」

シーラを右手で抱え、リラを左手、ミラをシーラの腕に持っていった。

これで全員を持つことができる。

「もう、結局皆で仕事の邪魔をしちゃってる」

そう言いながらも、シーラは嬉しそうにしていた。

やっぱり、これをしておけばシーラの機嫌は直るな。


今日はサボってしまったが、いつもは午前中に仕事を終わらせて家族全員で昼飯を食う。

「あ、えっと……ガル様……今日のご気分は……？」

シーラたちを抱えながら食堂に入ると、側室の一人がびくびくしながら挨拶してきた。

「ああ、悪くない」

この側室たちは、周辺の村の娘たちだ。

村長が俺に代わった際、いくつかの村が俺に喧嘩を売ってきた。若造の俺なら勝てると思ったのだろう。

俺は喧嘩を売ってきた村を一つ一つ訪問して回り、馬鹿な村長たちに俺の実力というのをしっかり教えてやった。

すると……十年も経った頃には、俺は周辺の村に恐れられる存在となってしまい、定期的に村娘を俺への献上品として送ってくるようになってしまったんだ。

断ろうとしたのだが、シーラが受け入れろと言うから、仕方なく我が家に住まわせている。

『……』

大人数で食卓を囲っているというのに、誰一人として話そうとしないのは異常だと思う。

側室たちが出す緊張感のせいで子供たちは怖がり、いつもこんな静かな昼食となる。

はあ、俺はシーラがいれば満足だが……こいつらとは一生同じ屋根の下で暮らさないといけないんだ。

そろそろ、緊張を解いてやった方がいいよな……。

そんなことを思いながら、もう十年くらいが経ってしまった。

「午後は、久しぶりにお前たちの剣を見てやる」

結局、今日も側室たちのことは放っておくことにした。

とは言っても、このお前たちには側室との間に生まれた子供たちも含まれる。

子供たちは、俺を怖がって避けたりしないからな。

「本当⁉」

「ああ、だからしっかり食べて栄養を摂っておけ」

「はーい」

「ありがとうございます……」

「俺がやりたくてやっていることだ。感謝される必要はない」

「す、すみません」

「はあ……」

そもそも、他の村を回ったのが間違いだったのかもしれないな。

などと、態度を改めてくれない側室たちを見て思ってしまった。

「おとうさ～ん」

「よしよし」

「私も撫でて！」

「わかったわかった」

昼食が終わり、稽古場に来ると側室たちの娘たちが俺に抱きついてくる。

側室たちの前では大人しくしているが、俺たちだけの空間に入ればもう関係ない。

リラやミラに遠慮せず、俺に甘えてくる。


「ほら。お前たち、剣を握れ」

十分ほど娘たちを甘えさせてから、俺は娘たちに剣を取らせる。

ここからは、全員真剣だ。

なんせ、ここでは強くならないと生きづらい場所だからな。

皆、必死に強くなろうとする。

「順番にかかってこい！」

「えい！」

「脇が甘い！」

「すぐに立ち上がれ！　本番だったら相手は待ってくれないぞ！　次！」

「きゃあ！」

「やあ！」

次々と攻めてくる娘たちを俺は剣一本で躱《かわ》しきり、軽く一発ずつ入れていく。

「お前ら、その程度じゃあ誰にも勝てないぞ！　さっさと立ち上がれ！」

「村長！　大変だ！　森が燃えているぞ！　このままだとすぐ村にまで火がやってくる！」

倒れた娘たちに檄《げき》を飛ばしていると、一人の慌てた村人が走ってきた。

「なに？　どのくらい燃えているんだ？」

「それがおかしいんだ！　炎が何かに操られているみたいに、まっすぐこっちに向かっているんだ！」

「よくわからないが、とりあえず村人たちを森の反対側に避難させろ！」

森の様子は、俺自身で見てみないとわからないだろう。

ということで、知らせに来た男に避難誘導を任せた。

「わ、わかった！」

「シーラ！」

「なに？」

名前を呼ぶと、すぐに家からシーラが出てきた。

「森が火事のようだ。様子を見てくるから、皆を連れて避難していろ」

「わかった」

シーラに家族を任せ、俺は森の様子を見に来ていた。

「森がこれほど燃えるとは……」

空間魔法で高いところから見ていると、確かにこっちに向かってまっすぐ火が伸びていた。

「火に意思がある？　そんな馬鹿なことはないよな？」

いや、あり得るか。火を操る魔物がこっちに向かっているかもしれない。

「村長！　全員の避難が完了しました！」

「そうか。お前も避難しておけ」

「村長は？」

「俺は、火の元を見てくる。俺の心配はするな」

「わかりました」

全員の避難が終わったと聞いて、俺は火の先端まで行ってみることにした。

「さて、火の原因は何だ？」


「コロス……コロス……マゾクハ……ゼンブモヤス……」

「人だと？」

火の先端にやってくると、森を燃やしながら女が歩いていた。

「おい！　お前！　森を燃やして何をするつもりだ！」

このまま進まれても困るから、とりあえず女の前に立った。

「……マゾク？　マゾクダ。マゾクハモヤサナイト」

「なんだこいつ、話が通じない。何か、呪いでもかけられているのか？」

「アレ？　カラダガ……」

「すまんな。お前を呪いから解放してやる術を、俺は殺す以外に持っていない」

そう謝りながら、空間魔法で拘束した女に剣を飛ばした。

「ジャマ」

その一言で、剣だけでなく俺まで発火した。

「く、くそ……」

回復しても回復しても炎の勢いが止まらない。

「コレデ……マタヒトリ、アノヒトノカタキヲトレタ……」

「待て……待つんだ！　そっちに行くな……」

どうにか立とうとしてもすぐに足が燃え、転んでしまう。

くそ！　このままだと皆やられてしまう！

「きゃあああ！」

「ぎゃあああああ！」

しばらくして、村の方向から悲鳴が聞こえるようになってきた。

「くそ……助けに行かないと……」

俺は、空間魔法を全力で使った。

すると……炎の景色は変わらず、目の前にシーラの顔が現れた。

「ごめん……子供たちを守れなかった……」

「守るのは俺の役目だ……すまん」

こうして、俺はシーラと燃やされた。

そして、何十年もかけて火が消えた頃、俺は復讐する為に立ち上がった。

第二十四話　愛を託《たく》す

……ここは？　ああ、俺はまた燃やされ、意識が飛んでいたのか。

あの時から千年経ったというのに、俺はまったく成長していないな。

そう思いながら、この炎をつくり出した張本人に目を向けた。

この体は、もう回復しない。急がないとな。

「お前だけは……お前だけは殺す！」

「きゃあ！」

まず、エルフの女王のコピーを空間魔法で遠くに飛ばした。

今のあいつは近くでしか結界を張ることはできない。これで、結界は消えた。

「コロス……うぐ」

結界が消えたのを確認してすぐ、俺は焼却士の首を絞めた。

「ぐるしい……おねえ…ちゃん……たす……けて……」

少女の悲痛な声に、俺は自然と首を絞める力を緩めてしまった。

そして、自分の娘たちの顔がフラッシュバックしてきた。

ニコニコと可愛らしく笑いながら……俺に甘えてくる娘たちの顔が次々と思い浮かんでは消えていった。

「くそおおお！」

どうして今、あの子たちの顔を思い出すんだ！

どうしてお前は娘と同じくらいの歳なんだ！

SIDE：レオンス

「う、うう……」

大きな声が聞こえてきた気がする……。

あれ？　俺はどうしたんだ？

「レオ！　大丈夫なの⁉」

気がつくと、目の前にルーがいた。

「あ、ああ……。それより、魔王は……」

魔王を探すと、すぐに見つかった。

倒れるネリアの隣で、燃えながら呆然と立ち尽くしていた。

ネリアは……良かった。生きている。

ということは、ネリアを殺そうとする前に魔王が力尽きたのか？

そんなことを考えていると、急に魔王が自分の胸に腕を突き刺した。

「何をしているんだ？　まだ、何か奥の手があるというのか？」

くそ……体が動かない。

急いで助けに行かないといけないのに。

「レオンス！」

「……なんだ？」

急に魔王に名前を呼ばれ、返事をするのに少し時間がかかってしまった。

「俺を吸収しろ！」

そう言って、魔王が自分の核を取り出して見せた。

「吸収？　何を言っているんだ？」

「お前はもうすぐ、魔力切れを起こして死ぬ」

「知っている。その覚悟でお前と戦った」

「ああ……見事であった。おかげで、俺ももうすぐ死ねる」

「どうして……ネリアを諦めた？」

そこまで動けるなら、死ぬ前にネリアを殺せただろ？

「娘の顔を思い出した」

「……」

悲しみに溢《あふ》れた魔王の顔に、俺は何も言えなかった。

「もう、俺に生きている理由はない」

「そうかもしれないけど……」

「黙れ。俺にはもういないが、お前には守らないといけないものたちがたくさんいる。俺ができなかった分、お前は絶対に守れ」

そう言って、魔王が俺に魔石を投げ渡した。

「……わかったよ。絶対に守ってみせる」

「そうだ。それでいい。俺の核もその為なら喜んで力を貸してくれるはずだ」

復讐に失敗したはずなのに、魔王は満足そうな顔を俺に見せてから灰になって消えていった。

「はあ……勝手に暴れて……勝手に死んでいって……人騒がせな奴だったな」

ここまでして結局諦めるなら、最初から交渉に応じてくれてもよかったじゃないか。

そうすれば、俺も死にそうにならなかったし、魔王も死なないで済んだというのに……。

「旦那様……急いで融合してください」

「そうよ。今は感傷に浸っている暇はないわ。ほんの少ししか魔力が残っていないじゃない！」

「そうだな。魔王……使わせてもらうぞ」

握りしめた手が火傷《やけど》するくらい熱い魔石を胸に抱き込み、俺は創造魔法を使った。

SIDE：ミヒル
「あらら。まさか、こんな展開になるとはね」
大スクリーンでガルの最期を眺めながら、そんな言葉が口から出ていた。

「おお。それは良かった。未来の魔王妃が皇族となれば、人間界と魔界の未来も明るいものになりそうだな」

「まだわからないですよ。まだネリアたちは六歳なんですから。これから、まだまだ多くの出会いがあると思います」

そうそう。まだ、ネリアが嫁に行くとは限らないんだ。

「ふっ。シェリーがレオに惚れたのは何歳だ？」

「え、えっと……初めて会ったときだから……四歳か五歳くらいかな？」

「だそうだが？」

「まあ、親と同じとは限らないし……」

「十年後が楽しみだな」

「楽しみね」

「ああ、そうですね。凄く楽しみですよ」

せめて、皆いい人と結婚してくれ。じゃないと認めないからな！

そんな念を、楽しそうに笑っている娘たちに送るのであった。

閑話17　皆が無事に

魔王の核と俺の核を融合させていく。

失敗したら即死。とても緊張する作業だが、どうせ助からなかった命だと思えてからは、気楽に作業ができた。

そして俺は、寿命が無く、魔力が枯渇しない完璧な体を手に入れた。

「無事、成功したみたいだ」

「良かった……」

俺を抱きしめたままだったルーの力が弱まった。

「レオ……生きてて良かった……私、レオがいないと生きていけない……」

「ルー、ありがとうな。ルーが俺の意図を汲み取って魔王を破壊してくれなかったら、あそこまで上手くいかなかったよ」

あの一瞬で魔王を消してくれたからこそ、俺は創造魔法で魔王を改造することができたんだ。

「でも、それからはレオを助けることはできなかった……」

「そんなことないよ。俺が気を失ってから、ずっとルーが支えていてくれたんでしょ？　ありがとう」

結果が良ければ全てよし。今日くらいはそう思おうよ。

「……うん」

頭を撫でてあげても、ルーは納得していない顔をしていた。

これは、帰ってから美味しいご飯をたくさん用意してやらないとダメだな。

「うう……あれ？　もう終わってしまったのか？」

エレーヌに抱えられて気を失っていたカイトが目を覚ました。

カイトも傷らしい傷がなかったから良かった。

「カイト、大丈夫か？」

「一回起きたはずなんだけどな。どうやらまた寝てしまったようだ。俺は問題ないが……良かった。全員無事だったみたいだな」

カイトは見渡して皆の無事を確認すると、また体をエレーヌに預けた。

「子供たちも全員、無事で良かった。カイトも犠牲が義手だけで済んで良かったな」

盛大に爆破された義手の根元に手を当て、俺は創造魔法を使った。

今は材料がないからそこまでの性能が出せないが、仮と言うことで我慢してほしい。

「お、おい。貴重な魔力を俺に使うなよ！」

「大丈夫。もう……俺は助からないから」

「え……嘘だろ？」

「嘘だよ」

綺麗に騙されてくれたカイトに、ニヤリと笑った。

「笑えない冗談を言うなよ！」

「ごめんごめん。義手の方で殴るなよ」

怒って殴るカイトに軽く謝りながら退避した。

「ふん。笑えない冗談を言ったお前が悪い」

「ごめんって。なんとか無事だったよ」

「そうか……本当に良かった。あ、グルはどうした？」

あってなんだよ。お前、今まで忘れていたのか？

一応、親友だろう？

「魔王にどこかに飛ばされてから、まだ帰ってきてない」

「……大丈夫なのか？」

「大丈夫だと思う。魔王もグルを殺そうとはしていないはずだから」

「まあ……。あいつなら、そう簡単に死んだりしないか」

「そうだな。グルの不死身な体を信じるしかない」

あいつなら大丈夫だろ。

グルを信じ、俺は床に尻餅をついた。

ふう。やっと一息つける。

「うわ～～ん」

「ああ、怖かったね」

「おがあ～～～ざ～～～～ん」

「はいはい」

俺が一息つこうとすると、子供たちが大泣きし始めた。

これには、お母さんたちも大忙しだ。

「あらら。皆、緊張の糸が切れたみたいだな」

「逆に、今までよく泣かずに我慢できて偉いと思う」

あの状況は、子供には怖くて声も出せない状況だったと思うぞ。

今日の魔王は、一段と怖かったからな。

「とりあえず……俺たち以外は一旦ミュルディーンに避難させるか」

まだどこかに長老の手下が隠れているかもしれないし、子供たちがここにいるのは危ないだろう。

「え？　レオたちは残るの？」

「そうだな。俺たちはグルの帰りを待っていないといけないから」

せっかくグルが帰ってきたときに、誰一人も出迎えてやれなかったら可哀想だろ？

せめて、男だけでも残ってないと。

「それなら私たちも……」

「そうはいかないだろ。ここにはまだ敵が残っているかもしれない。グルがいない以上、敵と味方の見分けがつかないし……子供たちを安心させてあげたいんだ」

「……わかりました。皆さん、帰りましょう？」

「……レオンス様。グルのことをよろしくお願いします」

「はい。任せてください」

「それじゃあ、一気には無理だから三組に分かれるわよ」

「あ、全員一気にでも大丈夫だよ」

「え？」

「それじゃあ、皆あっちで待っててね」

俺は空間に穴を開け、全員を俺の城へと飛ばした。

「今のは……空間魔法か？」

「そうだよ。もう、魔力の心配をしなくて済むからな。惜しみなく魔法を使える」

魔法を自由に使えるってこんなにも楽しいことなんだね。

もう、いろんな魔法が使いたくて仕方ないよ。

「そうか。遂に、最強のレオが復活したわけか」

「全盛期と比べてどうなんだろう？　魔力が自分で回復できるようになったと言っても、自力で作れる魔力はほんのわずかだからね。結局、嫁さんたちに魔力を分けてもらわないといけないのは変わらないと思う」

今の回復量でもし、全ての魔力を使ったとするならば、満タンになるのに最低でも一年はかかるだろう。

だから、結局は嫁さんたちに魔力を貰う生活がこれからも続くだろう。

「それでも、魔法を使っていなくても魔力が減る、なんてことはなくなったんだろう？　それだけでも、随分と違うんじゃないか？」

「確かにそうだね。最近、嫁さん五人がかりで朝と夜に一時間魔力を注いでもらわないと、魔力が無くなって死んでしまう体になっていたからね」

これからも魔力は分けてもらうつもりではいるけど、最悪貰わなくても死ななくて済む体になった。

これだけで、日々のストレスが大幅に軽減されるはずだ。

「あの五人が一時間もかけて注いだ魔力をほぼ一日で使い切ってしまうなんて、不老の体とはいえどデメリットしかないな」

「本当だよ。でも、もうそんな心配もしなくていいんだ。嬉しいね」

「ああ、良かったな」

「魔王に感謝しないといけないな」

「……そうだね」

自分の命と引き換えに、俺を助けてくれたんだ。

いろいろとあったが、小さい頃からお世話になっているし、改めて感謝しないといけないな。

「魔王とは小さい頃から親交があったんだっけ？」

「そうだよ。じいちゃんが死んだ時に、強くなろうと魔の森に一人で挑んだ時に初めて会ったんだ」

「まだ八歳だったんだろ？　相変わらず、お前は怖いもの知らずだな」

「まあ、そうだね。じいちゃんが死んで、少し自暴自棄になっていたところもあったのかな」

あの時は、爺ちゃんが死んでしまって……自分の無力さを知って、形振り構わず強くなりたいと思って世界一危険な魔の森に入ったというわけだ。

「俺の前の勇者って……どんな最期だったんだ？　レオを守って死んだのは聞いたんだけど」

「そのまんまだよ。ダンジョンのボス相手に、自分の寿命を縮めてまで時間稼ぎをしてくれたんだ」

「そうだったのか……。寿命を縮める戦い方……二代目の本に書いてあった気もするな。エルフの秘術で、生命力を魔力に変える方法があるって」

そういえば、爺ちゃんが死んだ理由をちゃんと考えたことがなかったな。

歳を取っていたと言っても、限界突破を使って死ぬようなことはなかったと思うんだよね。

だとすると……生命力まで使って、俺を助けようとしてくれた。と思うのが正解な気がする。

「そういえば、魔族の長老も自分の生命力まで使って魔王を召喚していたよな？」

「あんな爺さんでも魔王を召喚できるくらいの魔力が得られるなら、もしもの時の為に……やり方を知っておきたいな」

もちろん。生命力を使えば死んでしまうから、人生で一度しか使えない方法だ。

だけど、いつか絶対に必要になる日が来るはずだ。

「エルフの秘術って言ったな？　それなら、ローゼにやり方を教わるのが手っ取り早いな」

元エルフの女王様なら、全て知っていそうだ。

「ああ、元エルフの女王か。……教えてくれるのか？」

「さあな。わからん。もう少し時間を置いてから頼んでみるよ」

今はいろいろとあって、とても頼める状況じゃないから、一、二年して今日の記憶が少し薄れた頃に頼んでみるとしよう。

「頼む。教わったら、俺たちにも教えてくれよ？」

「そうだ」

「教えてくれたらな」

教えてあげるか悩む……。たぶん、というか絶対、二人とも何かあったら平気で自分の命を捨ててしまいそうだからな。

「話は変わるけど、とりあえず皆無事で良かったよな」

子供たち、奥さんたち、皆が生きて今日を終われそうで本当に良かった。

間違いなく死人が出ていてもおかしくない状況だったからな。

「ああ……レオのおかげだよ。あんな化け物、俺たちにはどうすることもできなかった」

「仕方ないさ。あれは、正真正銘の化け物だ。あの人に勝てるのは、この世界でも二人しかいない」

「そんな人に勝ってしまったなんて、レオも世界最強を名乗っていいんじゃないか？」

「まさか。俺が魔王を改造できたのもルーが魔王を破壊してくれたからだし、魔王がネリアを殺すことを第一に考えていなかったら、俺は簡単に殺されていたさ」

最初から本気を出されていたら、俺たちは瞬殺だったはずだ。

それくらい、俺たちと魔王の間には実力の差があった。

「そうかもしれないけど、結果的にはネリアちゃんを守れたじゃないか」

「それも、ローゼの結界魔法とネリアの焼却魔法があったおかげだな」

いろいろと頑張ったけど、結局俺は最後の詰めが甘かった。

もし、ネリアとローゼが普通の女の子だったら、魔王も簡単に殺せていただろうな。

「……不死の魔王も燃やしてしまう炎か」

「魔族たちが人族を恐れる理由がわかったな」

「確かに……あの子が大きくなって、もっと火力が上がってしまうことを考えると……」

「魔界を燃やしつくしてしまうのも納得だよな」

そうだな。適性魔法も判明していなかった四歳の段階であの火力だ。

最高火力に達したら、そりゃあ魔界を火の海に変えることが可能だろう。

「帰ってきたぞ！　元魔王よ！　真の魔王は俺だ！」

「グル！」

やっと帰ってきた。

空間に穴が開き、グルが転がりこんできた姿は、ちょっと笑ってしまいそうになったけど今日だけはかっこよく見える。

「あれ？　あの男はどうした？　それに、皆は？」

「話せば長くなるけど。とりあえず、全員無事なまま倒すことができたよ」

「……そうか。やはり、レオなら世界最強だろうと問題ないな」

「そんなことないって。今回は皆での勝利だ」

今日の俺がしたことって、本当に大したことないよ？

「謙遜するな。まあいい。体はどうなんだ？　魔王と戦う為に魔法をたくさん使っただろ？　それに、見たところカイトの義手まで……」

「ああ、それは心配しなくて大丈夫だよ。魔王のおかげで、回復は遅いけど自力で魔力を賄えるようにはなったから」

「魔王のおかげ？　魔王は何をしたんだ？」

「レオに自分の核を渡して死んでいったよ」

「なぜだ？　あいつは結局何が目的だったんだ？」

まあ、そう言うなって。誰だって、生きていれば心変わりするものだろう？

「最初は、死んだ家族や仲間の復讐のことしか考えられなかったんだと思う。けど、いざ殺そうとしたときにネリアを見て、自分の子供たちが脳裏に浮かんでしまったらしい」

「それで、殺せずに諦めたわけか……。まったく、魔王らしくない最期だな」

「でも、男らしい死に方ではあったと思うよ」

あそこで、復讐心に負けてあんな小さな女の子を殺してしまうような男だったら、俺は魔王に失望していた。

「ふん。魔王というのは悪役でないといけないんだよ」

「それをお前が言うか？」

「そうだな。最近のお前、どっちかと言うと正義の味方だぞ？」

魔界と人間界を繋げて、世界平和を目指したり、人族の俺たちの為に全力で戦ったり、とても悪役がする動きをしていないぞ？

「わかっている。もう、魔王が悪役である時代は古いんだ。これからは、全ての種族が手を取り合う平和な世の中になっていく。そんな時代の流れに、魔王も悪役のままではいられないんだ」

「それじゃあ結局、あの魔王の死に方は正しかったのか？」

「……まあ、七十点というところだな」

「合格点ぐらいって感じだな」

思ったよりも点数が高くてびっくりだ。

「最初から平和的解決を選べなかったのは大きく減点だが、最後の最後で娘を思い出して復讐を諦めたのは大きく加点だ。結果、ぎりぎりの合格点と言ったところだな」

「そうか。まあ、俺は九十点ぐらいにしちゃうかな」

「どうしてそこまで高くするんだ？　お前の娘が狙われたんだぞ？」

「まあ、同じ立場に立って考えると……ああなってしまうのも仕方ないかなって」

娘たちを燃やされ、その復讐相手が千年を越えてやっと見つけられたんだ。

俺が同じ立場だったら、きっと我慢できなかっただろうな。

「魔王ってその……焼却士に娘を燃やされたことがあったんだよな？」

「魔王がそう言っていたよ」

「千年間、よく耐えられたな」

「そうだな。俺なら途中で諦めて自殺してしまう」

「それがそうはいかない。魔王は自殺することができないんだよ」

「……そうだったな」

死なない体というのは、そうなってしまうと本人には呪いだろうな。

「きっと、魔王は千年間焼却士を殺すことだけを考えていたはずなんだ」

「それなのに諦めることができたから、凄いと？」

「そう。少なくとも俺なら、怒りに任せて邪魔するやつも含めて殺していたと思う」

千年も煮詰まった復讐心だ。普通なら自分自身を含めて誰にも止められない。

「確かに、あいつは復讐の対象以外を無力化はしたが、誰一人として殺そうとしなかったな」

「そうそう。それも含めて、九十点の生き様だと思ったんだ」

「そこまで言われたら、九十点にしか感じないよ」

「ふっ。そうだな」

それは良かった。これで、魔王は悪役として死ななくて済む。

「この話術、是非とも皇帝相手にも頑張ってもらいたいものだ」

あら、話を誘導していたことバレてた？

「魔界と人間界を繋げるゲートの話か」

「そうだ。今日で、もう魔界に人間界を過度に敵視する連中はいなくなった。こっちは、もう何の問題もなく進められるだろう」

確かに、反対派の筆頭がいなくなったんだ。

もう、魔界でグルに逆らう奴はそうそう出てこないだろう。

「やっと一息つけたのに、また仕事の話か」

「そういえばそうだな。すまん」

「気にするなって。とりあえず、頑張って交渉してみるよ」

カイトの指摘にちょっと落ち込むグルの肩を叩き、慰めてやった。

まあ、クリフさんを口説き落とすのは大変かもしれないけど、やれるだけ頑張ってみるよ。

閑話18　ゲートができるまで

魔界から帰ってきて、俺はさっそくクリフさんのところにやってきた。

いつもとは違って、今回は頼みたいことがあったから少し緊張している気がする。

「お久しぶりです」

「久しぶり。魔界はどうだった？」

「楽しい場所ではありましたけど、あまりこっちと変わらないと感じました」

街も人も少しデザインが人族と違うだけで、あとはほぼ同じだったと思う。

「へえ。それじゃあ、どんなところが人間界と違った？」

「そうですね……。一番大きく違うのは、食文化でしょうか？　あれはたぶん、こっちの人が食べるには勇気が必要です」

大人たちは我慢して食べられたが、子供たちはルーク以外残していた。

ただでさえ好き嫌いする時期なのに、あの見た目の食事を出されて黙って食うはずがない。

「へえ。それは……こっちの人には、あまり美味しく感じないってこと？」

「そういうわけではありません。あっちで毎日食べさせてもらいましたが、どれも味は最高でした」

そう。味は悪くないんだ。だから、なんとも言えない気持ちになる。

「それじゃあ、どうして食べるのに勇気が要るのさ？」

「見た目ですよ」

「へえ。美味しくない見た目をしているってこと？」

「そうですね。今日、お土産として、魔界の食事を少し用意させてもらったので、うちに食べに来ませんか？」

「へえ。それは楽しみだ。それじゃあ、これが終わったら君の城に向かわせてもらおうか」

「はい。でも、その前にどうしてもクリフさんに頼んでおきたいことが一つ」

「僕に頼み事？　それはまた、何か大変なことを頼まれそうだね」

正解です。

「申し訳ございません」

「別に気にしなくていいよ。とりあえず、内容を教えて」

「はい。魔界と人間界を繋ぐゲートを僕の領地に置く許可をください」

「人間界と魔界を繫ぐゲート？　つまり、人間界と魔界を行き来できるようになるってこと？」

「そういうことです」

「入国に関してのルールは、もう魔王と話してきちゃったの？」

そんなこと、皇帝を差し置いて一領主に過ぎない俺がやったらダメだろ。

「いえ、それは皇帝であるクリフさんに交渉してもらおうと思っていました」

「そういうことね。まあ、良いよ」

「……え？」

良いの？

「うん。魔界と人間界を繫ごうよ」

「まだ……何も説明していませんよ？」

納得してもらう為の資料、たくさん用意してきたんだけど？

「それは、これから魔界のご飯を食べながらでいいよ」

「普通……魔界と繫げるなんて、躊躇《ためら》いません？」

だって、五十年くらい前に、一回魔王が攻め込んで来たんだよ？

普通に考えて、リスクしかなくない？　もっと考えよう？

話も聞かずに、断ってもいい話なんだけどな……。

「そうだけど、レオくんが大丈夫と思ったから僕に話を持ってきてくれたんでしょ？」

「……はい」

クリフさん、ありがたいけど俺を信用しすぎだって。もし、俺が人間界を裏切っていたらどうするつもりなの？

「なら、大丈夫だよ。あ、もちろん魔王との交渉は頑張るから、それは心配しないで」

「それは心配してませんけど……」

「話は終わり。ほら、行くよ！」

「は、はい！」


クリフさんの勢いに流されてさっさと家に帰ってくると、すぐにクリフさんを食堂に案内した。

「こ、これが魔界の食事……」

「びっくりしました？」

目の前に並べられていく魔界の食べ物に、クリフさんは驚きの顔を隠せていなかった。

「ああ。これは……あまり人族に人気は出なそうだな」

「人族は見た目を重視しますからね。でも、騙されたと思って一口食べてみてください。きっと、不味くはないはずです」

そう言って、俺がまず一口だけ食べて見せた。

うん。美味しいな。

「……わかった」

クリフさんは美味しそうに食べる俺を見て、恐る恐る紫色のスープを口に入れた。

「どうですか？」

「うん。美味しい」

「それは良かったです」

「だが、もう少し見た目がどうにかならないかな。美味しいとわかっていても、これじゃあなかなか手を出せない」

「やっぱり厳しいですか」

「僕は、これから魔界に入っていく人族たちが、魔界の食文化を変えていってくれることに期待することにするよ」

「確かに。人族の食べ物があっちで大流行するかもしれませんもんね」

魔族にとってこれが普通の食事だから、逆に人族の食べ物は受け入れてもらえないかもしれないけど、美味しければ流行ると思う。

ルーを見ていると魔族は基本、見た目よりも量や味を重視する傾向がある気がする。

「そうだよ。そしたら、きっと人族も魔界に行きやすくなると思うんだ」

「確かに。エルシーにそれとなく言っておきます」

あっちで飲食店を建ててもらうとするか。

今、人族があっちに行っても食べ物で嫌になってしまう人も多そうだもんな。

「あちゃー。これは、ホラント商会が魔界でも猛威を振るってしまいそうだね」

「とは言っても、食べ物関係は誰でもできる商売ですから、一人勝ちとは限りませんけどね」

「いや。僕はホラント商会の資金力があれば成功すると思うけどね」

どうなんだろう？　たぶん、あっちでも勝負するのは魔法具だと思うけどな。

そういえば、あっちの魔法具はどのくらいのレベルなんだろうか？

今度、グルに頼んで視察させてもらうか。


そして、一ヶ月が経ち、ようやくグルとクリフさんが対談する日となった。

魔王が皇帝にお願いする立場になるということで、今回はグルが帝国に来ている。

「クリフィス・ベクター、ベクター帝国の皇帝だ。遠いところからよく来てくれた」

「遠いと言っても、魔法で一瞬の距離だがな。魔界を統べる魔王グルだ。今回は急な申し出を受けてもらい、感謝している」

「こちらこそ、面白い話を貰えて感謝している」

「それは良かった。それでは、本格的な話し合いをさせてもらおうじゃないか」

そんな挨拶から始まり、スムーズにお互い交渉を始めた。

まあ、お互い公平な意見を提案していたから、喧嘩になることもなく、スムーズに話し合いが進んだ。

その結果、予定では半年ほどかけて条文を決めようとしていたのだが、一ヶ月で細かいところまで決まってしまった。


一年後。

それぞれの国で、魔族や人族を受け入れる為の法律や施設の準備が進められていた。

俺も、クリフさんからゲートの建設許可が出てからは少し忙しかった。

入国管理する建物、魔族がたくさん来ても大丈夫なように宿を建てたりと、やることが盛りだくさんだった。

今日は、そんな努力の成果をグルに見てもらっていた。

「もう、ゲート以外ほとんど完成しているじゃないか」

「そうだ。グルたちが会談している間、俺はゲートを建てられるよう準備してきたからな」

「ここまで立派な物を……ありがとう。本当、お前という親友を持てて俺は幸せだ」

こっちまで赤面してしまうくらい気恥ずかしいことを平気で言えるところが、グルの良いところだよな。

「気にするなって。これは、俺にも美味しい話だったから」

実際、今エルシーに頼んで魔界への出入りが出来るようになり次第、すぐにあっちで商売を始められるように手配してもらっている。

「……そうか。それじゃあ、ゲートを建てるぞ」

「了解。それじゃあ、何かイメージがあったりする？」

「そうだな……。大きな門にしてほしい。扉が開閉できるようにできると、なお良い」

「了解。それじゃあ、そんな感じで建てるよ」

ゲートを建てるために用意しておいた大きな台座に立つと、大きな門をイメージして創造魔法を発動した。

魔界に向けてということで、地獄の門をイメージして建ててみた。

「おお！　素晴らしいデザインだ。流石レオ！　ん？　これ、空間が繋がっているのか？」

「いや、まだ魔界にこれと同じのを建てないとダメだよ」

出口がないのに、入れたら危ないでしょ。

片方の門が閉じられていると、もう片方の門には自動的に入れないようにしておいたのがさっそく役立った。

「……すまん。こっちは、レオほど用意周到に準備できなかった」

「気にするなって。俺が楽しくて創造魔法をたくさん使った結果だから」

この街の拡張や門の台座の作製には、俺の創造魔法をふんだんに使わせてもらった。

やっぱり、自由に魔法が使えるって楽しいな。時間を忘れて、夢中になれてしまうもん。

「そうかもしれないが……」

「まあ、正式な条約の締結は来年くらいなんだろう？　それに間に合えばいいじゃないか」

「……そうだな。なるべく急がせる」

「急ぎすぎても事故が起きたりしたら危ないから、ゆっくりで大丈夫だよ。どうせ、完成しても来年までは使えないんだから」

「わかった。遅くなるかもしれないが、その分より良い物を用意すると約束しよう」

うんうん。その方が良いよ。

まだまだ、時間はあるんだから。


それから一年後、もうすぐ人間界と魔界の開通式が行われるが、俺は特に何かするわけでもないからやりたいことをして自由に生きていた。

最近は、子供たちの稽古場の改装に夢中になっている。

広くするのはもちろん。本気で戦っても怪我しなく、部屋が壊れないように創造魔法で改造を施した。

めちゃくちゃ苦労したけど、頑張ってネリアの火にも耐えられる部屋を造った。

そして今日はそんな完成した部屋で、開通式に参加するために帰省したカインの相手をしていた。

「ほら、剣に集中して魔法がおろそかになっているぞ！」

カインの猛攻を全て受け流しながら、俺は風魔法でカインを優しく吹き飛ばした。

ドスン！　と大きな音をたてて壁に激突したけど、この部屋で怪我することは絶対にないから大丈夫だろう。

「無理だって！　剣を振りながら魔法を飛ばすなんて無理だって！」

「それは魔法の練習が足りていないからだ！」

弱音を吐くカインに雷魔法をお見舞いしてやった。

「ぐえ」

「父さん強すぎ……」

容赦ない俺の攻撃に、子供たちは引いていた。

「これでも手加減しているんだからな？」

「魔法が使える父さん、強すぎ」

「スキルもありにしたらもっと強いぞ？」

「父さんに一生かかっても勝てないかも……」

「これでも、世界の中で五番目の実力者と自負しているからな」

「父さんよりも強い人が四人もいることの方が驚き」

「そうか？　上には上がいるもんだよ」

「お父さん、次は私の相手になって」

「おう。全力でかかってこい」

あの魔界の事件から、ネリアの性格が少し変わった。

引き籠もりなのは変わらないのだが、剣や魔法の稽古の時間だけは部屋から出て体を動かすようになった。

「えい！　えい！」

まあ、実力は運動が苦手な女の子って感じだな。

全力でやるも、剣に体が振り回されているネリアを可愛らしく思いながらも、ちゃんと指導してあげなければと気持ちを切り替える。

「やる気があるのは良いが、それが空回りしているようじゃあダメだぞ。もっと冷静になって剣を振れ。それと、ネリアには最強の魔法があるんだ。剣は魔法の補助に使え！」

「わかった」

流石は転生者、頭は良いからすぐに言われたことを取り入れてくる。

俺と距離を取りながら、火の玉を俺に向けて飛ばし始めた。

「そうそう。そっちの戦い方の方がネリアには合っているぞ」

と言いながらも、俺は全力で火の玉を避けていた。

一発でも当たったら終わり。そんな緊張感を顔に出さないよう、俺は必死に笑顔を意識した。

「レオ！　完成したぞ！」

「うん？　あ、グルか。それに、キールくんまで」

手でネリアの魔法を止めさせ、急にやってきたグルとキールくんを出迎えた。

キールくんは、ネリアが戦っている姿を見て、とても驚いているようだ。

ハハハ。キールくん、頑張らないといつになってもネリアを守るなんてできないぞ。

「どうしてもこいつがついて来ると聞かなくてな」

「そうか。ついでに、キールくんも参加するか？」

「いいの？」

「ああ。ネリア、その剣をキールくんに渡してやれ」

「……わかった。はい」

「あ、ありがとう……」

相変わらず、キールくんはネリアの前だと大人しいな。

すっかり、最初の悪ガキ感がなくなってしまった。

「怪我しないようにね」

「う、うん」

おいおい。ネリアもそんな声をかけるなんて変わってしまったな。

人見知りはどこに行ってしまったんだ？　父さん……なんだか寂しくなってしまったぞ。

「それじゃあ、好きにかかってこい。魔法も好きに使って構わない」

「魔法も？　危ないよ？」

「大丈夫だ。君のお父さんほどではないけど、俺もそう簡単に死なないからな」

「……わかった」

俺の言葉に、キールくんは少し間を置いて真剣な表情で剣を構えた。

おお。流石魔王の息子、まったく空気が違うな。

「ククク。惚れた女の前だ。くれぐれもかっこ悪い姿を見せないことだな」

「わかってるよ」

父親のヤジも冷静に受け流し、目の前の戦いに集中しようとしていた。

これは楽しみだ。

「そんな気負う必要ないよ。あくまでこれは稽古だ。肩に力を入れすぎない程度で頑張れ」

「わかった。そりゃあ！」

「まっすぐ素直な剣というのも悪くないけど、戦いに正々堂々なんてないんだ。もっと相手に意地悪しないと」

「うわ！」

文字通り一直線に突っ込んできたキールくんを受け流し、背後から風魔法で吹っ飛ばしてみせた。

「ほら、どう？　ちょっと見えないところから攻撃されただけで、何もできなかったでしょ？」

「うん」

「お父さんみたいに格好の良さを求めるのはわかるけど、それは強くなってからの話だ。ネリアを守れるぐらい強くなりたいなら、手段を選んでいる暇なんてないよ？」

グルがあんな作戦を取れるのは、不死の体を持っているからだ。

普通の人が同じことをすれば、すぐに死ぬ。

「わ、わかった……」

「まあ、これは次の時までの宿題だな。それじゃあ、父さんたちは仕事に行ってくるから、シェリーに頼んで魔法を見てもらえ」

「わかった～」

「キールくんも、ネリアの母さんに魔法を教わってみな」

「わ、わかった」

「着いてきて得したな」

「うん」

「この機会。無駄にするなよ？」

「わかった」

ちゃんとお父さんをしているグルを微笑ましく思いながら、俺たちは魔界に転移した。


「おお、凄いじゃないか」

魔界に到着すると、前に来たときにはなかった立派な建物と、門を設置する台座が完成していた。

「レオよりも一年遅れてしまったが、満足できるものができて良かった」

「そうだね。凄く立派だと思うよ。よし。それじゃあ、ここに門を建てれば大丈夫？」

「ああ、頼んだ」

「よ～し」

どんな門にしようかな。あっちは地獄の門にしたし、こっちは天国の門にしておくか。

ベルーでは忌々しさをイメージしたが、こっちは神聖さや光をイメージして創造してみた。

うん。悪くない出来だな。

「おお、繋がった。これで、人間界と魔界の架け橋ができあがったな」

グルが手を突っ込むと、今度はちゃんとグルの手が消えた。

試しに、顔を突っ込んでみると、ちゃんと冒険都市ベルーが広がっていた。

「後は式典を待って、稼働開始だな」

それまでは、ちゃんと門を閉めておかないと。

「今回は世話になった。忙しくさせてしまって悪かったな」

「いやいや。俺はそんなに忙しくなかったよ。だって、俺がしたのって、皇帝に事情を説明して、後はゲートを建てたくらいだよ？　条約に関しては全く関わってないし」

ゲートを建てたのもほとんど趣味だし。俺は今回、何も苦労していない。

「それでも、レオがいなかったらここまでスムーズに話が進むことは無かった。本当に感謝している」

「わかったよ。でも、ゲートを繋げて終わりってわけではないでしょ？」

「もちろんだとも。むしろ、まだ始まりにすぎない。人族と魔族が手を取り合うには、これからが勝負だ」

「そうだね。お互い、これから様々なトラブルに悩まされることだろうけど、頑張ろうじゃないか」

「ああ、そうだな。これからもよろしく頼む」

「こちらこそ」

門の前で、俺たちは力強く手を握り合った。

さあ、世界平和。目指してやろうじゃないか。

番外編十四　魔王の軌《き》跡《せき》

continuity is the father
of magical power

「俺は生き残ってしまったのか……」

数十年と焼かれても、結局俺は死ぬことがなかった。

何度も身が焼かれ、何度も殺してくれと願ってしまったが、今はそう思うことすらなくなってしまった。

生きることにも死ぬことにも無関心。それが今の俺だった。

「自殺もできないとは、俺の体はここまで不便だったんだな」

生まれて数年は、神に選ばれた俺が貰った特別な体だとか思っていた。だが、生きる意味がない今の俺には呪われた体にしか感じない。

「これから……何をする？　死ぬ方法を探すか？」

「復讐しろ」

ん？　この声は……爺さん？

振り返ると、俺に剣を教えた白髪交じりの男が立っていた。

「……爺さん。生き残っていたんだな」

「運良く、俺は村の外れに住んでいたからな。狙われずに済んだ」

確かに、運が良いな。村長に負けていなかったら、爺さんは死んでいたんだ。

「どうしてここにいる？」

「お前の復活を待っていた」

はあ？　少なくとも四十年は経っているんだぞ？　暇なのか？

いや……暇だったのか。

「俺が復活しなかったらどうするつもりだった？」

「そんなことは考えてない。お前は生き返って、あの女に復讐をする。これは俺の中で決定事項だ」

また、俺の未来を勝手に決めやがって。爺さんはいつもそうだな。

「あんたには、復讐したいと思うほど村に愛着があったのか？　俺はない気がするんだが？」

村の辺境に追いやられ、村人に何年も無視されるような生活をしていたんだろう？

それなのに、どうしてあんたは村の敵を俺に取らせたがる？

「ここは、俺が生まれ育った場所であり、俺が一番誇れるものがあった場所だ。それを全て燃やしたあいつが……憎い」

「そうなのか……」

言われてみれば、爺さんが村のことが嫌いなら、無理して村に住み続ける意味もなかったんだな。

それなのに、あんな村の端でひっそりと暮らしていたのは、村に心残り、愛着があったのかもしれない。

「深読みするな。それらしいことを言っただけだ」

「はあ？」

「俺はまだ死ぬつもりはない。お前の行く末……お前が魔王になり、この世界を統一するまではな」

つまり、俺が頑張っている姿を見て、残りの人生を満喫したいってことか？

「もう、そんなものに興味はない」

誰がお前の娯楽になってやるかよ。

「いいや。お前にはならないといけない理由がある」

「はあ。聞いてやるから言ってみろ」

つまんないこと言ったら、俺はすぐにここを立ち去るからな？

「あの女は人族だった」

「確か、そうだったな」

「人族がここまで攻めて来られたのは、魔王が防衛を果たせなかったからだ。魔王がしっかりしていれば、決してこんなことにはならなかった」

「それで、俺に復讐がてら魔王も倒せと？」

「それだけじゃない。これは、あの女を殺しただけで終わることじゃないんだ。あれは、人族が魔界に投下した兵器で間違いない。本当の敵は、人族全体なんだよ。わかるか？　人族全体と戦うには、流石のお前でも無理だ」

死なない体と空間魔法を持つ俺には、それが可能なんだけどな。

「だから、魔王になって魔王軍を持てと？」

「そういうことだ。どうだ？　筋が通っているだろ？」

あと一歩欲しいところだが、他にやることもないし、爺さんの言いなりになってやるとするか。

少なくとも、爺さんに拾ってもらわなければ、シーラと結婚できなかったし、可愛い娘たちもいなかったんだ。

俺を魔王にするという夢を叶えるぐらい、してやらないといけないだろう。

「……そうだな。この数十年、俺を説得する方法を考えていたのか？」

「そんなもの、最初の一年で終わったよ。あとは、ただ燃えるこの村を眺めているだけだ」

「そうか……」

爺さんの執念深さは、魔界一だな。

「どうせ、お前はこれから嫌でも生きていかないといけない。そうだろ？」

「ああ、自殺もできないからな」

「それなら、生きている意味が欲しいんじゃないか？　今のお前には、もう何もないだろ？」

「そうだな……。あの女に復讐するのには時間がかかりそうで、俺が死ぬまでにはちょうどいいかもしれない」

何百年後に死ねるのかは知らないが、その時までには、確実にあの女も死んでいるだろう。

「そうだ。それでいい」

「だが、爺さんはそれまで生きていられるか？　その見た目……二百年も生きられないと思うんだが？」

この数十年見ない間に、随分と老けてしまった気がする。

もしかして、この数十年間剣を持つことすらしなかったな？

「心配するな。俺は意地でも生きてやるさ。お前が全てを果たすまでな」

「もしかしたら……千年もかかるかもしれないぞ？」

ありえる話だ。今のところ、俺があの女に勝てる手段は一つも思い浮かばない。

百年、二百年くらいでは、どうにかなる相手ではないんだ。

「上等だとも。魔人族の最長寿になってみせようじゃないか」

「爺さんならできそうな気がして、恐ろしいな」

今、爺さんが何歳かは知らないが、五百歳は余裕で超えているよな？

千五百歳……それこそ化け物だな。

「ククク、見ていろ。俺はお前が復讐を果たすまで、絶対に死なないからな」

ふん。死ぬまでには果たしてやるよ。

だから、短くても三百年は生きていろよ？


爺さんと魔王都に向けて旅をしていると、魔界がどれだけ酷い状況に置かれているのか理解できた。

村があった場所、街があった場所、どこに行っても跡形もなく燃やしつくされていて、人の気配がまったくしなかった。

あの炎で燃やされれば、骨すら残らない。

地図がなければ、そこに人が住んでいたことすらわからない。そんな状態だった。

そんな村や町の跡地を訪れる度に、あの女への憎しみが増していった。

魔族全体の恨み……俺が晴らしてやる。

「おい。あれ、人影じゃないか？」

「……ん？　本当だ。あれは、集落だな」

爺さんに指さされ、進行方向の斜め右の遙か先に、人と家のような影が見えた。

あれは間違いない、生き残りたちが集まって暮らしているんだ。

「お前さんたち、こんなところに何の用だね？　ここには、取る物は何もないぞ？」

集落に近づくと、二人の男が俺たちに槍《やり》を向けながら出迎えてくれた。

そして、遅れて一人の女が近くの家から出てきた。

「そこまで警戒しなくて大丈夫だ。旅の途中で立ち寄っただけだ。すぐ、ここから立ち去る」

「こんな状況で旅だって？　そんなの、信じられるわけないでしょ！」

「それもそうだな。とは言っても、信じてもらう他ない。……ここは、生き残りだけでできた集落か？」

「そうよ。皆、運が良くて生き残った人たちの生き残り」

「俺たちと同じってわけか」

家族たちは皆、あの女に殺され、運良く助かった後も碌な目にあってない。

そりゃあ、人間不信になるな。むしろ、こうして集落を形成できているだけでも凄いと思う。

「今、魔界はどこもこんな感じだよ。元々あった村や街は全て燃やされ、生き残った人々がこうして比較的少人数で小さな集落を形成している」

「魔界で無事だったところはないのか？」

「北は全て焼かれていると十年前に聞いたから、既に南半分も焼かれてしまったかもしれないわね」

「そうか……。南に向かえば、あの女に会えるんだな？」

これは良い情報を手に入れた。

「え？　あんた、炎の魔女のところに行くつもりなの？　ダメだって、今まで魔界でも指折りの実力者たちが挑んで燃やされていったんだから」

「魔王も挑んだのか？」

「それは聞かないわね……。魔王都が一夜で燃やされたけど、魔王様は無事だったという話はどこかで聞いたわ」

つまり、魔王は国民が殺されていく中、逃げ隠れていたんだな。

ふざけるな……。絶対、楽な死に方はさせてやらない。

「お前、詳しいな」

「あなたが知らなすぎるのよ。魔王都が襲われたのは五十年も前の話よ？　さすがに、こんな辺境でも話が届くわ」

「随分と長い間、人と話せていなかったからな」

「そう……。あなたも大変だったのね」

「まあ、そうだな」

「良いわ。あなたたち、一晩ここで泊めてあげる」

「良いのか？」

自分で言うのもなんだが、とても信用されても大丈夫な会話をしたつもりはないぞ？

「ええ。なんだか、二人は悪そうな人には見えないから」

「それじゃあ、ありがたく泊めてもらおうじゃないか」

「すまん。対価は払う」

遠慮無く集落に入っていく爺さんの後ろで、俺は槍を下ろした男二人と、俺たちを信じてくれた女に頭を下げた。

「別に気にしなくていいわ。困った時の助け合いよ。それに、あなたが家族の敵討ちをしてくれるなら、私もできる限り助けたいの」

「任せろ。必ず、敵を取ってやる。……と言っても、飯の調達は任せてくれ」

このご時世にタダで泊めてもらおうなんて、絶対にできない。

対価として、集落全員分の食料が妥当だろう。

「炎の魔女を倒そうとしている人たちにこんなことを聞くのは凄く失礼だと思うけど、大丈夫？　この辺りの魔物は、凄く強いよ？」

「心配するな。魔物程度を倒せなくて、魔王になれるか」

それと、そんな魔物が出てくるところから俺たちが旅してきたことを忘れているだろ？

「そう……。あなた、思っていたよりも凄い人だったのね」

「いや、まだ何も成し遂げていないから今の俺は何も凄くない」

むしろ、家族を守れなかった格好の悪い男だ。


それからすぐ、俺と爺さんは狩りをしに集落から出た。

ここら辺には豚《オーク》が多く生息しているから、たくさん狩れれば当分食料に困ることはないだろう。

「あら？　魔物には会えなかったの？　まあ、そんな日もあるわ」

狩りから帰ってくると、手ぶらの俺たちを見て、出迎えてくれた女がそんなことを言ってきた。

ふん。何を馬鹿なことを言っているんだ。

「心配するな。ちゃんと豚を十頭狩ってきた」

そう言って、俺は空間魔法にしまっていた豚たちを見せてやった。

「ど、どこから出したの？　今、何も無いところから出したわよね？」

「俺の魔法だよ。空間魔法って言うんだ」

「さっき、まだ凄くないって言っていたけど……今のあなたも十分凄いじゃない」

「いいや。これくらいじゃあ、あの女には勝てない」

「比べる対象が高すぎるわ」

そうかもしれないが、あれは俺が死ぬまでに越えないといけない壁だからな。

今後、あの女を基準に物事を考えるのは当然だ。


「ほらほら、兄さん飲んで飲んで」

その日の夜、集落総出の宴会が開かれた。

まさか、オークの肉を渡しただけでお祭り騒ぎになるとは思わなかったよ。

「酒は高価なものだろう？」

「なに、酒では腹は満たされない。今の俺たちにとって、酒よりも肉の方が喉から手が出るほど欲しいよ」

「そうだな……。一杯、貰ってもいいか？」

「ああ、そう言わずたくさん飲め！」

「そうそう。俺たちじゃあ、一ヶ月に一体狩れるかどうかだからな。それをこれだけたらふく食べさせてもらっているんだ。この程度の酒、安いもんだ」

「そうか……。なら、遠慮無くいただこう」

あの日の記憶を決して忘れてはいけないが、今の間だけ忘れさせてほしい。

そんな願いを込めて酒をぐいっと飲み込んだ。


たくさん飲んだが……全く酔えなかった。

どんなに酔おうと、スキルが勝手に俺の体を回復してしまう。

死ねないし、酔えない。本当に不便な体だな。

「……そうか。お前も妻と娘たちが焼かれたのか」

「ああ、俺は助けることができなかった」

酔えなかった俺は、酔ったおっさんたちにあの時の話をしていた。

「そんなの、お前だけじゃない。俺たちもそうだ！」

「そうそう。ここにいるのは、助けられたやつか、助けられなかったやつしかいないんだよ」

「そうか……。お前たちは、どうしてそんなに楽しくしていられる？」

今は、俺の話を親身になって聞いてくれているが、さっきまでは踊ったり騒いだりと楽しそうにしていた。

五十年も経てば、これほど気持ちを切り替えられるものなのか？

「そりゃあ、俺たちだって妻や子供たちがいなくなって、凄く辛いさ」

「だがな。楽しくしていないと、死んだ奴らが浮かばれないだろ？」

「浮かばれない？」

「そうだ。お前の最愛の人は、お前が死んだように生きていることを望んでいると思うか？」

「……いや」

シーラたちなら、復讐すら望まないはずだ。

「そう。きっと、望んでいないんだ」

「それに、むかつかないか？」

「むかつく？」

「俺たちの大切な人を殺されたのに、更に残された俺たちの人生も壊されるなんてむかついて仕方ないだろ？」

「ここで、俺たちが落ち込んで生きることを諦めていたら、全て人族の思い通りだ。そうだろう？」

「……そうだな」

これ以上、あの女に負けない為に残された人生を楽しむってわけか。

言われてみればそうだ。暗く生きているのは、あの女に敗北を認めたようなものだ。

……とは言っても、楽しめる気がしないけどな。

「少しは俺たちの考えをわかってもらったところで、今この村で一番不幸にしている女をどうにかしてくれないか？」

「どうにかだと？」

おっさんたちが指さす方向には、俺たちを泊めてくれることを許可してくれた女がいた。

楽しそうに他の女たちと話しているが、ああ見えて不幸なのか？

「お前なら大丈夫だ。ほら。おい、シーラ！」

「シーラだと？」

「ん？　ああ、彼女の名前さ」

いや、話の流れでそれはわかるが……俺が気になっているのはそこじゃない。

シーラという名前が問題なんだ。

「なに？　どうしたの？」

「客人が酔ってしまったようだから、家まで連れて行ってやれ」

「酔っているようには見えないけど……」

そりゃあそうだ。俺の血液には、一ミリもアルコールが含まれていないんだからな。

「細かいことは気にするな」

「そうそう。ほら、行った行った」

「もう、なんなのよ」

おっさんたちの勢いと物理的に押され、俺たちは宴会場から出されてしまった。


「ここは……賑やかな場所だな」

宴会場から離れ、星が綺麗に光る夜空を眺めながらそんなことを呟いた。

そこそこ歩いた距離にいるというのに、宴会場から笑い声が聞こえてくる。

燃やされる前の村でも、ここまで賑やかになることはなかったな。

「そうね……」

「「……」」

「お前の名前……シーラって言うんだな」

しばらくの沈黙の後、俺はさっきから気になっていたことを聞いてみた。

シーラ……これは偶然なんだよな？

「そうだけど？　あなたは？」

「俺は……ガルだ」

「ガルね……」

「聞き覚えがある名前か？」

「ううん。初めて聞く名前だわ」

「……そうか」

「どうして勝手にがっかりしているの？」

「いや、なんでもないんだ」

俺は何を期待しているんだ？　シーラは、間違いなく死んだというのに。

「もう。そんなことを言われたら気になるじゃない」

「すまない……」

「もしかして、知り合いに私と似た人がいた？」

「……妻がお前と同じ名前だった」

「そうだったのね。私は、七十歳。あなたの奥さんが殺された頃、まだ私は子供よ」

「わかっている。少し、妻のことを思い出してしまっただけだ」

そう。違うことは元々わかっているんだ。見た目、性格全て違うのだから。

それでも、期待してしまうのは……現実を受け入れられていなかったからなのだろう。

「そうよね……。悲しくて、生きるのが辛いのは私だけじゃないよね……」

俺が落ち込んでいると、シーラが初めて悲しそうな顔を見せた。

普段は明るく振る舞っているけど、少し仮面を外せば過去から立ち直れていない不幸な女って感じだな。

おっさんたちが言っていたこともよくわかるよ。

「お前は、あの女に誰を殺された？」

「皆よ。お兄ちゃんにお姉ちゃん、お父さんにお母さん。皆殺されちゃった」

「そうか……」

子供で、それだけ周りの人が全員殺されたとなると、とんでもないトラウマが植えつけられてしまうだろうな。

「ここの人たち、無理にでも楽しそうにしているでしょ？」

「ああ、そうだな」

「私、あれが苦手なの」

その話は、本人たちから聞いた。

「自分が幸せになっていいのか不安か？」

「うん。あなたもそうでしょ？」

「俺は……幸せになるつもりがない。もう、十分幸せは味わえたからな」

そう。俺は十分幸せを味わうことはできた。

俺の人生はあの日、かけがえのない家族の死と共に幕を閉じたんだ。

だから、おっさんたちが言っていたこともわかるが、俺は復讐のことだけを考える。

「そうなんだ。そこまで言えるなら、本当に幸せな日々を過ごせたんでしょうね」

「ああ、そうだな。だが、お前はそこまでの幸せを味わえていないだろう？」

「そうかもしれないわね」

「なら、お前には幸せになる資格があると思う」

「……そう？」

「ああ、幸せになるべきだ」

俺はもういつ死んでも構わないが、お前はそういうわけにもいかないだろ？

まだ、人生というのをほとんど楽しめていないのだからな。

「そうなんだ……」

「どうだ？　少しは幸せになれそうか？」

「……うん。私、あなたと幸せになりたいかも」

「はあ？」

どうして俺が出てくる？

「私、あなたを幸せにしたい」

「どうして俺なんだ？」

「さあ？　もしかしたら、あなたを好きになってしまったのかも」

「俺には妻と娘たちがいる」

「もういないわ」

ニヤリと悪い顔をしたシーラは、俺を自分の部屋まで引っ張っていった。

俺は……抵抗できなかった。


「ふふふ。おはよう」

「やってくれたな……」

朝、起きると目の前には幸せそうに笑うシーラがいた。

「あら、私だけが悪いの？　抵抗しなかったあなたも、共犯なはずよ？」

「……」

図星を突かれ、俺は何も言えなくなってしまった。

「あなた、生きることより死ぬことしか考えてないでしょ？」

「だからどうした？」

そりゃあそうだ。死ねなくて、生きる理由を求めて復讐するってなったのだから。

「そんなんじゃあ、あなたは何も成し遂げられず、死ぬと思うわ。きっと、後悔すると思う」

「俺には復讐できないと？」

「ええ。絶対にできないと思うわ」

「……そうか」

たぶん、シーラ以外の人間に言われていたら必死になって反論していただろう。

シーラに言われると、不思議とそうなんだろうな。と思わされる。

とは言っても、復讐を諦めるつもりはないんだが。

「ここに残ってもいいんだぞ？」

シーラと別れ、今日初めて爺さんと会うと、冗談なのか本気なのかわからないことを言ってきた。

俺がシーラにそこまで情が湧いたと思われたか？

「ふん。何を柄でもないことを言っているんだ。俺が生きる目的は一つだけだ」

「生きる目的か」

「そうだ。シーラたちの敵を取る。それが生きる目的だ」

死ぬための目的ではないぞ。

「それじゃあ、ここを出る準備をしろ」

「了解」


「なんだ？　もう行ってしまうのか？」

出る準備が終わり、おっさんたちやシーラにお礼と別れの挨拶をすると驚かれてしまった。

俺たちがもっといるものだと思っていたらしい。

「ああ、急がないとあの女が誰かに殺されてしまうからな」

「心配しなくても、あんなの殺せるやつなんていねぇよ」

「あんた、無理するなよ？」

「そうだ。ダメだと思ったらすぐに逃げるんだ」

「ふん。心配するな。俺は何があっても死なない」

今のところ、まだ俺でも自分が何をされたら死ぬのかわかっていないのだからな。

「良かった……ちゃんと生きようとしてくれているのね」

「……そうだな」

「本当に行ってしまうの？　ここで、幸せになってもいいんじゃないの？」

「いいや。俺は、ここで幸せになることはできない」

「どうして？　やっぱり、私を好きにはなれないの？」

「そういうわけではない」

「それじゃあ……どうして？」

「行かなければ一生後悔するからだ」

ここで、何か理由をつけてシーラに甘えてしまえば、それは間違いなく楽だろう。

だが、それは後々後悔することになるだろう。

体が衰えてからでは、絶対にあの女に勝つことはできない。

それに、あの女にだって寿命がある。この世界の人族がどのくらいの寿命かは知らないが、少なくとも魔族よりは短いはずだ。

俺が殺す前に死なれたら、絶対に俺は後悔するはずだ。

「……そう。わかった。でも、好きな時に帰ってきていいんだからね？」

「ああ、気が向いたら帰ってくる」

「ここが都か……」

他の村や町に比べたら、多少人が住んでいた痕跡が残っているな。それと、ところどころ掘っ立て小屋のような、簡易的な家を建てて暮らしている人たちがちらほら見えた。

「ここも最近まで燃えていたからな」

「魔王はどこにいるんだ？」

「知らん。これから、探すんだよ」

そうだよな……。さて、この何もない土地でどうやって探すか？

「お前ら、魔王に挑戦しに来たのか？」

俺たちがどう魔王を探そうか悩んでいると、タイミングを見計らったかのように一人の男が話しかけてきた。

「ああ……そうだが？　お前もか？」

「まさか。俺はここの住民さ」

「それじゃあ、魔王の居場所を知っているのか？」

「もちろん」

「……対価は？」

最大限警戒しながら、俺は目の前の男が俺たちに何を求めているのか探りを入れてみた。

これで、何も言わないようだったら、俺はこいつを信用しない。

「そうだね……。あんたが魔王に勝ったら、俺に千人の軍を任せてくれ」

「千人の軍を使ってどうするつもりだ？」

「決まっているだろ？　人族に復讐するんだ」

「そういうことか。ならいいだろう。お前に、全軍任せてやる」

千人なんて半端な数では、絶対に人族に勝つことはできない。

人族と戦うには、戦力を総動員して戦うしかないんだ。

「うえ？　あんた、本気なの？　こんな会ったばかりの怪しいやつに、そこまで約束する必要ないだろ」

「お前だって、よくも知らない俺に取引を持ち込んできたじゃないか」

「そうだけど……。ああ、わかったよ。教えてやるから、絶対に勝ってくれよ？」

「もちろんだ。俺にとって、魔王になることは通過点に過ぎない」

あくまで、あの女と人族に復讐するには、魔王という役職に就く必要があった。それだけだ。

「ひょっとしたら俺、とんでもない男に取引を持ちかけてしまったのかもしれないな」

「ほら、魔王のところに案内しろ」

「はい。今すぐ！」

この男、信用しても大丈夫そうだな。

元気よく返事した男の背中を眺めながら、俺はそう思った。


「あそこに魔王がいるのか」

案内されたのは、地上部分がほとんど壊された魔王城跡地だ。

少しの一階部分と地下に繋がる扉だけが燃えずに残っていた。

「そうだ。壊れた魔王城の地下で暮らしているらしい」

「らしいということは、確信があるわけじゃないのか？」

「そうだよ。でも、間違いなくあの中に魔王がいる。未だに、あそこに入って帰ってきた奴はいないんだから」

「なるほどな」

本当に魔王がこの中にいるのかは、俺自身で確かめればいいことだ。

「おい。本当に入るのか？　中がどうなっているのかもわからないのに」

「心配するな。腰抜け魔王くらい、簡単に倒してやる」

扉に手をかけると慌てた男に止められたが、俺は遠慮なく扉を開けてやった。

中は真っ暗だった。魔王の奴……あの女が怖かったとしても、よくこんな暗闇に何十年も暮らしていけるな。

「だから、そう言って入って行った人が誰一人帰ってきてないんだよ」

「心配するな。俺は死なないからな」

「そんなはず……」

「行かせてやれ。こいつなら大丈夫だ」

「はあ、わかった。それじゃあ、魔王になったら俺に全軍を任せるって約束忘れるなよ！」

「もちろんだ」

俺は本気でお前に全軍を任せようと思っているからな。

お前こそ、軍を任された責任感で逃げ出したりするなよ？

「ここまで暗いなら、松明《たいまつ》くらい持ってくるべきだったな」

と言いながらも頭を働かせ、空間魔法で空間を外と繋ぎ、太陽光をライトにすることに成功した。

パキン！

「なんだ？　これは……骨だな」

足下を照らすと、俺は人の骨を踏んでしまったようだ。

すぐに足をどけて、手を合わせて拝んでおいた。

「すみません……」

ドスン！

「来たな。お前が魔王か？」

大きな足音に、俺は拝むのを中断した。

足音の方にライトを向けると、身長は三メートルは超えそうな巨人がこっちに向かってきていた。

そして、俺が声をかけると、何かを決心したかのように、巨人が加速した。

ドッカン！

軽く避けると、巨人は壁にとんでもなく大きな音を立てながら衝突した。

いくら死なない体と言っても、あれを正面から受けるのは躊躇してしまうな。

「お前、本当に魔王か？　どちらかというと、頭が回らない猛獣のような気がするのだが？」

「そうだよね。とても、この国の王とは思えないよ」

「……お前が魔王か？」

この俺がまったく気配を感じ取れなかった。

少し離れたところに光を向けると、人族の男が楽しそうに俺を見物していた。

「さて、どうかな?」

「ふん。なら、問答無用だ」

人族だったら敵だ。どっちにしてもお前は殺す。

俺はすぐに、亜空間から剣を数本男に向けて飛ばした。

「おっと。危ないな。少しは会話を続けようとしようよ」

「知るか。お前、人族だろ? どうしてこんなところにいる?」

見た目は細身で、とても戦えそうには見えない。だが、あの女の件もあるから最大の警戒をした方がいいだろう。

俺は、相手が攻撃に移る前に決着をつけることにした。

人族の男をがっちり空中に固定し、そこに向けてストックしていた全ての剣を飛ばした。

「うお。空間魔法ってそんなことまでできるんだね。転生者相手には鑑定の情報だけで安心したらダメだな」

「転生者……だと?」

俺の全力の攻撃をいとも簡単に防がれたことよりも、男の発言に俺は驚いてしまった。

こいつ、俺が転生者なのをどうして知っている?

「ん? ああ、転生者に会うのは初めて? いや、そんなことはないよね。たぶん、焼却士には会っているはずなんだから」

「焼却士?」

「ほら、魔界のほとんどを焼いてしまった」

「何を言っているんだ？　お前も……それに、あの女も転生者だと言うのか？」

俺以外に転生者がいるだと？　別に、俺だけが特別というわけでもなかったんだな。

「へえ。もう、俺たちが転生して百年は経つのに、まだ転生者の存在を知らない人がいたんだ。魔族の中にも複数人転生者がいるんだよ？」

「……今、そんな話はどうでもいい。お前は何者だ？」

こいつの言葉に惑わされるな。人族は俺たちの敵だ。敵の言葉に耳を傾け過ぎるな。

「俺？　俺はミヒル。敵味方関係なく、創造士ってよく呼ばれているよ」

「創造士……。お前は、ここで何をするつもりだ？」

「このダンジョンを攻略しようと思っていたんだけど、こいつが思っていたよりも強くてね。苦労していたところだよ」

そう言って、先ほど俺に攻撃を避けられ、壁に体をめり込ませている巨人に目を向けた。

今は、空間魔法で壁から離れられないよう拘束しているが、空間魔法がなければ苦戦しそうな相手ではあるな。

「ダンジョンを攻略して、何をするつもりだ？」

「え？　お前、ダンジョンも初めてなの？　ダンジョンを攻略する理由なんて、一つだよ。スキルを手に入れるために決まっているじゃないか」

「スキルだと？」

そんな方法でスキルが手に入るのか。知らなかった。

「君だって、死なないスキルを持っているじゃないか」

「お前、俺のスキルがわかるのか？」

「そうだね。鑑定、これが俺のスキルだ」

「それは随分と便利なスキルを持っているな」

戦闘に直接役立つことはないけど、こうして相手の情報を知れてしまえばその対策を練りやすいし、不意打ちでやられにくくなる。

転生者らしいチートスキルだな。

「俺もそう思うよ」

「他の使者を殺せ……。そういうことか、俺以外の転生者を殺せってことだな」

俺は転生した時、頭に響いた声を思い出した。

あの頃は、何を言っているのかわからなかったが、こうして創造士の話を聞いてあの時何を言われていたのかようやく理解できた。

「へえ。君の神は、随分と好戦的な神のようだね」

「それで、お前は俺と戦うのか？」

「うん……やめておくよ。本当の魔王と戦うには、万全な状態じゃないと勝てないだろうから」

「本当の魔王だと？」

「そう。今日から、お前は転生者たちから魔王と呼ばれることだろう。まあ、そこの化け物を倒せば名実ともに魔王なんだけどね」

「何を言っている？」

「二回も説明する気はないよ。それじゃあ」

「くそ……。気持ち悪い男だったな」

俺がさらなる説明を求めると、めんどくさそうに手をヒラヒラさせて消えてしまった。

空間魔法で感知できない。たぶんだが、もうここにはいないな。

魔法を使ったのか、スキルを使ったのかは知らないが、相当厄介な相手で間違いないだろう。

「とりあえず、こいつを殺せばいいんだよな？」

どういう経緯でこうなってしまったかは知らないが、怪物に成り果ててしまった男の首に剣を突き刺した。

『警告！　このダンジョンはクリアされました。これより、ダンジョンは崩壊しますので直ちに脱出してください』

「なに？　崩壊するだと？」

早くここから出た方がいいよな？　急がないと。

「そういえば……俺はどっちから来たんだ？」

魔王を倒したのは良かったけど、俺は自分が来た道を忘れてしまった。

「もう、こうなったら適当に進もう、最悪、空間魔法で無理矢理出る」

そんなことを言いながら、俺は適当に道を進んでいった。

すると、一際光を放っている部屋があった。

「この水晶はなんだ？」

部屋に入ると、部屋の中心に光り輝く水晶が置かれていた。

これは、このダンジョンの宝なのか？

『おめでとうございます！　あなたは入門ダンジョン初の踏破者です。あなたにスキル魔の王を授けます』

水晶に触ると、またアナウンスが流れた。

どうやら、これが創造士の言っていたダンジョンをクリアすると貰えるスキルのようだ。

「魔の王？　どんなスキルだ？　いや、とりあえず魔王城から出る方が先か」

それから、結局空間魔法で無理矢理壁に穴を開け、急いで地上に出た。

そして、崩れていくダンジョンから出た俺は、外で待っていた魔族たちに俺が魔王になったことを宣言した。

「強いとは思っていたけど、まさか魔王になってしまうとはね」

魔王となってから数ヶ月くらいして、俺はとりあえずシーラに魔王になったことを報告しに来た。

たまに来ると約束したからな。別に、会いたくなって来たわけではないぞ。

「ああ、これでまた一歩目的に近づいた」

「あなたのお父さん……魔王だって。信じられないわね」

「父親か……」

嬉しそうに自分の膨《ふく》らんだ腹を撫でるシーラに、俺は何とも言えない表情を向けてしまった。

「不安？」

「いいや、今度こそ俺が守ってみせる」

そう何度も同じ失敗をしてたまるものか。絶対、これから生まれてくる子供には、幸せな人生を送らせる。

「ふふふ。頑張って、お父さん」

「ああ、任せておけ」

百年後。

「その顔は……負けたのかしら？」

「そうだ。結局、負けた」

人族、創造士との戦争に負けた俺は、敗戦の報告をシーラにしていた。

魔族の寿命は魔力の量で決まる。シーラは、そこまで多くなく、もうすぐ寿命を迎えるだろう。寝たきりになってきたシーラに、どうしても復讐が成功したと報告したかった。

「そう。気に病むことはないわ。憎しみの連鎖を終わらせるには、これがちょうど良かったのよ」

「憎しみの連鎖か……」

「そうよ。人族だって、私たちと同じように家族がいて、友達がいて、恋人がいるはずだもの。きっと、今回のことで魔族を恨んでいる人族がたくさんいるはずだわ」

「……そうだな」

結局、俺たちがしていたことも焼却士と変わらなかったということだな。

「だから、もう……ゴホゴホ」

「おい。大丈夫か？」

急に咳き込んだシーラの背中を慌てて叩いた。

「ダメね。私の体はもう限界。あなたは三百年くらい生きていても、まったく見た目が変わらないのにね……。私は、二百年程度でもうお婆《ばあ》ちゃんだわ」

「どうにかする……」

「ううん。このままでいいわ。私は、このままあなたに手を握られながら永遠の眠りにつくの」

「そんな冗談はよせ」

まったく笑えない。本当に笑えないからな。

「冗談じゃないわ。私はもう、終わり」

「終わらせない」

「ダメよ。現実を受け止めて」

「……」

「私が寿命で死ぬことができるのは、ずっとあなたが私を守ってくれたからよ」

「俺は何もできていない」

戦争に明け暮れ、数年に一度しか顔を出せなかった。

こんな結果になるのなら、もっとシーラとの時間を取るべきだった。

「そんなことない。あなたは私を幸せにしてくれた。あなたがいたから、生きていて楽しかった」

「……」

「ねえ……最後に、私の名前を呼んでくれない？」

「シーラ……愛している」

「ふふふ。私も愛している。もう、満足だわ……今までありがとう……」

目を瞑ったシーラを見て、俺はずっと堪えていた涙を溢れさせた。


シーラがいなくなってからは、つまらない日々だった。

人間界には創造士の山と竜たちのせいで、俺以外の魔族が入ることはできなかった。

そして、俺は焦土になった魔界を復興している内に千歳になり、破壊士に挑んで負け、数代前は部下であった影士《かげし》に操られ、創造士に魔の森に封印されてしまった。

そんな俺に残された娯楽は、世界を覗き見ることだ。

シーラの子孫、魔界に残してきてしまった爺さん、最近はレオンスが最高に暇つぶしに最適だ。

そして、今日はレオたちを見ながら爺さんを見ていた。

爺さん……結局、死ななかったな。

「あの馬鹿は……本当に馬鹿だったな」

ふん。悪かったな。お前も知らない事情というものが俺にもあるんだよ。

「たかが人族の勇者ごときに何をしている？　お前が挑みに行ったのは破壊の女だったはずだ。それなのに……どうして人間界に向かった？　もしかして、あの女はまだ生きていたのか？　そういうことか？　そうなんだろう？」

一人で自問しているのか、はたまた俺が見ているのを知っていて投げかけている問いなのかはわからない。

どっちもなのかもしれないな。

「参謀！　義勇軍の編成が終わりました！　いつでもあの偽魔王のところに向かえます！」

爺さん、まだ参謀とか部下たちに呼ばせていたのかよ。

「ご苦労。これで……あんな偽物ではなく、真の魔王が我々を導いてくれるはずだ」

「はい。あの、人族に魂を売った男に天誅《てんちゅう》を下してやりましょう！」

頭が固いな……。これだから、若い連中に老害と言われてしまうんだ。

世界の状況を見れば、今は人族と手を組んだ方が良いのにな。

俺と創造士以外で今の破壊士を相手するには、残った全ての転生者で戦わなければ勝てないはず。

その為には、どうしても人族と魔族は仲良くならないといけないんだ。

「そうだな。そして、我々は人族への復讐を再開する。決して忘れるな？　あの、家族や恋人、親友を焼かれた日を！」

これは、人族と戦う時に爺さんが魔王軍を鼓舞《こぶ》するのによく使っていた言葉だ。

当時は、ほとんどの魔族が知り合いを焼却士に焼かれていたからな。この言葉は、鼓舞するのには効果が抜群だった。

今の奴らは、ほとんどが焼却士の存在すら知らないだろう。だから、爺さんの言葉は今の世代に言っても全く響かないはずだ。

「はい。もちろんです！　絶対にあの女を殺すまでは死にません！」

まあ、爺さんの周りには、古い奴らしかいないってことだな。

「そうだ。よし、軍を魔王軍に向かわせろ！」

「了解しました！」

可哀想に……爺さんの長寿記録も、今日で終わりだな。

兵を引き連れて魔王城に向かう爺さんは、死に向かっているようにしか思えなかった。


「この似非魔王が！　天罰を下しに来た！」

俺もコピーも、本物なんだけどな。

まあ、これは転生者にしかわからないことだからな。

何も知らない爺さんが哀れだな……。

そんなことを思いながら爺さんたちの戦いを眺めていると、案の定爺さんたちの軍は次々とレオンスたちに殺されていった。

転生者が一人でもいれば、少しは勢いが変わったのだろうが……転生者が四人もいれば、人数の差なんて関係ない。

これは……思っていたよりもつまらない結果になりそうだ。

「おら！　お前たち！　こいつの命が惜しかったら今すぐ武器を捨てろ！」

ん？　面白い展開になりそうだな。

ぼーっと眺めていると、いつの間にか背後に回っていた魔族たちがコピーの息子を人質に取っていた。

起死回生に見えてしまうが……そこには、人質が殺される前にお前たちを殺せるやつらばかりだ。

破壊士が全員消すか？　いや、男の魔法使いの方が先だな。

「……ミンナモエテシマエ」

今……忘れてはいけない……心の底から憎しみに湧き上がる声が聞こえた気がする。

レオンスの娘の声に違和感を覚えていると、人質を持っていた男が発火した。しかも……あれは普通の炎ではない。

消えない炎？　あれは……。

炎を見た瞬間、俺は全てを思い出した。

ずっと、モヤモヤと記憶に霧がかかったように思い出せなかったあの幸せな日々、俺が愛していた妻子たちが次々と俺の頭の中で暴れ始める。

そして……焼却士への恨みが俺の中で最高値に達した。

なんとしても、あいつを殺さなければ。

もう一度、水晶に目を向けると……火は広がり、爺さんの軍は全滅していた。

爺さんも焼かれてしまったか……？　いや、生きているな。

「くそ……やはりあの女は生きていたのだな。くそ……せっかく集めた同志たちが全て焼かれてしまったではないか」

爺さんは、仲間たちを捨てて逃げるようだ。流石だ。生き延びることに一切の躊躇が無い。

これが、爺さんが千五百年以上も生きられている所以《ゆえん》だろう。

「だが、目的の物は手に入った。これをこの魔法陣に馴染ませてやれば、次こそ成功できるはずだ」

今回、爺さんははなから勝つ気はなかったようだ。

昔……俺が殺した竜王の魔石、それが爺さんには必要だったようだ。

爺さんの手に持つ紙を見て、俺は爺さんのやりたいことを理解した。

なるほど。ようやく、俺はここから出られるというわけか。

とは言っても、爺さんの性格では今すぐというわけではないだろう。

魔法陣に欠陥がないか入念に確認してからじゃないと、実行には移さないだろうからな。

「うぐ？　ここは……くそ！　殺すなら殺せ！　だが、俺を殺したら魔界全てを敵に回すと思え！」

気がつかれていたか……。

爺さんは、コピーの空間魔法で呼び戻されてしまった。

まさか、今日が本当に爺さんの命日になるとはな。

俺の育ての親であり……剣の師匠であり……優秀な参謀だった。

お互い、憎まれ口を叩き合う仲ではあったが、ロンという男がいたからこそ、俺は生きる意味を見失うことがなかった。

爺さんがいなければ、今もあの村の外に捨てられた時のように……生きず死なずの人生を送っていたのかもしれないな。

「……お前なんて、前代の魔王に比べれば雛鳥も同然なんだよ！」

爺さんとの思い出に浸っていると、いつの間にか爺さんが魔法陣を開いていた。

どうせ死ぬなら、俺も道連れに。ということか？

最期まで俺頼み、実にお前らしいじゃないか。良いだろう。すぐに後を追ってやる。

「ご苦労。後のことは気にするな。俺は今のところ、お前との約束を破ったことがない。安心して、シーラたちのところに行って待っているんだな」

召喚される光の中で、生命力を使い切って倒れる爺さんを映す水晶に向かって、ねぎらいの言葉をかけた。

さあ、お前たち、やっと俺の最期を見られるぞ。
これが終わったら、すぐそっちに向かうからな。

番外編十五　新・魔王の軌跡

continuity is the father
of magical power

『我が僕《しもべ》よ。これは命令だ。お前は、自分以外の使者を全員殺せ』

俺が下僕だと？　俺は誰かの下につくような器じゃない。ふざけるな。

この魔王になる男に、命令をするとは良い度胸だ。この俺が成敗してやる！


「……おぎゃ？」

あれ？　俺の体、どうなっているんだ？

こ、これは……赤ん坊の体にされているじゃないか！

「ぶう……」

これは、あの俺に命令してきた男が犯人だ。

成敗されるのが怖くて、俺を赤ん坊の形にしたんだ。間違いない。

「キャキャキャ」

あの男も俺に恐れをなしたんだ。

見ていろ、たとえ赤ん坊の姿にされたとしても、俺はお前を成敗しに行くからな！

「＊＊＊＊＊＊＊」

なんだ？　こいつ、何語を喋っているんだ？　英語か？

くそ。あの声の男は俺が英語をできないと知って、こんな場所に送ったんだ。

……いいだろう。英語など、魔王になる俺には朝飯前だ。

すぐに英語を覚えてお前を倒しに行ってやるからな！

……二年後。

多少時間がかかってしまったが、英語を話せるようになった。

これで、俺は意思疎通に困ることはないだろう。

よし。それじゃあ、魔王になる旅を始めるぞ！

「グル、何をしているの⁉　外は危ないって言っているでしょ！」

「外に出る！」

くそ。母さんめ、俺の邪魔をしないでくれよ。俺は魔王になる男、こんな辺境にいていい男ではないんだ。

「まだ外はダメ。外は魔物がいっぱいいるんだから」

「出る！」

魔物なんて関係ない。魔王になる俺なら、簡単に倒せるんだからな！

「一回や二回ならわかると思うけど……このやり取り何回目？　子供ってこんなに聞き分けがないものかしら？」

「子供じゃない！」

俺は魔王だ！　子ども扱いするな！

「はいはい。良い子にしていたら、また外に連れて行ってあげるから」

「い～ま～」

今すぐ外に出させろ！　さもなくば、ずっとここで騒ぎ続けるぞ。

「もう……仕方ないわね。よいしょ」

「あっ……」

母さんにひょいっと持ち上げられてしまった。

くそ……。こんな小さな体、魔王らしくないではないか。

「もう、お母さんも忙しいんだから、少しだけよ？」


「あら、可愛らしいわね。もう、いくつになったのかしら？」

外に出ると、近所のおばさんらしき人が話しかけてきた。

「二歳よ。もう、家にいたら外に出たいって騒いで大変で」

「男の子は大変よね。うちの子もそんな時があったわ〜。グルくん、女の子にモテたかったら、お母さんに優しくできるくらいじゃないとダメだぞ〜」

確かに……そうだな。いや、魔王になるのに女は必要ないだろ！

で、でも……女にモテない魔王も格好悪いよな。

「何を言っているのよ。こんなに小さな子じゃあ、まだ女の子が何のことかすらわかってないわ」

「そうかしら？　どう？　グルくん、女の子にモテたい？」

「うん。モテたい！」

「それじゃあ、お母さんにも優しくするのよ」

「わかった！」

母さんに優しくするのがモテる秘訣《ひけつ》というなら、やってみせようじゃないか。

「よし。お姉さんと約束だよ」

「約束！」

「これで少しは我が儘を言わなくなってくれるといいんだけどね……」

「ふふふ。それじゃあ、またね」

「ええ。またね」

「母さん、帰ろ」

「急にどうしたの？」

「俺、我が儘言わない」

どうせ、母さんが同伴だと冒険にはならないし、ここは点数稼ぎをさせてもらおう。

「そう……。でも、せっかく外に出てしまったから、少しは散歩しましょう？」

「うん。わかった」

母さんがそこまで言うなら、仕方ない。

俺は母さんについて、村を見て回ることになった。


「あら、ミラじゃない。グルくんと散歩？」

今度は、俺と同じくらいの女子を抱えたおばさんに話しかけられた。

「そうよ。外に出たいって騒いで大変だったのよ」

いやいや。俺はちゃんと帰って大丈夫と言ったからな？　今外にいるのは、母さんが散歩しようって言ったからだぞ。

「男の子は元気で良いわね。キーなんて、なかなか笑ってくれないから、心配になってくるわ」

キーっていうのか。ムスッとした顔で何を考えているのかわからないな。

「確かに……グルはよく笑うわね。少し笑い方がおかしいけど」

「笑ってくれるだけ良いじゃない。キーなんて……ほら、何があっても仏頂面《ぶっちょうづら》よ」

おばさんが無理矢理口角を上げても、キーは無表情を貫いた。

こいつ、面白い奴だな。

「へえ。でもキーちゃん、凄く可愛らしいわ」

「そうかしら？　この調子だと、男の子に好かれない気がして心配なのよ」

「そんなの心配しなくて大丈夫よ。本当に心配なのは、キーちゃんよりグルよ。体は小さいし、とても強い男になりそうにないのよね」

「ち、小さくないもん」

え？　俺って小さいのか？　そんな……。

「ふふ。お母さん、酷いこと言うね。男は、強さだけじゃないわ。優しさも大事だわ」

「優しくないとモテないって、さっき言われた」

「そうそう。だから、これからキーにも優しくしてくれる？」

「うん。優しくする。えっと……よろしく！」

とりあえず、握手をすることにしてみた。

昔、どこの国も握手は友好の証として通用するって聞いた。

たぶん。ここでも大丈夫だろう。

「ほら、キーも握手して」

「……よろしく」

キーは、相変わらず表情を変えずに俺の手を握った。

俺と握手ができたというのに、少しは表情を変えてもいいだろう。

ふん。そっちがその気ならいいだろう。これから、お前を笑わせたり泣かせたりしてやるからな！


四年後。

あれから、俺の相手をするのを面倒になると、母さんが俺にキーの相手をさせるようになった。

そのおかげか、随分とキーとは仲良くなれたと思う。兄妹《きょうだい》と言われても疑わないレベルだ。

ただ、相変わらずキーは笑いもしないし、泣きもしない。

楽しそうにしていたり、機嫌が悪いときはなんとなく微妙な表情の違いでわかるんだけど、大きく表情を変えてはくれない。

キーは思っていたよりも強敵だった。もしかしたら、魔王になるよりもキーを笑わす方が難しいかもしれないな。

「グル……歩くの面倒。運んで」

そして、今日も俺はキーにこき使われていた。

俺が笑わそうと世話を焼いている内に、俺はキーに召使いか何かに勘違いされてしまったようだ。

「このくらいの距離歩けよ。太るぞ？」

「大丈夫。太らないから気にしないで」

「はあ……わかったよ」

仕方ない。これも、キーを笑わす為だ。

絶対、笑ったらキーの言うことなんて聞いてやらない。

そう心に誓いながら、俺は最近習得した空間魔法でキーを持ち上げてやった。

「あら、グルくんとキーちゃん。また二人で遊んでいるの？」

「うん。グルの魔法を鍛えているの」

たまたま近くを通りかかったおばさんに、キーはとんでもない出任せを言いやがった。

何を言っているんだ。お前が歩きたくなくて……俺に頼ったんだろ？

「あら、キーちゃんはお手伝い？」

「そうだよ」

「ふふふ。グルくん、頑張って強い男になるのよ？」

「もちろんだ！」

俺は魔王になる男だからな！

「それじゃあ、頑張って」

「相変わらず、キーって大人の前で良い子ぶるよな。どうしてなんだ？」

おばさんと別れてからしばらくしてから、俺はキーに率直な疑問をぶつけてみた。

別に、大人の評価なんて気にする必要ないのに、どうしてわざわざ媚《こ》びを売るようなことをしているんだ？

「だって、良い子にしておいた方が褒めてもらえるもん」

「ふうん。大人に褒めてもらったところで、何かあるわけじゃないんだけどな」

「でも、怒られないで済むわ。誰かみたいに、危ないことをして、怒られることがなくなるもの」

危ないこととは、俺が度々村から出ようとして怒られることだろう。俺が大人たちに怒られるなんて、それくらいだ。

「強くなるためには魔物と戦わないといけない。それを大人たちはわかってないんだ！」

「そんな小さな体でどう戦うの？　それで魔物を倒すなんて無理でしょ」

はあ？　俺がそこら辺の雑魚も倒せないと言うのか？

「うるさい！　倒すと言ったら倒すんだ！　見てろ？　俺がオークを倒して母さんたちを認めさせてやるから！」

村の男たちがオークを狩ってくると、村総出で祝う。

狩ってきた男は、村の英雄として称えられて、それから村人たちから見られる目が変わる。

俺も、オークを狩って認めさせてやろうじゃないか！

「待って！　ダメよ！」

「うるさい！　行くって言ったら行くんだ！」

俺はキーを下ろし、一人で森に向かった。


「案外、普通の森だな。ここに、魔物が出るのか」

大人たちの目を掻い潜り、俺は森に入ることに成功した。

これで、俺は大人たちに自分の強さを示すことができる。見ていろ、俺がオークをたくさん狩って帰るからな！

「ねえ……帰りましょう？　危ないわ」

「うるさい！　俺は魔王になる男だ！　こんな場所でやられたりしない！」

魔王は、魔族の中で最強の男だぞ？ドラゴンだって簡単に倒せるくらいじゃないといけないんだ。

「……剣も持ってないのにどう戦うの？」

「うぐ……」

確かに、武器を持っていなければ俺がどんなに強くても意味がないじゃないか。

「ほら、勝てないんだから帰りましょう？」

「……わかった」

キーに諭され、俺は帰ることにした。

これは、逃げたんじゃないぞ？　また、剣を手に入れたらここに来る！

その時は、山盛りのオークを村に持って帰ってくるからな！

「それじゃあかえ……」

「グギギ？」

「小さい、これはゴブリンだ……」

前に、村の狩り人にゴブリンの死体を見せてもらったことがある。

一体だけでは雑魚だけど、群れられると非常に面倒な魔物だって言っていたな。

「グギギッギ！　グギギ！」

「ん？　なんだ？」

身構えていると、いきなりゴブリンが大きな声で叫び始めた。

これは……何かの合図なのか？

「グギギ」

「グギギ」

「ヤバい。逃げるぞ！」

あの声は、仲間を呼ぶ声だったんだ。

ゴブリンたちの声が集まってきているのに気がついた俺は、キーを魔法で抱えながら村に向かって走った。

「グギグギ！」

「くそ。回り込まれた！」

逃げ道を読んでいたかのように、一体のゴブリンが待ち構えていた。

そして、俺の足が止まっている内にどんどんゴブリンが集まり、すぐに囲まれてしまった。

「ど、どうするの？」

「戦うしかないだろ！」

このまま何もしなければ、殺されてしまう。

もう、戦う以外に選択肢はない。

「こんな数相手に？」

「大丈夫。俺には魔法がある」

俺はキーをすぐ傍に下ろし、一体のゴブリンを持ち上げた。

「おりゃあ！」

高いところまで持ち上げ、思いっきり頭を地面に叩きつけてやった。

「ぐぎ……」

叩きつけられたゴブリンは首の骨が折れ、すぐに絶命した。

「よし。一匹目」

この方法なら、武器がなくても戦えるぞ！

「グギ！」

『グギ！』

「チッ。卑怯な手を使ってくる」

俺が一体ずつしか攻撃できないのがバレてしまったのか、ゴブリンたちが同時に向かってきた。

俺は、背後から向かってくるゴブリン二体の内一体を空間魔法で持ち上げ、もう一方にぶつけた。

そして、正面のゴブリンを振り回し、左側の敵の足止めをした。

キーを攻撃しようとしていたゴブリンは、俺が盾《たて》になって代わりに攻撃を受けた。

「うぐ……」

ゴブリンの剣が俺の背中や足に当たる。

幸い、ゴブリンたちの剣が錆《さ》びていたおかげで、そこまで深く斬られたりはしていないが、それでも、俺の背中や足からは血が出ていた。

「ちゃんとした剣だったら、これで終わってたな……」

「だ、大丈夫なの？」

「心配するな。魔王はこれくらいじゃあ、やられない」

興奮しているからか、まだ痛みは感じない。

これなら、まだやれるだろ。

俺は、さっき首を折ったゴブリンの剣を魔法で持ち上げ、俺に剣を振り下ろしたゴブリンたちを纏めて串刺しにした。

切れ味が最悪の剣でも、突き刺すぐらいならできるみたいだ。

「三体倒して……あと四体。この調子でなんとか乗り切れそうだな」

四体の内二体は、俺に投げ飛ばされたり振り回されたりして、手や足が折れているから実質二体だ。

二体ならどうにかなるだろ。

そう思っていたら、足の折れたゴブリンが大声を上げた。

「グギギッギ！　グギギ！」

くそ。仲間を呼ばれた。

「グギグギ！」

「グギギ！」

急いで、拾った剣を突き刺して黙らせるも、またゴブリンたちが集まってきた。

「また増えやがった……」

次、また同じように攻撃を貰ったら、流石に耐えられないだろう。

勝てないことを悟った俺は、キーを持ち上げた。

「キー、俺が時間稼ぎするから逃げろ」

「な、何を言っているの？」

「いいから！　早く逃げろ！」

俺は、キーを村の方向に投げた。

そして、村側にいたゴブリンの首を空間魔法で折った。

「嫌だ！　私もいる！」

「うるさい！　邪魔なんだよ！」

空間魔法で木を何本も倒し、俺とキーの間に壁を作った。

これなら、ゴブリンたちも簡単には越えられないだろう。

「やっと邪魔なやつがいなくなった。これで気兼ねなく存分に戦うことができるな」

俺は手に一本、魔法で一本錆びた剣を持ち、十体を超えるゴブリンたちと向き合った。

「グギ！」

『グギグギ！』

俺が怪我を負わされた時と同様に、ゴブリンたちが俺を囲んで一斉に攻撃してきた。

「ふん。今度は、そう簡単にやられないぞ！」

まず、空間魔法で持っていた剣を水平に振り、正面のゴブリンたちを叩き斬った。

そして、最後の一体にめり込んで動かなくなってしまった剣を捨て、今度は俺自身を空間魔法で持ち上げた。

これによって、残ったゴブリンたちの攻撃をやり過ごすことに成功し、俺はゴブリンたちの頭を越え、着地した。

「グギギグギ！」

「何言っているかわからないんだよ！　そりゃあ！」

また仲間を呼ぼうとしたゴブリンに、持っていた剣を投げ飛ばした。


「ふう……」

あの後も何体か仲間を呼ばれたが、全て倒すことができた。

「そういえば俺、足と背中を斬られてなかったか？」

キーを庇ったときについた傷が、いつの間にか消えていた。

そういえば、さっきまで普通に足を動かせていたな。

斬られた幻覚を見ていたのか？　いや、確かに血は出ている。

ということは……戦っている間に治ったのか？　もしかすると俺、特殊体質だったりするのか？

「これは、後で検証してみる必要があるな」

『グアアア！』

「……ボスの登場か？　いや、あれはオークだな」

治った足に気を取られていると、豚顔の巨人が死んだゴブリンを掴んで、豪快に頭を食いちぎった。

そして、ボリボリと音を立てながら、食ってしまった。

「先手必勝！」

ゴブリンを倒して気持ちよくなっていた俺は、逃げるなど考えつきさえしなかった。

錆びたゴブリンの剣を首に向けて飛ばした。

「これで、俺も村の英雄だ！」

「グルアアア！」

バキン！

錆びた剣はオークに刺さりすらせず、簡単に折られてしまった。

「くそ……あの剣が効かないとなると……俺に攻撃手段はないぞ」

そんなことを言っていると、頭のないゴブリンが飛んできた。

「ぐふ」

避ける間もなく、俺は自分が作った木の壁に激突した。

「やってくれたな……。だが、俺はそう簡単には死なないぞ？」

何本かの肋骨《ろっこつ》が折れたが、しばらくすると全て治ってしまった。

やっぱり、俺の体は特別製のようだ。

『グウオオオ』

今度は、錆びた剣が飛んできた。

空間魔法で止めようとするも、減速する程度にしかならず、俺の腹に剣が突き刺さってしまった。

「……くそ。いくら傷が治ると言っても、これだけ血を流していたら流石の俺も死ぬ。早く決着をつけないと」

剣を抜き、どうにかあの巨人を倒す方法を考えた。

剣をそのまま投げても、ダメージを与える前に折れてしまう。

とは言っても、俺の素手ではもっとダメージを与えられそうにないし……。

「くそ。どうすればいいんだ」

「逃げるのも一つの手だよ。少年」

「……誰だ？」

「通りすがりの剣士だよ」

そう言って、突然現れた剣士のおっさんはオークの首を切り飛ばした。

「う、嘘だろ……」

「いいや。少年、これが現実だよ」

「ど、どうしてお前はそんなに強いんだ？」

「うん……努力の結果？　これでも、かれこれ二百年は剣を握って生きてきたからね」

「二百年だと……？」

そ、そんなにも努力したのか。

「そういうことだよ。君が何歳なのかはわからないけど、少なくとも十歳以下だよね？」

「あ、ああ」

「その程度の時間しか生きていないのに、魔物に挑むなんて無謀が過ぎるよ」

「……」

この人の強さを知ってしまったら、もう自分がちっぽけな存在にしか思えない。

俺は……本当に魔王になる男なのか？

今まで一度たりとも疑ったことのない、自分の将来が信じられなくなってしまった。

「よし。落ち込むのは後だ。とりあえず、君のガールフレンドが待っているから帰ろうか」

ガールフレンド？　キーのことか？　そうか……キーがこの人に助けを求めてくれたんだな。

「……わかった」


バチン！

村に帰ると、母さんたちに怒られるよりも早く、泣いて目を腫《は》らしたキーにビンタされた。

こんな形でキーを泣かせてしまうとは……不甲斐ない。

ヒリヒリと痛む左頬よりも、罪悪感や自分への失望で傷ついた心の方が百倍は痛かった。

「もう、二度とあんな危ないことしないで！」

「絶対にしない。約束する」

「約束だからね。もう、本当に心配したんだから……ぐす。うわ～～～ん」

怒り終わると、俺に抱きついて盛大に泣き始めた。

「ごめんよ」

俺は、キーが泣き止むまで静かに背中を擦ってあげた。


「本当、助けが来なかったらどうするつもりだったのよ」

キーが落ち着くと、今度は母さんのターンだ。

ゴチン！　と音が出そうな程強烈なげんこつが頭に落ちてきた。

「ごめんなさい」

「まあ、これに懲りて無茶なことはしないでしょう。だろ？　少年」

「絶対にやらない」

「いいか？　ここまで心配してくれる女の子を悲しませるようなことをするなよ？　女の子を泣かせていいのは、嬉し泣きだけだ」

「わかった。もう、キーを泣かせない」

俺の命にかけて、絶対にもう泣かせないと約束する。

「今回は、馬鹿息子を助けていただき、本当にありがとうございました」

俺の頭を右手で下げさせながら、母さんが剣士のおじさんに頭を下げた。

そういえば俺、助けてもらえなかったら死んでいたのかな？

あの時、俺には攻撃手段はなかったし、怪我しすぎて血も足りていなかったはずだ。

うん。間違いなく、あの時点で俺は詰んでいて、遅かれ早かれ俺はあの後死んでいたはずだ。

剣士のおじさんは、命の恩人だということを改めて理解した。

「いえいえ。僕も小さい頃に助けられたことがあるので」

「ですが、何かお礼をしないと……」

「それなら、これから少しの間、家に泊めてもらうことは可能ですか？」

「はい。どうぞ、家で休んでいってください」

「ありがとうございます。それじゃあ少年、これからよろしく頼むぞ？」

「う、うん」

おじさん、こんな村に泊まって何をするつもりなんだ？

何もないし、特に面白みのない村だと思うんだが？

「ふん！　ふん！　ふん！」

翌朝、日が昇り始めた頃、外から一定間隔に誰かの声が聞こえてきた。

誰だ？　こんな早朝に？

眠い目を擦りながら窓から顔を出すと、おじさんが真剣な表情で剣の素振りをしていた。

一切のブレがないのに、剣は目に見えない速度で振られていた。

あのレベルになる為には、二百年の努力が必要なのか。

「おじさん……俺に剣を教えてくれない？」

気がついたら、そんな言葉が口から出ていた。

「ん？　ああ、少年か。俺の戦いを見て習いたくなったのか？」

「それもあるし……。俺は戦い方を知らない。このままでは、魔王になるのは絶対に無理だ」

「へえ……。君は、魔王になりたいの？」

「そうだ。俺は、魔王にならないといけないんだ」

昨日、自分の弱さを知って一晩悩んでみたけど、やっぱり俺には魔王しかないんだ。

「へえ。何かなりたい理由があるの？」

「強いて言えば、それが俺の使命というだけだ」

俺は、魔王になるために生まれてきたんだ。魔王になる以外の道は、俺の人生には用意されていない！

「ふ～ん。君、変わっているね」

「よく言われる」

「だけど、魔王には凄く向いていると思うよ。その性格、魔法とスキルも」

「そうだろう？　なんせ、俺は魔王になる男だからな」

「うんうん。これは、教え甲斐のある弟子になりそうだ」

「え？　俺を……弟子にしてくれるのか？」

剣を少しだけでも教えてもらえれば、ありがたい。そう思っていたのに、まさか弟子なんて……。

「そうだね。君が魔王になるまで、俺が鍛えてあげるよ」

この人は、俺が本当に魔王になれると思っているんだ。

間違いない。師匠として、この人以上に適任者はいないだろう。

「これからよろしくおねがいします。師匠！」

窓から飛び出し、俺は師匠に向けて頭を下げた。

「あはは。俺も師匠と呼ばれる日が来ちゃったか」

「師匠！　それで、俺は何をすればいいんだ？」

「まずは、俺と一緒に素振りだな。俺を見て真似しながらこの木剣を振ってみろ」

師匠はそう言って、俺にちょうどぴったりな大きさの剣を投げ渡してきた。

まさか……この人、こうなることを予想していた？

凄いな。一流の剣士は、そんなことまで読めてしまうなんて。

「ふん！　ふん！　ふん！」

「ふん！　おっとっと。思うように振れないな」

師匠に合わせて俺も剣を振ろうとするも、バランスを崩して上手く振れなかった。

「そんな棒立ちで、重心が高いから剣に振り回されちゃうんだ。もう少し腰を落として、足に力を入れるんだ」

「わ、わかった」

師匠に指摘された通り腰を落とし、重心を下げると……今度はバランスを崩さず剣を振れた。

凄い。さっそく、師匠に教わった成果が出てきた。

これから師匠の下で学んでいったら、俺は間違いなく強くなれる。

よし。これから頑張るぞ！

SIDE：キー
昨日は散々泣いて、気がついたら寝ていた。

あんなに泣いたのは……たぶん生まれて初めてなはず。

私は、感情を表に出すのが苦手。

自分では怒っていたり笑っているつもりでも、皆は無表情って言う。

グルは、そんな私の感情を読み取ってくれる唯一の存在だった。

物心ついた時から一緒にいて、誰よりも私を理解してくれていて、グルを誰よりも私が理解している自信があった。

だからこそ、昨日のことは凄くショックだった。

私の言葉で止まってくれなかったこと、私を庇ってグルがたくさん怪我してしまったこと……どれを思い出してもまた涙が出てきそうだった。

村に帰った時に、たまたまあの強そうな人がいなかったら、どうなっていたんだろう？

もう、グルと会えなくなっていたのかな？

グルがいない生活なんて……想像できない。

今回のことで、グルがどれだけ私にとって大事な存在なのか理解できた。

これからは……もう少しグルに優しくしてあげようっと。


「グル。来たよ。あれ？　どこに行ったの？」

いつものように、朝ご飯を食べてグルの家に来ると、部屋にはグルのお母さんしかいなかった。

「あら、キーちゃん。グルなら、家の裏で剣を振っているわ」

「わかった」


「うう……。気持ち悪い」

言われたとおり家の裏に行くと、剣を持ったグルが倒れていた。

その横には、昨日グルを助けてくれた剣士さんが同じく剣を持って立っていた。

グルのことだから……剣士さんに剣を教わっていたのかしら？

「君は体力も無いんだな。そんなんで、よく魔物に挑んだと思うよ」

「ねえ、何をしているの？」

「少年を鍛えているんだ。嬢ちゃんを守るために強くなりたいんだってさ」

え？　私を守るため？

「……そうなの？」

「あ、ああ……。昨日の俺は、お前を泣かせてしまったからな。もう、絶対にキーを泣かせないって決めたんだ」

さっきまで情けない顔をして倒れていたくせに、立ち上がると真剣な顔をしてそんなことを言ってきた。

「なんか……いつものグルと違う」

「覚悟が決まった男は、見違えるものだよ」

「そうなんだ」

覚悟が決まった男。たしかに、今のグルはそんな顔をしているかも。

「とりあえず、今日は昨日のこともあるし、体を休めるんだな」

「わかった」

「それじゃあ、俺は今日の飯を調達してくる。嬢ちゃん、こいつが無理しないように見張っておくんだぞ？」

「うん」

剣士さんに言われて、私はグルの手を握った。

もう、離さないんだから。

「キー、昨日はごめん」

剣士さんが狩りに向かったのを見送ってから、グルは改めて私に謝ってきた。

「別にもういい」

「……わかった」

「ねえ……昨日の傷、どうしたの？」

見える範囲では、グルに傷らしい傷はなかった。

でも、昨日あれだけゴブリンに攻撃されて、傷が残っていないはずはなかった。

「ああ、傷なら勝手に治ったぞ」

「治った？」

信じられなかった私は、グルの服を捲り上げて背中を隅々まで確認した。

確かに……傷は一つも見当たらなかった。

「剣士さんに治してもらったの？」

「だから、勝手に治ったんだ」

「嘘よ。そんなはずないもん」

だって、傷はかさぶたができてからじゃないと治らないんだから。

一日も経ってないのに、かさぶたがなくなるはずがないわ。

「本当なんだって。俺、とんでもなく傷の治りが速いみたいなんだ」

「ふ〜ん。まあ、グルの怪我が治ったならそれでいいかな」

まあ、誰が怪我を治していようと、グルが無事ならそれでいい。そういうことにしてあげましょう。

「でも」

「な、なんだ？」

「次は絶対に怪我しないでよね？」

今回は運が良かっただけで、次は治らないかもしれないんだから。

「もちろんだ。最強の魔王は、勇者以外には傷一つ負わない」

「勇者相手でもダメ」

相変わらず馬鹿なことを言う未来の魔王様にチョップをくらわす。

本当、グルの頭の中はどうなっているんだろ？　やっぱり、グルは頭がおかしいのかな？

「わ、わかった。勇者相手でも、傷一つなく圧倒できるよう頑張って強くなる」

「本当は危ないことしてほしくないけど……それで許してあげる」

グルが魔王になりたいのは知っているし、その為には多くの危険が待ち構えているのも理解している。

だから、私もそこまで言わないでおく。

「なあ……」

「何？」

「キーは、どうして俺の夢を笑ったりしないんだ？」

「魔王になるって夢？」

「そうだ。この村の奴は大体笑って本気にしない。そんな中で俺を信じてくれたのは、キーと師匠だけだ」

「別に……なれると決まっているわけじゃないけど、なれないって決まっているわけじゃないでしょ？」

それなのに、どうしてなれないって決めつけるんだろう？　なれるかもしれないねって笑い流すだけでもいいのに。

「ふん。なれる、なれない、ではないんだよ。俺は魔王になることが決まっているんだ」

「その自信は良いことだと思う。でも、それで昨日みたいなことをするなら怒るから」

「わ、悪かった……。昨日は、自分の実力を見誤った」

「次からは気をつけて」

「わかった」

ＳＩＤＥ：グル

師匠がこの村に来てから五年が経った。

この五年間で、俺はとんでもなく強くなった。

「そりゃあ！　とう！　これでどうだ！」

剣を構える師匠に、俺は一回目をフェイントに、二回三回と攻撃を加えていく。

「甘い！　また大振りになっているぞ！」

渾身の一撃だと思ったのだが、師匠は当然のように受け流して、最後の甘い一撃にはしっかりとカウンターを合わせてきた。

「まだまだ！」

師匠のカウンターを貰いながらも、俺は距離を取った。

と思ったら、師匠の剣がすぐ目の前に来ていた。

「うお！」

なんとかギリギリで避けるも、俺はバランスを崩してしまった。

「体が小さくて、リーチが短いんだ！　人の倍は足を動かせ！　打ったら逃げる！」

「ち、小さくなんて」

「ほら、他のことに気を取られるな！　今は、剣を振ることだけに集中していろ！」

「は、はい」

気がついたら、剣が首に当てられてた。

戦いの間、相手の言葉に惑わされるなって何度教わったかわからないというのに……。

「はあ、俺って成長しないな」

「そんなことない。俺はこの五年で、随分と成長したと思うぞ」

「本当か？　俺は、魔王になれる？」

「俺に勝てない君が、魔王になれると思う？」

「い、いや……」

魔王とは、魔界で最強を指す言葉だ。

師匠に勝てないようじゃ、魔王を名乗るのは無理だな。

「だろ？　自信を持っているのと自惚《うぬぼ》れるのは違うからね？」

「わかった」

「今日の稽古、終わった？」

師匠からありがたいお言葉を貰っていると、キーがやってきた。

「あ、嬢ちゃん。ちょうど良いところに来た。嬢ちゃんに頼みたいことがあるんだ」

キーに頼みたいこと？　師匠がキーに何かを頼むようなことあったか？

「何？」

「これから、グルと一緒に森に入ってくれない？」

「え？」

「師匠、どういうことだよ？　森は危ないから、子供だけで入るなって散々言っていたじゃないか」

最近、師匠が同伴で森に入るようになって、やっと魔物の倒し方は覚えてきたけど、まだ一人で戦うには荷が重い。

「魔王になりたいんだろ？」

「あ、ああ……」

「普通に強くなっていたら、魔王になんてなれない。そう思わないか？」

「そうだけど……」

キーにも危害が及ぶことはしたくないな。

「グル、今のグルなら、私を守り切れるよね？」

くそ。キーのやつ、わかっていてそんな聞き方をしているだろ。

そんなの、聞かれたら答えは一つだ。

「ああ。任せておけ。俺が絶対に守りきってみせようじゃないか」

「それじゃあ、これから毎日、剣の稽古が終わったら森に入って十体以上の魔物を倒してから帰ること。その際、嬢ちゃんを君の魔法で常に持ち上げていること。わかった？」

「あ、ああ」

師匠、本気で言っているのか？　という目を送るが、どうやら本気のようだ。

仕方ない。覚悟を決めるしかないだろう。

「君のお母さんたちには俺から言っておくから、行ってこい」

「武器は？　グル、何も持ってないわよ？」

「ちゃんとこの日の為に用意しておいたよ。ちょっと待ってて」


「これを君にあげよう」

帰ってきた師匠の手には、三本の剣があった。

どれも一目で切れ味が鋭いのがわかるぐらい、立派な剣だった。

「三本？」

「そうだ。君には、これから空間魔法を併用して三本の剣で戦ってもらう」

「空間魔法で……」

俺は、さっそく受け取った三本の内二本を空間魔法で浮かせてみた。

五年前、剣術をまったく知らない俺が適当に剣を振り回しているだけでも戦えていた。だから、剣術を知っている俺が空間魔法で剣を操れば……最強な気がした。

「正直、剣の腕はもう十分だ。その小さい体では、これくらいが限界だろう」

「ち、小さくなんて……」

「心配するな。小さくてもお前なら絶対に強くなれる」

「ほ、本当？」

「ああ。お前は、魔界でも使える人がなかなかいない空間魔法の使い手だ。空間魔法を極めれば、確実にお前は魔王になれる」

「やっぱり、この魔法は強いんだな」

魔王になる俺にふさわしい魔法というわけだ。

「手に持ってない二本の剣を手足のように動かせるだけでも、俺はグルに勝てなくなるはずだ」

「ほ、本当か？」

師匠なら、それでも簡単に俺を倒してしまいそうだけど？

「今まで、俺の教えで間違っていたことはないだろ？」

言われてみればそうだな。

「わかった。頑張ってみるよ」

唯一無二の三刀流になってみせようじゃないか。


「師匠とはもう何回も来ていて……もう、怖くないと思っていたけど、いざ俺たちだけで入るとなると怖いものだな」

五年前の俺がどれだけ無謀なことをしようとしていたのか、今になってようやくわかった気がする。

どうして俺は、あの程度の強さで魔王になれると思っていたんだろうな。

「私の方が不安よ。絶対、私を守ってね？」

「もちろんだ。死んでもお前を守る」

「私を守るために死ぬのもなしだからね？」

「ああ、どんな魔物が来ても、俺が圧倒してやるよ」

ガサガサ。

「な、何か音がしなかった？」

「シー。たぶん、ゴブリンの偵察だ」

「まだ見つかってない？」

「そうだな。見つかっていたらもう仲間を呼んでいたはずだ」

五年前の時と同じようにな。

「それじゃあ、一撃で仕留めるぞ」

「グギ？」

空間魔法で浮かしていた剣でゴブリンの首を飛ばした。

「師匠に貰った剣、切れ味がいいな」

まさか、こんな簡単に斬れてしまうとは。

「グルの魔法も凄いと思うわ」

「まあな。魔王が使う魔法はチートって決まっているんだよ」

努力してやっと魔王城にたどり着いた勇者に、圧倒的な魔法で絶望させる。それが魔王というものだ。

「グギグギギ！」

「あ、近くに隠れているやつがいたのか」

仲間を呼ぶゴブリンの声を聞いて、俺はすぐに隠れていたゴブリンに剣を突き刺した。

「どうする？　一旦離れる？」

「いや、待ち受ける」

今の俺なら、ゴブリンの数がいくら増えようと問題ないだろう。

それに、たくさん来てくれないと三刀流の練習にもならない。

「そう。無理はしないでよ？」

「もちろんだ。最悪、二人で空を飛んで逃げよう」

五年前は、二人を同時に持ち上げるほどの力はなかったが、今は余裕で空を飛べる。

だから、何かあってもすぐ逃げられるだろう。

「グギグギギ！」

『グギグギ！』

そんなことを考えていると、ゴブリンたちが集まってきた。

「一、二、三……」

「七体よ」

「そうか、残念だな。あと一体で俺のノルマが終わったのに」

さっき二体倒して、後から来たのは七体。合わせても九体だ。

今日のノルマは十体って言われていたから、ちょっと残念だな。

「どうせ、また仲間を呼ばれるから、その心配はしなくても大丈夫よ」

「それもそうだな。よし、それじゃあ三刀流の練習といきますか」

残りの剣も抜き、俺はゴブリンの群れに突っ込んだ。

手に持った剣で先頭のゴブリンを切り倒し、遅れて俺を攻撃しようとしたゴブリンに二本目を突き刺す。

そして三本目で、理解が追いついてなさそうな後方のゴブリンを切り倒していく。

「うん……。まだ、思い通りには動かせないな」

空間魔法で制御するのが一本だけなら自由に動かせるんだけど、キーを持ち上げながらもう一本の方も制御しないといけないとなると、難易度がとても高くなる。

師匠がキーをお供につけたのは、このためだったんだな。

「手足のように使えるようになりたいなら、手足のように魔法を使い続けるしかないんじゃない？」

「確かにな」

結局、練習あるのみってことだな。

そんなことを思いながら、残ったゴブリンたちを一掃した。

「五年間で、俺はこれだけ成長できたんだな」

五年前は、あれだけボロボロになりながら戦った相手に、今回は汗を一滴もかかずに倒すことができた。

「ただ、ノルマがあと一体残っているんだよな……」

「歩いていれば、またすぐに出てくるわよ」

「それもそうだな」

まだそんなに時間は経ってないし、そこまで急ぐ必要はないか。

『グルアアア』

ほんの少し歩いたら、オークと出くわしてしまった。

たぶん、ゴブリンの死体で呼び寄せてしまったのだろう。

「十体目にふさわしい相手だな」

「大きいわね……。大丈夫なの？」

「たぶんね」

五年前は、手も足も出ない相手だったが、今の俺なら十分戦えるはずだ。

「危ない！」

ドスン！

オークが振り下ろした拳を避けると、地面に大きなクレーターができた。

「これを瞬殺した師匠は化け物だな」

「でも、グルはそれを目指しているんでしょ？」

「いいや。俺は師匠に追いつくのが目標じゃない。追い越すのが目標だ」

そう言いながら、また飛んできた拳を避け、足に一撃を入れた。

『グルアアア！』

足がスパンと斬れてしまった。

「師匠に貰った剣、切れ味半端ないな」

貰った剣に感動しながら、足を押さえるために頭が下がったオークの首に剣を一刺しした。

『グフ』

「体が大きくて、一発一発は重いが……大振り過ぎたな」

どんなに強力な攻撃も、当たらなければ意味がないんだよ。

「剣一本で戦う必要はなかったんじゃないの？」

「俺自身の技量が知りたくて。あの時からどれくらい成長したのか、凄く気になるだろ？」

この五年間、ずっと剣を振り続けてきたんだ。

その成果を計るのに、オークは最適な相手だろ。

「まあ、そうね。結果、凄く成長していたわね」

「そうだな。師匠のおかげだ」


三年後。

あれから、毎日のようにゴブリンとオークを狩る生活を繰り返した。

そのおかげで、俺の空間魔法の精度は限りなく手足に近づき、村でのオークの価値が大いに下落した。

そんな俺は今日、師匠が見つけたというゴブリンの巣にやってきていた。

『グギグギ』

「これがゴブリンの巣か」

敵である俺を認識して、洞窟の中からぞろぞろとゴブリンたちが出てきた。

軽く百体は超えていそうだな。

「これだけいれば、私たちが毎日倒しても減らないのも納得だわ」

「そうだな」

この数のゴブリンたちが日々繁殖して増えていれば、俺たちがいくら殺しても減らないわけだ。

「この数、本当に大丈夫？」

「心配するなって。こんな雑魚、いくらいようと俺には関係ない……ほら」

心配するキーに、俺は手に持っていない二本の剣だけで次々とゴブリンたちを斬り倒して見せた。

「この三年で、手足になったんじゃない？」

「当然だ。毎日のように手足代わりに使っていたんだからな」

今なら、空間魔法で箸《はし》も操れるぞ。

「そう。あ、大きいのが来たわよ」

「あんなの、もう俺の敵ではない」

ゴブリンのボスが巣穴から出てきたが、一瞬で首が飛んだ。

オークに毛が生えた程度の強さでは、もう瞬殺できるんだよ。

「グル、強くなったね」

「そりゃあそうだ。師匠と出会ってから八年間、みっちり修行を積んだんだからな」

「そう。それじゃあ、師匠さんに報告しに行きましょう？」

「そうだな」


「師匠。頼まれていたゴブリンの巣、壊滅させてきたぞ」

「そうか。言いつけ通り、空間魔法だけで倒したんだよね？」

「もちろん」

今回、俺は一切剣を触ってない。

「それは凄いじゃないか。これなら、魔王に挑戦させても大丈夫かな」

「魔王に挑戦？　まだ八年しか教わってないぞ？　それに、師匠に勝てないのにどうやって魔王になれって言うんだ？」

自分で言っていたじゃないか、俺に勝てないようじゃ魔王にはなれないって。

「俺に勝てないと言っても、剣だけの時だけだろ？　魔法を使われたら、もう俺はグルに勝てないよ」

「だけど……」

「剣術の腕は、俺が魔界で一番と自負している。剣だけなら歴代最強だった前魔王にも負けない。それが俺の誇りだ。わかったか？」

「わかったよ。剣術で師匠に敵う人はいないから、勝てなくても心配するなってことだろ？」

「そういうことだ。そんな俺に剣術だけで勝とうと思ったら、あと二百年は必要だな。まあ、その頃には俺も年老いているだろうが」

「たしかに……そこまで待てないな」

いくら魔族の寿命が長いと言っても、俺が数百年も生きられるとは限らないからな。

そんな悠長なことはしていられない。

「というわけで、明日にはこの村を出る。グルは出発の準備をしておけ」

「明日!?」

「そうだ。もう期限は迫っている。急がないといけない」

期限ってなんの期限だよ……。

「グル……行っちゃうの？」

「そうだな。俺は魔王になるって決めたから」

せっかく魔王になれるチャンスが来たんだ。これを逃す手はないだろう。

「……わかった。頑張って。村で応援しているから」

ん？　村で応援する？

「何を言っているんだ？　キーも来るに決まっているだろ？」

「え？　私もついて行っていいの？」

「良いも悪いも、俺の傍にはキーがいるのが当たり前だろ？」

これだけ一緒にいて、今更別れようなんて悲しいこと言うなよな。

「う、うん……」

「ふっ。女の子を誘うなら、もっとかっこよく誘えよ。なあ、嬢ちゃん？」

「う、うん」

え？　今の、かっこ悪かったの？


「村にいると、ここがとんでもなくたくさんの人がいるように思えてしまうな」

前世では、もっとたくさんの人がいるところにも行ったことがあるはずなんだが、十年以上も田舎にいると感覚が狂うな。

「あれ、魔王城よね？」

「そうだね。大きいだろ？」

「へえ。なかなかのセンスしているじゃないか。俺が住むにふさわしい城だ」

禍々《まがまが》しく、格好いい。あの城を建てた奴は相当センスが良いぞ。魔王がどんな存在なのかわかっている。

「住めると良いな。それじゃあ、受付に行くよ」

「受付？」


「魔王挑戦トーナメントに参加する方は、今日が締め切りです！」

魔王になるには、トーナメントに出ないといけないなんて知らなかった。

だが、よく考えてみれば魔王になりたい奴は、この広い魔界の中で一人や二人で収まるはずがない。

それこそ、魔王は毎日相手しても間に合わないくらいの人数がいるだろう。

そう考えると、トーナメントで数を一人に絞るのは頭が良いな。

「魔王様が認めた推薦者と同行していない場合、申請は認められませんので、くれぐれもご注意ください！」

「推薦者だと？　そんなのが必要なのか？　師匠、どうするんだ？」

俺、推薦者なんて用意してないぞ。

「ああ、それは大丈夫だよ。すみません。魔王に挑戦をしたいのですけど？」

「え？　ヌル様⁉」

……ヌル？　ああ、師匠の名前って確かヌルだったな。

それにしても、師匠って有名人なのか？

そういえば、魔界一の剣士だって言っていたし、剣士として有名なのかもしれないな。

「ヌル様！　魔王に挑戦してくださるのですか⁉」

「いや。俺じゃないよ。こっちの弟子が挑戦する」

受付の質問に、師匠が俺の頭をポンポンと叩く。

「え？　ヲル様の弟子……？」

「見たところ、まだ小さい子供のようですが？」

「俺は小さくない！」

未来の魔王だというのに、失礼なやつだ。トーナメントに出られなくなるから今は大人しくしてやるが……俺が魔王になった時は覚えていろよ？

「まあ、見た目通りの強さじゃないから心配しないで。ちゃんと、俺よりも強いし」

「ほ、本当ですか？　それなら……ヲル様のお弟子様をトーナメントの参加者として認めさせていただきます。お弟子様、名前は？」

「グルだ」

「グル様、健闘を祈ります」

「ああ、見ておけ。俺が魔王になってやるから」


「ねえ。師匠って、何者なんだ？」

「だから言っただろ？　魔界一の剣士だって」

「ああ、やっぱりそういうことか」

「冗談はさておき、俺は元四天王の一人、剣魔《けんま》のヲルだよ」

冗談？　師匠が四天王？

「……師匠が四天王だって？　そりゃあ強いわけだ」

四天王と言えば、魔界で魔王の次に強い四人だ。

その内の一人と考えれば、師匠があれだけ強かったのも受付嬢からあれだけ参戦を期待されていたのも納得だ。

「元ということは、今は四天王ではないんですね」

「そうだよ。魔王が変わった時に解任されてしまったんだ。今の魔王は元四天王で、俺とそいつは仲が悪かったからね」

「そういうことですか」

「今の魔王に、師匠は勝てないのか？」

「さあね。同じ四天王だし、同じくらいの強さなんじゃないか？」

師匠と同じくらいの強さか。師匠は、今の俺なら俺が勝てるって言っているけど、本気の師匠と戦ったことないし……絶対に勝てるという自信はないんだよな。

だが、魔王になるためにはそんなことも言っていられない。

師匠を超え、魔王になってみせようじゃないか！

「グルの成長をこれだけ急かしたのは、今日の締め切りに間に合わせるためですか？」

「嬢ちゃんの言うとおりだよ。このトーナメントが開催されるまで、俺たちに与えられた猶予《ゆうよ》はたったの十年だった。グルを見つけるまでに二年、グルを鍛えるのに八年、ギリギリだろ？」

「よく、八年でグルが魔王になれると思いましたね」

「俺は、グルを初めて見た時から八年もあれば魔王になれると確信していたよ。結果、ギリギリだけど間に合っただろ？」

まあ、当然だな。

「俺は、魔王になる男だからな」


そして、次の日。

さっそくトーナメントが始まった。

一回戦の相手は、細身で剣に力が入らなさそうな剣士だった。

魔法を使いながら戦うタイプなのか？　そうだとしても、もう少し腕が太くてもいい気がするんだが？

「ケケケ。四天王に推薦されたらしいが、そんなコネ野郎のチビには俺の剣は止められないぜ？　おチビちゃん」

「ふん！」

イラッとした俺は剣を投げ飛ばした。

「うおっと。今のは危なかったぞ。だが、剣士が剣を捨てていいのかい？　あ、もしかして、俺にビビって勝負を諦めて……へ？」

大げさに避けただけで喜んでいるアホに、空間魔法で投げた剣を背後から胸に突き刺した。

「雑魚に付き合っている時間はないんだから、さっさと死んでくれ」

「や、やめて……」

消えかかりそうな助けを求める声を無視して、俺は一回戦の相手にとどめを刺した。

どちらかが死ぬまで戦う。今回、俺が聞かされたルールはこれだけだった。

魔王に挑戦するなら、命をかけろ。軽い気持ちで魔王に挑戦するな。そういうことだろう。

一回戦の相手は、このことをちゃんと理解できていなかったようだ。


「一回戦は相性が良かっただけだ。魔法使いの俺なら、お前に近づける間もなく殺せるぞ！」

「俺は近づけなくても、お前を殺せる」

「ぐは！」

「口ほどにもないやつばかりだな」

今度は魔法も使わず、一撃で相手の首を飛ばしてやった。

どうして、どいつもこいつも俺の小さい……身長を見て侮るのだろうか？


そんなこんなで、三回戦以降も特に苦労することなく、決勝戦まで進めてしまった。

決勝戦で戦う相手は、これまでの相手と比べてもなかなか強そうな大男だった。

「ふん。どいつもこいつも、こんなチビに負けやがって。魔王に挑戦する気が本当にあるのか？」

「さあね」

はあ、こいつも結局俺を侮るか。

どうして、こいつらは自分なら大丈夫って思うんだ。俺は、準決勝まで勝ち上がってきた奴も瞬殺していたんだぞ？

もう少し頭を使えよな。

「お前なんか、俺の大剣があれば簡単に真っ二つだ」

「やれるものならやってみな。ほら、かかってこい」

このままだと、魔王と戦う前のウォーミングアップにもならなそうだから、先手を譲ってやることにした。

魔王と戦う時に、体を最高のコンディションに持っていく。

「なに？　後悔してもしらないからな！」

そう言って、大男が剣を振り下ろすが、来るとわかっていればどんなに重い攻撃も受け流せる。

渾身の一撃を受け流され、バランスを崩した男の右足に一撃入れ、一旦距離を置いた。

「ちなみに、今ので首を刈《か》れたからな？」

「くそったれ……」

「その力の入らない右足を引きずりながら、どうやって戦うのかな？　ほら、また攻撃させてやるから、好きにかかってこい」

「お前だけは、絶対に殺す！」

「左足だけでよくそのスピードが出せるな。流石は、無傷で決勝戦まで上がってきた男ってわけだな」

片足だけで、俺に向かってくる大男に思わず賞賛してしまった。

あんな重い体、普通なら片足で立つのも大変だろう。

「まあ、攻撃が当たらないのは変わらないけどな」

そう言って、今度は左足に一撃入れた。

両足に力が入らなくなった大男は、その場で盛大に転んだ。

「くそ……。お前、どうなっているんだ？」

「どうもこうも、俺が強くてお前が弱かっただけだ。最期に、言い残したことは？」

「くそ……。お前なんか、魔王に殺されちまえ！」

「最期くらい、侮辱した罪を謝る機会を与えてやったというのに……」

俺の慈悲を無駄にするとは、馬鹿な奴だ。


「グル！　やったね！」

トーナメントを優勝して帰ると、珍しくキーが感情を表に出して喜んでいた。

「おいおい。これからが本番だぞ？　これは、単なる前哨戦《ぜんしょうせん》に過ぎない」

キーの反応に内心喜びつつ、自分に言い聞かせるようにキーをなだめた。

本当の敵は、あんな雑魚じゃない。師匠と同等の力を持つ男なんだ。

「そうだな。魔王はこれまでの相手とレベルが段違いだと思え」

「逆に、魔王があのレベルならこの国が心配になってくる。この国は、あんなにも弱いのか？」

「まあ、魔王に挑む奴なんて、自分が魔王に勝てないこともわからない馬鹿か、魔王に匹敵する力を持つ実力者だけだからな。グルと良い勝負できるくらいの実力者は、死にたくないから魔王になんて挑まないよ」

「なるほど……そういうことだったのか」

「そういうことだよ。百年に一度しかこのトーナメントを開催しないのも、挑戦者が集まらないからさ」

これを逃したら百年後だったのか。そう考えると、師匠が急いでいたのも理解できる。

魔族は寿命がさまざまだからな。いくら俺が強くても、百年後にはおじいちゃんになっている可能性だってある。

まあ、俺の成長期の長さを考えれば、百年経っても現役だろうけどな。


次の日。

「グル、死なないでね？」

「もちろんだ。俺は死なない」

「俺からは、特に何も言うことはない。好きに暴れてこい」

「ああ。二人とも、俺が魔王になる瞬間を見逃すなよ！」


「挑戦者の顔ぶれを見たとき……一番、お前がないと思ったんだがな」

魔王は、大きくもなく小さくもない。普通の身長だった。

昨日戦った相手とは違って、俺を馬鹿にすることなく落ちついていた。

そしてなにより、強者特有の威圧を放っていた。

師匠も本気を出せば、これくらいの緊張があったんだろうな。

「とは言っても、あの中で強かろうと俺の相手ではない」

「ふん。その予想も外れるさ」

「好きに言って……いろ！」

無数の氷が魔王の周りにできたと思ったら、全ての氷が俺に向けて飛ばされた。

剣を盾にして、俺は魔王の攻撃を回避する。

「へえ。氷の魔法使いか」

「そうだ。俺が四天王時代では氷魔《ひょうま》なんて呼ばれていた」

「俺は剣魔の方が強そうで好きだな」

どちらかを自分の二つ名にできると言われたら、迷いなく師匠の方を選ぶだろう。

「ふん。同じ四天王ではあったが、実力は俺とあいつじゃあ天と地の差があった。その証拠に、あいつは俺が魔王になってから幾度も挑む機会があったというのに、俺に恐れをなして一度たりとも挑戦しなかった」

「師匠は魔王って柄じゃないからな。挑戦しない理由もわかる」

師匠は自由人だ。あの性格じゃあ、魔王という職に縛られたいとは思わないだろう。

「……これ以上は口ではなく、お互いの実力で語り合おうじゃないか」

「いいだろう。俺も、本気を出す」

背負っていた二本の剣を抜き、空間魔法で浮かせた。

「ふん。前魔王と同じ魔法が使えるからと言って、お前が魔王になれるとは限らないというのに……」

剣魔のアホは」

「師匠のことは馬鹿にするな！」

二本の剣を魔王に向けて飛ばす。

もちろん。避けられても、当たるまで切り返して攻撃する。

さあ、魔王よ。どう対処する？

「ふん。そんな攻撃、蝿《はえ》と大差ない！」

魔王が両手を少し広げると、地面から氷を生やし、剣をその中に閉じ込めてしまった。

くそ。あの氷、ものすごく硬い。

俺の空間魔法ではどうにもならないな。

「厄介な氷だ」

「わかったか？　これが魔王の実力だ！」

「何を勝ち誇っている？　まだ戦いは始まったばかりだぞ？」

剣を二本封印した程度で、俺を倒せると思うなよ？

「フハハハ！　そう言うなら、今すぐに終わらせようじゃないか」

パキパキ……。

魔王が馬鹿笑いすると、俺の足が凍り始めた。

そして、少しずつ氷が俺の頭めがけて進み始める。

全身が凍ってしまったら、俺の終わりだな。

「この距離で正確に凍らせられるとは、凄いな」

「降参するなら今だぞ？」

「いや、これくらいならまだどうにかなる」

そう言って、俺は自分の足を切り飛ばした。

「うぐ。まだ痛みに慣れていないな」

とは言っても、すぐに回復が始まり、痛みは弱まった。

ちなみに、足を切っても空間魔法で浮いているから、無様な姿を晒したりはしていない。

「どういうこと……だ？　お前、魔王と同じスキルを持っているというのか？」

「知らん。それは、俺が魔王になるべき男だからではないか？」

魔王しか持っていないスキルなら、それを持っている魔王は俺じゃないか？

「くだらん戯《ざ》れ言《ごと》だ。そういうことは、俺に勝ってから言うんだな！」

「ああ、もちろんお前に勝つつもりだ」

魔王が巨大な氷を作り出して俺を潰そうとするが、空間魔法の前では無意味だ。

受け止めた氷をそのまま魔王にお返ししてやった。

簡単に避けられてしまったらつまらないから、魔王の足を空間魔法で固定し、逃げられないようにする。

「この程度で俺を倒せると思うな！」

魔王は氷の壁をつくり、なんとか受け止めてみせた。

ただ、これによって俺の剣を封印していた二つの氷が大きな氷塊《ひょうかい》によって砕かれた。

これで、俺はまた三刀流だ。

「足も完全に治ったし、そろそろ決着をつけるか」

「そう簡単にやられると思うなよ？　また足を凍らせてやる」

「ふん。一度見た攻撃は俺に効くと思うな」

俺は空間に穴を開け、足を凍らされる前にそこに飛び入る。

穴の先は、魔王の背後だ。

穴から出ると同時に、魔王の胸に剣を突き刺した。

「く、くそ……」

「まだ俺を殺せる可能性はあるが、諦めるのか？」

剣を抜き、氷の壁と共に崩れ落ちていく魔王にもう戦意は残っていなかった。

魔王なんだから、命が尽きる最期まで諦めるなよ。

「なにをいっている……しのくせに……」

「何を言っていたのかはわからないが、諦めたようだな」

この距離なら俺を一瞬で凍らすくらいできただろうに、もったいない。

まあ、無傷で魔王になれたことを感謝しておこう。


「グル！」

「キー、遂にやったぞ！　俺は魔王になったんだ！」

飛びついてくるキーを受け止めながら、俺は大声を上げて魔王になったことを喜んだ。

生まれた時から魔王になるとわかっていても、いざ魔王になるとここまで嬉しくなってしまうものなんだな。

「夢が叶ったね。おめでとう」

そう言うキーは、満面の笑みだった。

やっと……やっとだ。キーを笑わすことができたんだな。もう、それだけで俺が魔王になった甲斐があった。

「おめでとう。これは、魔王最年少記録だろうな」

「師匠。これまでありがとう」

この八年間、師匠に鍛えてもらったからこそ、こんなに早く魔王になることができたんだ。

一生かかっても、師匠には恩を返していかないと。

「どういたしまして。これからは、俺の上司としてよろしく頼むよ」

「もちろんだ。師匠は、魔王の次に偉い役職につけるぞ」

「わかっているじゃないか。しっかりとサポートするから、給料は高めで頼むぞ」

もちろんだとも。師匠には、一生遊んで暮らせる金を毎月渡してやる。

「何を言っている！　お前に、魔界を円滑に回せる頭があるとでも言うのか？」

「……お前は誰だ？」

せっかく盛り上がっていた空気に水を差した馬鹿に目を向けた。

人族なら百歳を超えていそうな見た目をしている、年老いた爺さんだった。

「はじめまして。この度は、魔王就任おめでとうございます。私は、千年の間魔王の参謀をしているロンと申します」

「随分と年老いているように見えるが、何歳なんだ？」

「千五百を超えたところです」

「……随分と長く生きているな」

千年生きている奴ですら、この魔界にいるのかわからないのに、さらに五百年も生きているんだから、もはや化け物だ。

「魔界で最長寿の男だよ。長老などと敬われてはいるが、ただ昔に囚われている頑固な爺さんだ」

「何を言う。お前に剣を教えたのは誰だ？」

「はいはい。それも随分と昔の話だろ。何百年前の話をするんだ」

へえ。師匠の師匠か。

それじゃあ、昔はさぞ強い剣士だったんだろうな。

「ふん。それより新たな魔王よ。歴代の魔王と同様、儂《わし》を参謀として傍に置かないか？」

「傍にいて何をする？」

お前みたいな爺さんは、隠居して静かに暮らしていた方がいいじゃないか。

千年も働いていれば、誰も文句を言わないと思うぞ？

「政治のいろはを教えて差し上げましょう」

「却下だ。どう考えても、都合の良い操り人形にされる未来しか見えない」

「もちろん。魔王の意見は最優先にするつもりです」

「ふん。信じられるか。爺さん、もう十分甘い汁は吸えたはずだ。俺に挑んで魔王になるか、諦めて引退するか、今ここで選べ」

もちろん。俺に挑んできたら、遠慮無く殺すけどな。

「……その選択、きっと後悔するはずだ」

「ふん。お前に何ができる」

剣も握れない体で、俺に何ができるのか教えてほしいものだ。

「この城……今日から俺の物になるのか」

「そうだ。見て回るか？」

「ああ」


それから食堂や寝室、書斎、展望台などを見て回り、最後に王座のある部屋にやってきた。

この城を建てたいつかの魔王は……本当にセンスが良いな。

人々に恐怖を与えるデザインでありながら、格好いい。

魔王というものが何かわかっている。

「ここに座った瞬間、お前は死ぬまで魔王だ。辞退するなら今のうちだぞ？」

「ふん。望むところだ」

死ぬのが怖くて魔王なんて務まるものか。

師匠の言葉に臆することなく、俺は王座に座って足を組んだ。

最高の座り心地だな。

「魔王様……本日からこの魔界をよろしくお願いします」

「お願いします」

師匠と少し遅れてキーが王座に座る俺に向かって頭を下げた。

「ああ、任せておけ。俺がこの魔界をもっと良くしてやるからな！」

魔王になることがゴールじゃない。

俺にとって魔王になることは、決定事項。なってからが本番だ。

いつか来る勇者《ゴール》が恐怖するよう、より大きく、より強固な魔界にしてやろうじゃないか。

書き下ろし短編

魔王の隣は

continuity is the father
of magical power

ＳＩＤＥ：キー

グルが魔王になってから二年後。

最近、グルとの距離が近いようで遠いような気がする。

一緒にいる時間はちゃんとあるんだけど……グルは、いつも強くなることか仕事のことしか考えていない。

ちゃんと私を見てくれたのは、もう何ヶ月前なのかわからない。

そして最近、どこかに遠出してからはそれが顕著《けんちょ》になってきた。

人族を魔王妃として迎えると、人族の王と約束してしまったらしい。

これで、私が何の為にここにいるのか本格的にわからなくなってきた。

私は、単なる幼なじみ？　それだけの関係なのかしら？

今だって、相手してもらえない当てつけで王座に座っているというのに、反応すらしてくれない。

「はあ。暇だ。キーよ。何か面白いことはないか？」

ため息をつきたいのはこっちだというのに。少しは私の気持ちに気がついてよ。

「そうですね……。今、残されている面白いことは、先代の魔王に会いに行くか、婚約相手を探しに行くことですかね」

グルの質問に、私は業務的に答える。

これで、結婚相手を選んだら、私は本格的に今後どうするべきなのか考えた方がいいわね。

「あ、そうだ！　そんな重大イベントを忘れていたのか！　よし。先代のことは後回しにして、急いで俺の花嫁を探しに行くぞ！」

「先代を後回しですか？」

嘘よね……？　冗談で言っているのよね？

だって……だって……。

「もちろんだ。どうせ死なないなら、遅かろうと早かろうと結果はかわらん。だが、花嫁との時間は有限だ！」

「わ、わかりました……。お一人で向かわれるのですか？」

私は、感情を顔に出さないよう必死に耐え、業務対応を続けた。

「もちろんだ。護衛がいないと外も歩けない弱いやつだと思われたら嫌だからな」

「そうですか……。私は、人界にグル様と釣り合うような素晴らしい女性がいるとは思えませんけど」

「なんだ？　キーよ。嫉妬か？」

最後の抵抗をしてみると、グルが食いついてきた。

あ、もしかして気がついてくれた？

「嫉妬もしますよ。本当は、私がこのまま魔王妃になって、魔王国を乗っ取るつもりだったのに……」

「ハハハ。残念だったな。そんな淑女の演技をしても無駄だ。俺にはその考えがお見通しなんだよ。

それじゃあ、行ってくる」

期待を大いに裏切り、グルは私の言葉には聞く耳を持たず、人間界に向かってしまった。

「何よ……。私なんてどうでもいいってことなの？　う、うう……」

一人残された王座で、私は我慢の限界に達していた涙を流した。

もう、グルにとって、私なんてどうでもいいんだわ。

そして、そんな傷ついた私の心に止めを刺すかのように、グルはすぐに気に入った女を魔王城に連れ込んできた。

「あ、グル様……もしかして、一目惚れした女性を誘拐してしまったのですか？　別に、魔王ならそれくらいやってもいいと思うのですが……これから友好国となろうとしている国にそれをやってしまうのは、非常に不味いと思うのですが？」

悲しみ、嫉妬、怒り、全ての感情を隠すような無表情で、最後の確認をしてみた。

「も、もちろん。同意の上で来てもらっている。な？　エステラ、そうだよな？」

「え、ええ……」

「本当ですか？　まあ、良いでしょう」

「よし。キーの許可も貰ったし、お前の強さを試すとするか。剣を抜け。俺を殺してみろ」

よくわからないけど、私の許可が出たということで二人が戦い始めた。

なるほど……この人、強いんだ。だから、グルが気に入ったわけね。

そう。グルは強い人が好みで、私みたいな守ってもらわないと生きていけない女は対象外ってわけね。

よくわかったわ。

「……レベル上げはこの城で行え」

私がグルの考えに納得していると、とんでもないことが聞こえてきた。

「え？」

グルに連れてこられた女も驚いた表情をしていた。

こいつ、魔王城の戦力をこの女のために捨てるつもりなの？

「ここは、魔王の城というだけあって、経験値をたくさん落とす魔物がたくさんだ。どうだ？　短時間でレベルを上げるには持って来いだと思うが？」

「え～。酷い。一応魔王なんだから、魔物も大事にしなさいよ！」

私は思わず、声を荒げてしまった。

でも仕方ない。この男は、一線を越えたのだから。

「ふん。エステラと結婚する為にならば、魔物なんて安いものだ」

「それ、惚れ込みすぎじゃない？　まだ、会って数分でしょう？」

「ふん。運命の出会いに時間なんて関係ないさ」

「運命って……。絶対、人界で初めて会った女じゃない」

ダメだ。もう、私が何を言っても聞く耳を持ってもらえない。

こんなに馬鹿な男だったとは……。はあ、凄く悲しいわ。

ＳＩＤＥ：グル

「あの……グル様」

「なんだ？」

エステラを案内していると、エステラが申し訳なさそうにしながら聞いてきた。

まったく、これから妻となるのだから、遠慮する必要はないと言うのに。

「キー様とはどのような関係なのですか？」

もしかして、キーと俺の関係を疑っているのか？

それは不味いな。ちゃんと説明しないと。

「ああ、キーは腐れ縁だな。生まれた時からずっと一緒だ。所謂《いわゆる》、幼なじみだな」

「小さい頃からずっと一緒って凄いですね。グル様のことなら、彼女が一番知っているんじゃないですか？」

「ああ、キーが一番俺を理解しているのは間違いないな」

「……そんな女性がいるのに、私を魔王妃としてしまっていいのでしょうか？」

「良いも悪いも……俺とキーは……」

あれ？　キーは俺の何だ？　数年前までは心のどこかで、キーと結婚するつもりでいた。

それなのに、どうして俺はエステラを嫁にしようとしているんだ？

「一度、キーさんとちゃんとそのことを話し合ってください。今、私がお話をしても神経を逆撫でしかねないので、グル様が行くべきです」

「わ、わかった……。行ってくる」

モヤモヤとすっきりしない気持ちを早く解決したかったのもあって、俺はエステラの言葉に甘えてキーと話させてもらうことにした。


「キー、少し良いか？　……ん？　ここにいないのか？」

王座の間に戻ってくると、キーの定位置であった王座には誰も座っていなかった。

あれ？　自分の部屋に戻ったか？

「ここにもいない……」

キーの部屋、寝室と見て回ったが、どこにもいなかった。

残る部屋は……俺の部屋だな。


「やはりいないか……。ん？　手紙？」

自分の部屋に入ると、机の上に俺宛ての手紙が置かれていた。

差出人は、キーと書かれていた。

キーが手紙だと？　どうしたんだ？


この十数年間、ハラハラさせられることもありましたが、それも含めて楽しい日々でした。

これからきっと、何年、何十年と経ったとしても、ここでの出来事は大切な思い出として記憶に残っていくはずです。

ですが、もうグルには私が必要なさそうだし、邪魔になってしまいそうだから、ここから去ることにしました。

これまでずっと一緒にいてくれてありがとう。さようなら。

エステラさんとお幸せに。


「キー、嘘だろ……」

手紙を読み終わった俺は、その場で崩れ落ちた。

「当たり前になっている物って、なくなってからその大切さに気がつくものだよな」

「師匠……。このこと、知っていたのか？」

珍しく丁寧な言葉遣いではない師匠に、抗議するような目を向けてしまった。

「律儀《りちぎ》に挨拶してから出て行ったからな」

「どうして止めなかったんだ？」

キーを外に出したら絶対に危ないだろ！　あいつは、戦う手段を何一つ持っていないんだぞ？

「そりゃあ、自分に問うんだな。どうして、俺は止めなかったと思う？　どうして、キーはここから去ったと思う？」

どうしてキーがここから去ったか？

「最近の俺は……キーがいることが当たり前となっていた」

その結果、俺はキーに対して配慮の欠ける言動を繰り返してしまった。

今考えると……俺、凄く酷い言葉をたくさん言っていた。

「知っているか？　お前が人間界に花嫁を探しに行っている間、キーは静かに泣いていたんだぞ？」

「キーが泣いていた？」

そんな……。

「俺との約束は忘れたのか？　キーを泣かせないと約束したのはどこの誰だ？」

「……俺だ」

約束を破ってしまった。俺は……最低だ。

「わかったか？　嬢ちゃんは愛想を尽かして出て行ったんだよ」

「そ、そんな……。師匠、俺はどうすればいいんだ？　頼む。教えてくれ」

恥を捨て、俺は師匠の足に縋《すが》りついた。

もう、自分だけではどうすればいいのかわからなかった。

「まだ嬢ちゃんを愛しているというなら、今から必死になって嬢ちゃんを探し出して全力で謝るんだな。まあ、それでも許してもらえるのかは微妙だけどな」

「わ、わかった」

俺は、窓から外に飛び出した。とにかく、急いでキーを見つけ出さないと。

SIDE：キー
「グルの馬鹿……」

置き手紙を書いた私は、涙を流しながら魔王都を出て森の中を歩いていた。

エステラさんと楽しんだ後、手紙を見つけたグルはどんな反応をするのかしらね？

少しでも悲しんでくれたら嬉しいな。

『グルアアア！』

案の定、魔物が出てきた。角を生やした巨大な魔物。オーガだ。

「これは逃げても無駄。私、死んだわね」

私は死を覚悟して、オーガが私に向けて振り下ろす金棒を眺めていた。

ああ、これで私は解放されるんだ。

「やめろ～～‼」

ドスン！

大きな声と共に私は押し飛ばされ、金棒は何にも当たらず地面を深くえぐった。

「グル……」

声の主は、グルだった。

「すぐ片付ける。ちょっと待っていてくれ」

「う、うん」

どうしてここにグルがいるの？　エステラさんは？


「すみませんでした」

オーガを片付けると、グルはすぐに頭を地面につけながら謝ってきた。

「それは……何に対しての謝罪？」

「俺は、どれだけキーが大切な存在なのか忘れていた。その結果、キーを悲しませたし、泣かせないと約束したのに泣かせてしまった。どうか、許してください！　俺は、キーがいないとダメなんだ！」

「私がいなくても、花嫁さんがいるじゃない」

私よりも花嫁の方が大事なんでしょ？　なら、私なんて要らないじゃない。

「……俺はここ最近、人生で初めて友というものができて浮かれていた。そして、そんな俺は自分に本当に必要なものがなんなのか見失っていたんだ」

一息置いて、グルが顔を上げて私の目を見てきた。

「エステラについては……本人とレオに謝って、婚約の話は破棄させてもらう」

「破棄してどうするつもり？　人間界との関係は良いの？」

友好の証として、結婚するって言っていなかった？

破棄したら、敵対することにならない？

「俺にとってそんなことよりもキーの方が大事だ」

今更、何を言っているのよ。私がいなくなりそうだからって、焦って言っているだけでしょ？

「お願いだ。これからもずっと俺の傍にいてくれ。もう、浮気しない。絶対、約束を破らない。どうか、お願いします」

地面に頭を擦りつけ、私の許しを懇願してきた。

これ……信じていいのかな？　たぶん、本気だと思う。

グルを……信じたい。

「わかったわ。そこまで言うなら傍にいてあげる。でも、次はないから」

「あ、ありがとう……」

「それと、エステラさんに関しては、別に断らなくていいわ」

「え？」

「だって、せっかく魔界に死ぬ覚悟を決めて嫁いできたというのに可哀想だわ」

これで人間界に帰しても、エステラさんが人間界でどんな扱いを受けるかわかったものじゃないわ。

「で、でも……」

「知らない。あとはあなたが決めて。意気地なし。それでも、あなたは魔王なの？」

そんなこと、私に言わせないでよ。

「わ、わかった！　エステラも嫁にする。ただ、一番はキー、二番がエステラだ」

「そう……。エステラさんに対しての説明もちゃんとするのよ？」

自分でそう決めたのだから、絶対にちゃんとそうしてよね？

「もちろんだ」

私の問いかけに、グルが顔を持ち上げ、しっかりと頷いた。

本気の顔……。これは、信じてもいいかな。

「……はあ、許してあげる」

「い、良いのか？」

「だって、本当は私が怒っている方がおかしいんだもの。あなたは魔王で、私は田舎生まれのそこら辺にいる女。あなたが私に気を遣う必要なんてないもの。私は、嫉妬深くて最低な女だわ」

本来、グルは我が儘に生きていい人。本来、この程度のことで怒られるなんて筋違いなんだから。

これは、私が勝手に悲しんで、勝手に怒っているだけ。別に、グルは無理して私に従う必要ない。

むしろ、捨ててくれてかまわない。

「そんなことない！　キーは魔界、いや世界一の最高な女だ。俺が魔王になれたのも、魔王になってからもここまでやってこられたのも、全て陰ながらキーが俺を支えてくれたからだ。そんなことに気がつけなかった俺の方が最低なんだ」

「私……とても辛かった。私の居場所……グルの傍を取られていくのを見ていないといけないのが」

グルに私の存在を認められて、私は自然と涙を流していた。

ここ最近の不安が少し解消されたような……我慢が報われたような……そんな気持ちだった。

「何一つ気がつかなくて、すまなかった」

「こちらこそごめんなさい。許したと言いながら、またグルを責めちゃった」

「いいや。この際、言いたいだけ俺にその気持ちをぶつけてくれ！　その指摘を俺の今後に活かしたいから」

「そう？　と言っても、もう全部言ってしまったわ。私を寂しくさせないで。傍にいさせて。それだけよ」

私がグルに言いたいことは、この二つだけ。

「約束する。もう、寂しい思いをさせない。ずっと傍にいる。だから、俺と結婚してくれ」

「ふふふ。やっと言ってもらえた。不束者《ふつつかもの》ですが、こちらこそよろしくお願いします」

ずっと待ち望んでいた言葉を言ってもらえ、更に涙が流れ、自然と笑ってしまった。

こんな話の流れでも、プロポーズされて素直に嬉しいと感じてしまった。

「俺は……一回笑わせただけで満足していたんだな。一回じゃあ、全く足りないというのに。これからは、もっと笑わせて幸せな生活を送らせてやるから、覚悟しろよ！」

「受けて立つわ。私、なかなか笑わないから、頑張りなさい」

「任せておけ。魔王が負けていいのは、勇者にだけだからな」

「ふふ。これは手強そうね」

グルの決まり文句に、さっそく笑ってしまった。

そう。グルが魔王になった頃までのこの距離感よ。

これが心地好くて……私は凄く好きなんだから。

あとがき

まず始めに、『継続は魔力なり9』を読んでいただき、誠にありがとうございます。また、WEB版の読者様、TOブックス並びに担当者様、イラストのキッカイキ様、一〜八巻を読んでくださった読者の皆様、etc……今回九巻制作に関わってくださった全ての方々に感謝申し上げます。

さて、新世代編はいかがだったでしょうか？　遠慮なく本編のネタバレをしていきますので、まだ読んでいない方には、ちゃんと読んでから次行に進むことをお勧めします。

今回のタイトル、凄くシンプルですよね。王国戦争編、教国旅行編と続いていたので、魔界招待編など魔界〜編にしたいと最初は考えていたんです。けど、魔界よりもネリアやローゼといった新世代たちが今巻のメインだな……。という考えに至り、いつも以上に安直な章タイトルとなってしまいました。

あなたは、どんなタイトルが良かったと思います？

新世代編ということで、今回はレオたちの子供たちが登場、そして大活躍しました。特に、今巻の表紙を飾ったネリアとローゼは、世代が交代してレオからバトンを受け継いだ次の主人公って感じですよね。たぶん、ほとんどの人が予想できると思いますが、次の章ではこの二人が中心になって話が進んでいくと思います。

前回のあとがきで、ポロッと書きたいネタがあるって言ったと思うのですが、実はこのネリアとローゼの話でした。

二人の新たな転生者の苦悩をしっかり書いていたら、子供たちの話だけで九巻が終わってしまうかも？　などと危惧しておりましたが、魔王の話を最後に入れられたので、ギリギリセーフでしょう。

魔王……今巻でお別れですね。一巻からのキャラだったからとても思い入れがあって、今回の後半は書いている僕自身も悲しくなってしまいました。

不老不死のキャラを書くに当たって、色々と考えてみたのですが、やっぱり僕は百年以内の人生で十分だな。と思いました。人生、限られた期限の中だからこそ、頑張れる。そんなことありませんかね？

僕、継続を小説のタイトルに入れておきながら、なかなかの飽き性なんですよね。ゲームも一ヶ月遊べば飽きてしまうし、ラノベも最後まで読み切ったことがありません。だから、千年も生きていたら生きることにも飽きて、相当辛い思いをするだろうな……。などと思ってしまいました。

あ、でも、この作品は飽きずに最後まで書き終えることができそうです。

次巻、『継続は魔力なり10』でこの物語は完結します。

大学の入学と共に始めたこの作品、大学の卒業と共に完結することになりそうです。

ここまで読んでくださった皆様、本当にありがとうございました。

それじゃあ、また十巻のあとがきでお会いしましょう！

おまけ漫画　コミカライズ第5話

漫画：鶴山ミト

原作：リッキー

キャラクター原案：キッカイキ

continuity is the father
of magical power

第5話
アルブム・ガントレット

ベクター城
すごい人だね
わ私キンチョーしてきちゃった
レオンス フォースター様と獣人族のお客様2名ですね
隊長から聞いております!
やあレオくん待ってたよ!
セリーナさん リアーナちゃん ようこそ!
おじさん!
ダミアン!立派になって!
は…はじめまして…
兄《ディオルク》さんたちももう着いてるよ
ホント!探してみる!
さあこっちだ!
存分に姫様を驚かせよう!

レオ！
来てくれたの!?
お誕生日おめでとうシェリー！
ひょっこりふん
!?
だ…どなた？

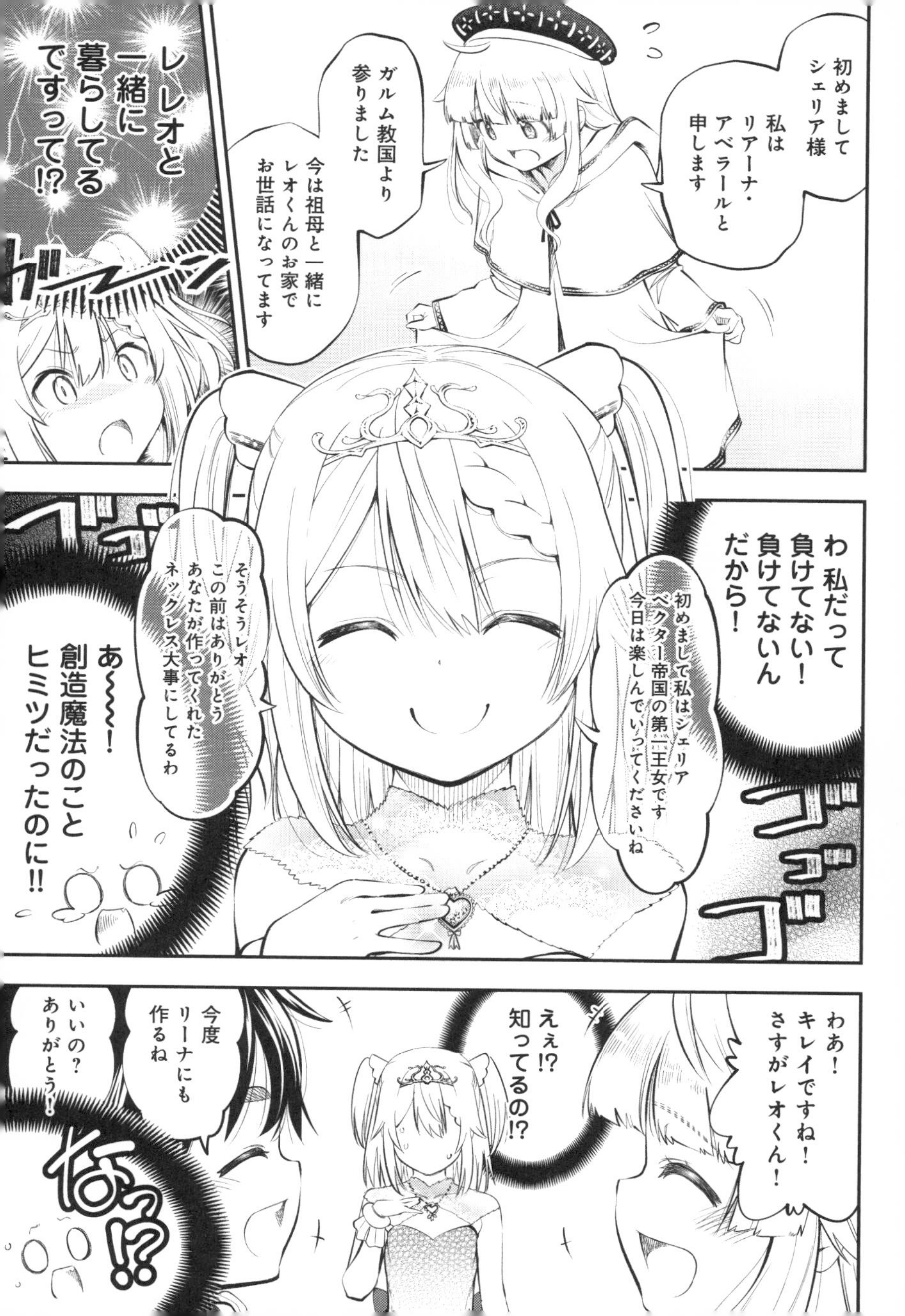
初めまして シェリア様 私は リアーナ・アベラールと 申します
ガルム教国より 参りました
今は祖母と一緒に レオくんのお家で お世話になってます
レレオと 一緒に 暮らしてる ですって!?
ガーン
わ私だって 負けてないいんだから!
初めまして私はシェリア ベクター帝国の第一王女です 今日は楽しんでいってくださいね
ゴゴゴ
そうそうレオ この前はありがとう あなたが作ってくれた ネックレス大事にしてるわ
あ〜〜〜! 創造魔法のこと ヒミツだったのに!!
わあ! キレイですね! さすがレオくん!
ええ!? 知ってるの!?
今度 リーナにも 作るね
いいの? ありがとう!
なっ!?

なんでそんなにホイホイあげちゃうわけ!?
プル プル プル
今日は私のお誕生会なのに!
私を見なさい! 魅了魔法《フェオル・コルレッ》!!
エ ミ/ェ ェ
エ
何だコレァ.
!?リーン
コルクだ ふんだろ あぶないや
カクン…
シェリアさまぁ~♥
お友達になってください~~♥
むぎゅっ♥
わああ
どうしたのリーナ!?

わ〜〜ん！何でこの子に効いちゃうの!?
も〜〜全部レオが悪いんだから〜〜!!
ええ〜〜〜!? 何で〜〜〜!?
ととにかくどこか場所を変えよう！
ざわ ざわ
うわ〜ん！
ざわ ざわ
ああシェリア様待って〜〜
大丈夫かなあのふたり…
ご無礼をお赦しください!! 王女様に何てことを…!?
おお神よ…
ううん気にしないで
きっとバチがあたったんだわ…
それより…さっき言ってたことホント？
へ？
私女の子のお友達って初めてなの…
リアーナさんがよければその…
もじ もじ
私もです！どうぞリーナと呼んでください
私もシェリーって呼んでね

やれ！

ドゥーンッ
!?
わぁ
爆発!?
あ
ああ
シェリー!
あ
あ
!?
あ
ちょっと何!?
邪魔よ!
早く
開けろ!

ズ…
し 忍び屋!?
ズルゥ…
逃がさん!
!?
ザ
ズ…
帝国には
騎士団がいるはず
なんだがな
ズ…
シュ

内通者がいたと見るべきか…
ズ…
!?
ぐはっ
おお ディオルク殿！
皆さん落ち着いて！
会場には魔法特殊部隊もいます ここは冷静にいきましょう
そっちは頼むぞ
ダミアン―！

嬉しいねぇ！こうしてまた親友のお前と戦えるなんて！
今は違う！君はもう僕らの敵だ！
一緒にダンジョンを踏破した仲じゃないかぁ

ああそうだ！
魔法学校《アカデミー》ではよきライバルだったよ！
俺は俺さぁ！部隊を抜けても変わっちゃいない！
でももう昔の君じゃない！
お前と戦えるなら忍び屋だろうが何だっていい！
全力で君を阻止する！
狙い通りにはさせない！
お姫様の首はもらうよぉ
依頼だし仕方なくね！
でもさぁ…

それだけじゃつまんないだろ？
何？
ハッ
ハッ
ついでに貴族の大掃除でもしようかなぁ
ガッ
ザッ
ヴァ
ガッ
ザッ
…アレン！

ア゛ア゛ア゛ア゛ア゛ア゛ア゛
大丈夫だよ　みんな！
ダミアンおじさんたちがなんとかしてくれるよ！
ア゛ア゛
…だいじょうぶよね？
何かあっても僕がいるから！

痴《し》れごとを
!?
エレメナさん！
任せろ！
叩き
斬ってや
!?

ヴッ
みんな無事か!?
父さん!!
おい!? 何で斬らなかった!? 私は斬りたかったぞ!
ご ごめんなさい?
…だが魔法を受けてみてわかったぞ
奴らはただの傀儡子《くぐつ》にすぎん
操られてるってこと!?
誰と話さんだ?
ああ無理矢理魔法を生み出してるみたいだ
どこかに操ってる奴がいるはずだ探してみろ
けどこんなに人がいるのにどうやって!?
やれやれ…

世話のやける主だ！
!?
いたぞ
ご丁寧に固まってやがる
遠いね…
それにあの人数じゃ
レオ！
お前も早く避難を
!?
父さん！
お願い
力を貸して！
!?

レオ〜〜〜 見てたかぁ！
…バカ力
父さん つよ！ さっすが!!
ほう…
こんなものを 使ってたとは…
い石!?
調べて みるといい

うああっ！
アルブム・アパタイト
・鉱石　・産出地：？？？
・あらゆる状態異常・
体質変化を引き起こす
・魔力の込め方で
様々な使い方が可能
・現状：邪念が付与
なんて悪意に満ちた魔力なんだ!?
レオ!?
しっかりしろ！
楽になった!?
父さんこれ…
ん？
!?
このガントレット借りていい!?
おおう
？

邪悪な力に染まった石を本来の形に！
そしてガントレットと共に新しい姿へ!!
!?
魔力は
使い方次第なんだ！

みんな目を醒まして！

何だ!?
!?
この感じ！
レオの魔力が
ななんか
体が
来るぅ！

ピクッ
あ
あ
ピクピクッ
ピクンッ

ビクンッ
ビクンッ
ビクッ
ビクッ
あ

これは一体!?
えっ?
えええ!?
ぽんっ
え!?
素材屋《おじ》さん!?
坊ちゃん!?
おあ?
俺ぁ何で…
よかった
無事で!
はっ!
そうだ坊ちゃん!
怪しい連中が
嗅ぎまわって
ましたぜ!
早いとこ
逃げねぇと!
ああ
ありがとう
おじさん
馬鹿な!?
魔法特性を
打ち消しただと!?
やるじゃないか
レオくん!

忍び屋も君ひとりじゃ勝ち目ないだろ
諦めて捕まるんだ！
やっぱ黒毛は邪魔だなぁ…
シェリーのパーティーをめちゃくちゃにしたな！
関係ない人たちまで巻き込んで！

僕が魔力の使い方を
見せてやる!

次巻予告
～無能魔法が便利魔法に進化を遂げました～
リッキー
イラスト・キッカイキ
完結
10

継続は魔力なり
continuity is the father of magical power
2022年春発売予定！
少年は大人になり
冒険は、次世代へ
受け継がれ……
レオンスたちの壮大な物語
いよいよクライマックスへ！
堂々

次期ツェントであるわたくしの婚約者だなんて恥ずかしいではありませんか
ひどい婚約者に義理立てする意味などないでしょう
ルディナンドの
危機!
貴族院四年生の始まりも束の間——
第五部後半へ、急展開!
詳しくは「本好きの下剋上」公式HPへ! http://www.tobooks.jp/booklove

フェ
……誰でもいいから、早くフェルディナンド様を助けて!
2021年
12月10日
発売予定!
本好きの下剋上
司書になるためには
手段を選んでいられません
第五部 女神の化身 Ⅶ
香月美夜
miya kazuki
イラスト:椎名 優
you shiina

継続は魔力なり９
～無能魔法が便利魔法に進化を遂げました～

2021年11月1日　第1刷発行

著　者　リッキー

編集協力　株式会社MARCOT

発行者　本田武市

発行所　TOブックス
〒150-0002
東京都渋谷区渋谷三丁目1番1号　PMO渋谷Ⅱ　11階
TEL 0120-933-772（営業フリーダイヤル）
FAX 050-3156-0508

印刷・製本　中央精版印刷株式会社

ISBN978-4-86699-351-5